SÉRIE MONDE

ANTILLES

dirigé par
DANIEL BASTIEN
avec la collaboration
de MAURICE LEMOINE

*Merci à
Michel Giraud
et
Daniel Maximin*

AUTREMENT : 17, RUE DU LOUVRE, 75001 PARIS.
TÉL. : (1) 40.26.06.06. FAX : 40.26.00.26

Directeur-rédacteur en chef : Henry Dougier.
Rédaction : Béatrice Ajchenbaum-Boffety. Jean-Claude Béhar. Nicole Czechowski. Isabelle di Natale. *Fabrication/Secrétariat de rédaction :* Bernadette Mercier, *assistée de* Hélène Dupont *et de* Alice Breuil. *Maquette :* Patricia Chapuis. *Service financier :* Éric Moulette. *Gestion et administration :* Agnès André. Hassina Mérabet. Christian Da Silva. *Service de presse :* Agnès Biltgen. *Service commercial :* Patrick Leimgruber.

SOMMAIRE

ÉDITORIAL : Au-delà des turquoises...   9
PAR DANIEL BASTIEN

    Chronologie   12

    Carte   13

1. UNE RÉALITÉ ÉCLATÉE   15

De la colonisation par la Compagnie des Indes à la départementalisation, puis à la décentralisation, un long parcours, de nombreux statuts. Cela laisse des traces.

16   L'ÎLE, ESPACE FABULEUX
LOUIS DOUCET
Des flibustiers aux plages de sable blanc, les îles ont toujours alimenté les mythes et les rêves.

21   LE MAILLON COLONIAL
JACQUES FREDJ
Départements français par leur statut mais terres de colonisation et d'esclavage par l'histoire, les Antilles échappent à une définition simple.

26   LES PARTAGES DE L'HISTOIRE
JACQUES ADÉLAÏDE-MERLANDE
Sous la Terreur, la guillotine s'est arrêtée à Pointe-à-Pitre sans jamais atteindre Fort-de-France. Est-ce pour cette raison que, depuis, la Martinique n'a jamais été la Guadeloupe ?

32   ANTILLES, LIEUX DE PASSAGE
ALAIN BROSSAT
Au travers des références culturelles et littéraires — Gauguin, Breton, etc. — les Antilles comme îles où l'on ne fait que passer.

37   UNE BELLE ET ATTIRANTE VITRINE
DANIEL BASTIEN
Martinique et Guadeloupe sous le regard envieux de leurs voisines, Sainte-Lucie, Saint-Vincent, Dominique...

44   ANTILLES SUR MER, ANTILLES-SUR-SEINE
YVES HARDY
Il y a aujourd'hui autant d'Antillais en métropole que sur place. Chronique d'une famille écartelée.

2. LES PROBLÈMES EN SUSPENS   53

Entre tropique et équateur, des départements français théoriquement comme les autres. Mais tout n'est pas si simple. Une économie déséquilibrée, un vide politique local et pas de perspectives réelles pour un développement spécifique. De quoi faire le lit des indépendantistes ?

54 POUVOIR DE DROITE, POUVOIR DE GAUCHE, ET APRÈS ?

ALAIN ROLLAT
Les gouvernements successifs ont-ils eu, un jour, un véritable projet pour les Antilles ?

61 ÉCHIQUIER

MICHEL FOUCHER
Stratégiques les Antilles ? Où la France trouve-t-elle son compte dans la possession de ces îles ?

67 LA GUADELOUPE EN PREMIÈRE LIGNE

JACQUES CANNEVAL
La Guadeloupe s'est forgée une réputation de département où règne une violence indépendantiste, tandis que sa sœur la Martinique a plutôt celle d'une région calme dans laquelle il fait bon vivre et investir. Pourquoi ?

77 LE CASSE-TÊTE ÉCONOMIQUE

DANIEL BASTIEN
Si les départements français des Antilles font, sur le papier, partie intégrante de l'économie française, il est difficile d'ignorer la somme de leurs spécificités et de leurs singularités.

3. *DE TOUTES LES COULEURS*   87

Ils sont venus des Indes, d'Asie, du Moyen-Orient, mais bien sûr d'Europe et surtout d'Afrique. Melting-pot tropical. Par-delà la trilogie Antillais/Békés/Métros, les rapports subtils entre classes et couleur de peau.

88 LES MASQUES DE LA COULEUR

MICHEL GIRAUD
Les conditions dans lesquelles les sociétés antillaises se sont formées ont fait que la stratification de ces sociétés s'est constituée en termes de différences raciales.

96 SIGNES PARTICULIERS : NÉANT

ALAIN MÉNIL
On peut posséder des ancêtres noirs, mais avoir tout de l'Européen : la culture, les références et même l'allure...

101 LE DIFFICILE RAPPORT À L'AFRIQUE

MARYSE CONDÉ
La « Négritude » a été une étape nécessaire, mais le rapport aux origines reste difficile : l'africanité des Antilles demeure au centre du débat.

107 CES MESSIEURS DE LA MARTINIQUE
EDITH KOVÁTS-BEAUDOUX
Les békés actuels sont les descendants des colons venus s'établir dans les îles dès le début du XVIIe siècle. S'ils représentent à peine 1 p. 100 de la population, ils n'en exercent pas moins, aujourd'hui, leur domination économique.

116 PONDICHÉRY-MARTINIQUE
DANIEL BASTIEN
Travailleurs acharnés, les Indiens des Antilles, importés de Pondichéry, Kārikāl et de la plaine indo-gangétique au XIXe siècle, ont peu à peu, et malgré toutes les embûches, conquis leur place au soleil.

122 LA TRIBU DES MÉTROS
YVES HARDY
Fonctionnaires, enseignants, commerçants, venus de la métropole, qui sont-ils, comment vivent-ils, comment sont-ils perçus ?

133 GENS DES MORNES, GENS DES VILLES
WILLIAM ROLLE
La couleur de peau n'est pas tout. Aux Antilles, jusqu'à présent, deux sociétés se côtoient — l'une, urbaine, l'autre, rurale — sans toutefois s'ignorer.

4. POUSSIÈRES D'ÎLES 139

Saint-Barthélemy, la Désirade, les Saintes, Marie Galante, Saint-Martin... Surprenantes petites sœurs, la plupart des dépendances de la Guadeloupe n'ont jamais été des îles à sucre. Aujourd'hui, elles se partagent entre paradis fiscaux et curiosités de peuplement.

140 POUSSIÈRES D'ÎLES.
JEAN BENOIST, JEAN-LUC BONNIOL, YVES RENARD, MAURICE BURAC
Saint-Barthélemy, La Désirade, Les Saintes, Marie-Galante, Saint-Martin : les dépendances de la Guadeloupe forment un ensemble complexe, riche d'originalités locales et de nuances subtiles, aux intérêts et aux sensibilités variés.

5. LES SOURCES, TOUJOURS... 157

Odeurs, couleurs, saveurs, chaleur, vie de famille : le fonds commun antillais. Tentative de définition de l'Antillanité.

158 LA VIE ANTILLAISE
GEORGES HARDY (extrait)

159 DISCOURS

161 MAMAN DOUDOU
MYRIAM COTTIAS
Le doudouisme produit ses machos, mais fait aussi de la société antillaise une joyeuse affaire de famille.

166 MAGIE DES ESPOIRS
SIMONNE HENRY-VALMORE
L'auberge espagnole des croyances et des religions.

170 LA FILLE DE MORNE-À-L'EAU
SIMONNE HENRY-VALMORE
La traversée de l'Atlantique semble être devenue une fatalité pour les Antillais. Un exil dans lequel la magie a parfois autant d'importance que l'économie.

174 DU FOND DES CASSEROLES
SIMONE SCHWARTZ-BART
Du manger quotidien au repas de communion : la cuisine, c'est sacré.

178 LES ORIGINES DE LA CUISINE CRÉOLE
ARY EBROÏN
Écrire l'histoire de la cuisine créole est une manière de flâner avec désinvolture dans les sentiers de l'histoire caraïbe.

185 SOCIOLOGIE À PEINE SCIENTIFIQUE DU FEU
VINCENT PLACOLY
« Ya pa qua dôms dans en kaille sans rum », - dit-on aux Antilles... On ne dort pas dans une maison sans rhum. Rencontre avec un amateur.

192 UN MOYEN D'ÉTENDRE LA CONSOMMATION DU RHUM

6. L'AVENIR SANS COMPLEXES 195

Un virage est peut-être en train de se prendre : bouillonnement culturel, retour des « élites », ouverture relative vers l'environnement caraïbe... Autant de ferments porteurs d'avenir, d'affirmation de soi.

196 SI T'ES FOOT, T'ES ANTILLES
MARC VAN MOERE
Guadeloupe et Martinique sont une pépinière de jeunes talents du football. Pourtant...

201 TOUS FILS DE CÉSAIRE
FANTA TOUREH M'BAYE
On écrit beaucoup aux Antilles. Et si l'on parle des « fils de Césaire », encore convient-il de constater que les femmes ne sont pas en reste.

206 TROIS POÈMES INÉDITS D'AIMÉ CÉSAIRE

SOMMAIRE

209 LA PUB, LE ZOUK ET L'ALBUM
LAMBERT FÉLIX PRUDENT
Les Antilles sont un bastion et un maillon important de la francophonie. Mais le créole revient en force. Complémentarité ?

217 CINÉMA ANTILLAIS, AN... ?
ALAIN MÉNIL
Le « Lion d'Or » de Venise attribué en 1983 à Euzhan Palcy marque-t-il l'émergence d'un cinéma antillais ?

223 MIZIK ANTIYE
PHILIPPE CONRATH
L'éclatement exceptionnel des formes musicales, dans les années 80. La musique antillaise à l'assaut du Top 50 et du succès.

226 PETIT LEXIQUE MUSICAL ANTILLAIS

229 BIBLIOGRAPHIE

La carte de la p. 13 a été réalisée par Anne Panaget © Autrement

---

Abonnements au 1ᵉʳ janvier 1994 : l'abonnement peut être souscrit auprès de votre libraire, ou directement aux Éditions Autrement, 17, rue du Louvre, 75001 Paris, (CCP Paris 1-198-50-C). Le montant de l'abonnement doit être joint à la commande. Un délai d'un mois est nécessaire pour la mise en place de l'abonnement, plus le délai d'acheminement. Pour tout changement d'adresse, veuillez nous prévenir avant le 15 du mois et nous joindre la dernière étiquette d'envoi. Un abonnement commence avec le numéro du mois. Tarifs par série : « Monde » (7 N°/an) : 600 F (Étranger : 700 F). « Mutations » (7 N°/an) : 600 F (étranger : 700 F). « Mémoires » (7 N°/an) : 650 F (Étranger : 770 F). « Morales » (4 N°/an) : 380 F (étranger : 480 F). **Vente en librairie exclusivement. Diffusion** : Éditions du Seuil.

Marché aux esclaves à la Martinique, en 1847.
Illustration © Sygma

« C'est la meilleure, la plus fertile, la plus douce, la plus égale, la plus charmante contrée qu'il y ait au monde. C'est la plus belle chose que j'aie jamais vue, aussi ne puis-je fatiguer mes yeux à contempler une telle verdure ».

CHRISTOPHE COLOMB
DÉCOUVRE LA MARTINIQUE
LE DIMANCHE 15 JUIN 1502

ÉDITORIAL

AU-DELÀ DES TURQUOISES...

PAR DANIEL BASTIEN
Journaliste au service Étranger du quotidien *Les Échos*

*G*uadeloupe, Martinique. Quittez Orly un matin d'hiver, et faites cap au sud-ouest. Enjambez 7 000 kilomètres d'océan, passez le tropique du Cancer, et arrêtez-vous 16° avant l'équateur, aux avant-postes de l'arc antillais qui bombe le dos vers l'Afrique. Vous trouverez alors, éparpillés sur une mer comme on n'ose en rêver, 2 870 petits kilomètres carrés de paradoxe.

*V*ous — comme moi — aurez toujours du mal à vous défaire de quelques images attendues. Négresses à mouchoirs, ti'punch, biguines et cocotiers. Là-bas, de l'autre côté de la mer battrait une autre vie, languide, ultramarine et simplement heureuse. Vous serez toujours un peu aveuglé par ce plaisant kaléidoscope de madras multicolore. Bien sûr la réalité fait bien la part au rêve, mais elle est, pas plus, ni moins, la réalité qu'ailleurs. Ces îles, où décidément rien n'est simple, vous donneront, à leur corps défendant, du fil à retordre : intellectuellement, humainement, sentimentalement peut-être.

« *A*ntilles ». Comme si elles formaient un tout... ! Les sœurs, la Martinique, la Guadeloupe et ses dépendances donnent volontiers ou révèlent malgré elles des signes tangibles de leur gemellité : à l'ombre des mêmes volcans, elles ont bâti une histoire souvent commune et ciselé une culture qu'elles partagent ; elles ont établi une économie tropicale et fonctionnarisée, une société matriarcale et multiraciale, et se sont données la même raison d'être. Elles couvent le même mystère : comment de si petites îles, un peuple numériquement si peu nombreux, peuvent-ils irradier culturellement avec autant de force ?

*E*t pourtant... Chacune fourmille d'originalités locales et de nuances subtiles, aux intérêts et sensibilités variés, jusque dans l'expression des luttes politiques. Martinique n'est pas Guadeloupe : difficile de dire que les Antilles forment un tout homogène. Méconnues de leur métropole, déjà loin de l'Afrique par le cœur, elles souffrent de l'exil de leurs enfants vers l'Europe. Sociétés duales, composites, perdues entre une mer et un océan, les Antilles sont souvent condamnées, et condamnent les autres, à avoir d'elles-mêmes une image éclatée. Pour vous y retrouver, et entrer plus facilement dans le vif du sujet, nous espérons tous vous en donner ici quelques clefs.

*P*aradoxe. Paradoxes. Filles de l'Afrique, de l'Europe, sœurs de la Caraïbe, les îles de l'archipel martiniquais et guadeloupéen sont autant de petits miroirs qui renvoient l'image de la France. Mais des miroirs ambigus. Car bon gré, mal gré, France elles sont, France elles veulent être, ou ne plus être. De France il est partout question. Les milliers de kilomètres ne peuvent nier un solide cordon ombilical. Par air, par mer, un pont presque visible relie les côtes antillaises aux côtes françaises : au Lamentin comme au Raizet, le ballet incessant des 747 est là pour le montrer.

*L*es Antilles, comme toute terre de colonisation, sont un casse-tête. Les problèmes en suspens sont partout. L'actualité immédiate est là pour s'en convaincre. Dimanche 18 juin 1989. Physiquement accrochées au continent américain, les Antilles ont participé aux élections européennes, partagées entre la défiance et l'espoir envers le fameux « grand marché de 1992 » qui, selon les opinions, assurera leur salut ou les broiera littéralement... 90 % d'abstention ont paraphé les craintes. « Nous ne posons notre appartenance à l'Europe qu'en termes économiques », affirmait peu avant le scrutin le président de Conseil Régional de Martinique, Camille Darsières. Tout un symbole : les Antilles en sont réduites à faire le tri dans leur identité... européenne.

C'est que l'identité de Guadeloupe et Martinique reste au cœur de la vie. Débat complexe et riche. Et souvent, de façon pénible ou cocasse, le début des problèmes pour le visiteur qui pose le pied sur ces terres, de quelque continent qu'il vienne. Jusqu'ici, dans un beau duo, les « îles sœurs » étaient presque exclusivement tournées vers leur Métropole, au point de méconnaître leurs voisines des Petites Antilles, pourtant comme elles filles de l'esclavage. Il est vrai que les rapports affectifs avec l'Afrique des origines sont toujours ambigus : vitales, les racines sont parfois encombrantes... Coquettes, presque opulentes, Martinique et Guadeloupe sont longtemps restées *comme étrangères au vaste archipel auquel elles appartiennent. Qui aime voir la pauvreté à sa porte ?*

*D*ifférentes *des autres îles, elles le sont par les hasards de l'Histoire, celle d'une colonisation à la française, qui a allègrement pratiqué le métissage et décidé l'assimilation politique. Originales, elles le sont devenues par leur statut, départements — régions françaises à part entière découvrant les délices de la décentralisation, alors que leurs anciennes voisines anglaises, accédant les unes après les autres à l'indépendance depuis 1978, constituent autour d'elles autant de micro-États. Atypiques, elles le restent par leur niveau de développement, sans commune mesure dans les Petites Antilles, sinon dans tout le Bassin caraïbe. Il fait d'elle une vitrine attirante pour les voisins de Sainte-Lucie, de Saint-Vincent, de la Dominique ou d'Antigua, qui se prennent parfois à regretter que les Français n'aient pas eu le dernier mot sur les Anglais, dans les siècles passés, pour contrôler l'île où ils sont nés...*

*F*ace *à tous les paradoxes des Antilles, on a souvent parlé de crise, d'impasse ; et les dernières générations ne se sont pas privées de les reprendre à leur compte. Mais aujourd'hui se dessinent des espoirs nouveaux : la jeunesse bannit les vieilles lunes et balance les complexes par-dessus bord. Ce qui redonne créativité aux créateurs, confiance aux administrateurs, et lucidité aux politiques. Les Antilles se retrouveraient-elles elles-mêmes ? : à meilleure preuve, elles s'ouvrent vers les autres...*

*D*ans *les moments de doute, les Antilles savent de toute façon s'arrimer au roc de leur antillanité : îles tropicales, elles vivent la douceur et l'exubérance d'une nature généreuse, parfois violente, en tout cas unique, et savent l'alchimie secrète d'une sève omniprésente. Elles puisent surtout à la source de solides traditions patinées aux cours des siècles, se reposent sur leurs mères, qui font de la société une incroyable réunion de famille, restent attachées à une langue imagée et vivante qui court d'île en île, et vibrent à des rythmes, à des sons, des odeurs et des couleurs qui sont leur musique intérieure.*

*L*ibre *à tous d'entrer, mais sans arrogance, dans ce monde étonnant. Déconcerté, vous y entrerez peut-être alors à reculons. Et y ferez un jour sans le savoir quelques racines tropicales : à jamais vous manqueront le chant du créole, le cri des grenouilles dans la nuit, et le miracle d'une gorgée de jus de canne.*

CHRONOLOGIE

1493 : découverte de Marie-Galante et de la Guadeloupe par Christophe Colomb. Indiens arawaks et caraïbes y vivaient depuis le Ier siècle.
1502 : l'Espagne prend possession de la Martinique, découverte par Christophe Colomb.
1635 : l'Olive et Duplessis débarquent à la Guadeloupe. Fondation de Saint-Pierre, en Martinique, par Belain d'Esnambuc.
1639 : introduction de la canne en Martinique.
1642 : Louis XIII autorise la déportation jusqu'aux possessions françaises d'esclaves africains : ce sera la « traite ».
1664 : fondation de la « Compagnie des Indes » par Colbert. Mise en œuvre du « Pacte colonial ».
1667 : Jean de Baas fonde Port-Royal (Fort-de-France).
1685 : publication du Code noir.
1758 : prise de la Guadeloupe par les Anglais qui fondent Pointe-à-Pitre.
1762 : prise de la Martinique par ces mêmes Anglais.
1763 : par le traité de Paris, Martinique et Guadeloupe sont restituées à la France.
1794 : abolition de l'esclavage par la Convention ; invasion des îles par les Anglais ; la Guadeloupe est reprise par Victor Hugues.
1802 : restitution des îles à la France. Rétablissement de l'esclavage, répression des soulèvements d'esclaves.
1803 : nouvelle occupation des îles par les Anglais.
1804 : Saint-Domingue expulse les troupes françaises et fonde la première République noire du monde : Haïti.
1814 : occupation définitive des îles par les Français.
1830 : Louis Philippe octroie l'égalité des droits.
1848 : abolition de l'esclavage le 22 mai.
1854 : introduction d'Indiens (des Indes) en Martinique et en Guadeloupe pour remplacer les ex-esclaves qui ont abandonné les terres des colons.
1902 : éruption de la Montagne pelée : 30 000 morts, Saint-Pierre est détruite.
1940-1943 : les sombres « années de l'Amiral Robert », ou les Antilles sous la poigne du représentant du gouvernement de Vichy.
1946 : départementalisation des Antilles.
1960 : la Ve République fait entrer l'outre-mer dans l'ère de la « départementalisation adaptée ».
1963 : naissance du Groupe d'organisation nationale guadeloupéenne (GONG).
1967 : le GONG est décapité, suite aux émeutes de Pointe-à-Pitre (80 morts).
1972 : chacun des départements d'outre-mer est transformé en une région « mono-départementale ».
1980 : premiers attentats du Groupe de libération armé, GLA (Guadeloupe).
1983 : série d'attentats dans les deux départements antillais et la Guyane, revendiqués par l'Alliance révolutionnaire caraïbe (ARC).
1986 : arrestation des leaders de l'ARC et démantèlement de l'organisation.
1989 : amnistie des nationalistes guadeloupéens.

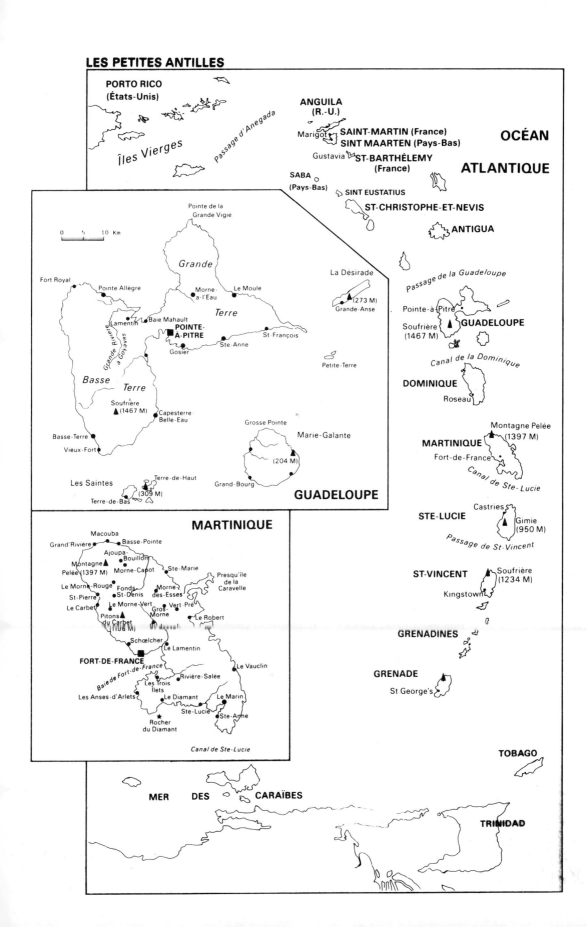

C. CARRIÉ

1
UNE RÉALITÉ ÉCLATÉE

LOUIS DOUCET

L'ÎLE,

ESPACE FABULEUX

LOIN D'ÊTRE LA SIMPLE ÉTENDUE DE TERRE ENTOURÉE D'EAU DE TOUS CÔTÉS, AINSI DÉFINIE À l'EMPORTE-PIÈCE PAR LE PETIT LAROUSSE, L'ÎLE N'A JAMAIS CESSÉ D'ÊTRE UN ESPACE FABULEUX PARCE QUE TOTALEMENT ENCLOS ET REPRÉSENTANT, DE CE FAIT, UN MONDE COMPLET, PARFAIT, ENTIÈREMENT MAÎTRISÉ, TENU À DISPOSITION AU CREUX DE LA MAIN.

« ... chacune est un petit pays ayant en commun avec sa voisine des plages ombragées de cocotiers et baignées d'eau transparente bleu turquoise. Il fait beau, miraculeusement beau, mais sans chaleur excessive. Les forêts y sont exubérantes, mais sans bêtes féroces... » Extrait du journal de bord de Christophe Colomb ? Absolument pas : catalogue de Jet Tours dernière saison. De 1492 à aujourd'hui, cherchez la différence.

L'île a toujours hanté les imaginations. Déjà, à une époque où la connaissance du monde limitait les cartes à des portulans approximatifs, les grandes étendues océaniques vierges n'en étaient pas moins semées d'îles totalement fantaisistes appelées « la femme du géographe ». Il s'agissait là, pour le dessinateur-poète, d'une façon élégante et pas chère d'envoyer des fleurs à sa petite amie. Îles que d'autres s'efforçaient d'aller découvrir par la suite.

On ne compte plus les récits, légendes, racontars ou autres tuyaux teintés de merveilleux qui courent les bibliothèques et les tavernes des ports où l'on n'a pas seulement soif de breuvages forts. Au VIIIe siècle avant notre ère, le Grec Hésiode faisait déjà état d'un Paradis terrestre qu'il situait sur une île plantée quelque part au milieu de l'océan et réservée exclusivement aux Justes par le grand Jupiter lui-même. Jardin des Hespérides, îles des Bienheureux ? Hercule y serait venu cueillir les Pommes d'Or et il n'est pas impossible que des Carthaginois excités aient ainsi découvert les « îles Fortunées » plus connues aujourd'hui sous le nom de Canaries.

Un moine irlandais du VIe siècle, saint Brandan, se lance à la recherche de cette *Terra Repromissionis Sanctorum* qui l'aurait conduit, d'après son récit quelque peu illuminé à la manière du temps, à toucher un Autre Monde dont la description ne devait pas manquer de titiller bien des vocations.

C'est dans la même Irlande, au port de Galway, qu'un bourlingueur gênois amateur de boissons raides et d'accortes demoiselles allait recueillir des informations troublantes sur ce redoutable au-delà marin que des colosses nordiques auraient eux aussi abordé. Christophe Colomb, donc, puisqu'il s'agit de lui, ajoute cette donnée à de nombreuses autres : la Cypango de Marco Polo, saint Brandan que nous avons vu, l'*Imago Mundi* du chancelier de la Sorbonne Pierre d'Ailly, la mystérieuse carte de l'astronome florentin Toscanelli. Tout colle avec certaines « Anti-Illias » (la femme du géographe ?) vaguement situées derrière une Atlantide dont on ne sait trop que penser.

La suite est suffisamment connue. Glissons. Sauf sur le fait qu'au bout de son quatrième et dernier voyage, l'or n'ayant toujours pas tenu les promesses du Grand Amiral de la Mer océane, celui-ci s'évertue à remplir son contrat en découvrant rien moins que... le Paradis terrestre lui-même !... Qu'il situe en l'île de la Trinité (Trinidad) dont les paysages correspondent, selon lui, à la lettre même de la Bible. Il était d'ailleurs si certain d'aborder un jour cet endroit que, dès le début, il avait embarqué un juif converti parlant l'hébreu et l'araméen afin de converser avec les élus qui devaient l'habiter !...

TERRE PROMISE

... « L'Hispaniola est une merveille : les sierras et les montagnes, les plaines et les vallées, les terres si belles et grasses... C'est une terre à désirer et, une fois eue, à ne jamais quitter[1]... » Extrait du catalogue de Jet Tours ? Non : journal de bord de Christophe Colomb. Cherchez toujours la différence... Tout le monde est beau, tout le monde est gentil comme dans les peintures de ces « naïfs » haïtiens où la représentation du Paradis — encore lui — est tout à fait conforme au temps d'avant « la chute ».

Plus ou moins mis aux chaînes à son quatrième et dernier retour, proposé (beaucoup plus tard) à une béatification sans suite[2], on est tenté de se demander si cet « arrondisseur de monde » selon Léon Bloy, plutôt controversé comme personnage, ne doit pas le succès de sa médiatisation au fait qu'il a su authentiquement ouvrir la porte du rêve à des flots d'hommes en mal de Toison d'Or. À commencer par ces pauvres diables racolés — les « engagés » — par les compagnies « équinoxiales » ou autres compagnies des Indes occidentales, qui leur proposaient un morceau gratuit de Terre promise en échange de trois années de travail à l'œil. Miséreux esclaves d'avant l'esclavage, suivis d'une armée de voleurs à la tire, escrocs, brigands de grand chemin, assassins, malfrats divers trop heureux d'échapper à la potence en ne risquant plus leur peau qu'au jeu terriblement excitant des entreprises flibustières. Rêver sa vie en la vivant, plutôt courte mais plutôt bonne, dans les délices de la taverne du Rat-qui-Pète sise en l'île de la Tortue ou autres crapuleux paradis dont les gens de plume se sont emparés pour hausser jusqu'au mythe cette espèce de parallèle diabolique au cycle arthurien des chevaliers de la Table ronde : la reine Elisabeth n'a-t-elle pas anobli l'infâme — mais astucieux — Morgan, devenu, par Sa Grâce, gouverneur de la Jamaïque ?

ROBINSONNADES

« ... *C*es gens ne sont d'aucune secte, ni idolâtres, mais très doux et ignorants de ce qu'est le mal... ils ne savent se tuer les uns les autres, ni s'emprisonner... » Cela, c'est du Christophe Colomb. Ainsi va naître petit à petit, tout droit sorti de la Bible, le fameux mythe du « bon sauvage » que les philosophes du Siècle des Lumières, Rousseau en tête, vont gonfler — ce n'est pas le moins drôle de l'histoire — pour... réfuter ladite Bible, arguant que l'homme primitif étant naturellement bon, la notion de péché originel s'avère totalement absurde : ce ne peut être que la société qui le pervertit !...

Et les utopistes de tirer des plans sur la Cité de l'Homme, dont aucun ne connaîtra jamais le succès de Robinson Crusoé recréant un monde pour lui seul dans son île déserte, et y vivant selon la meilleure loi qui soit, la sienne. Avec un esclave.

Daniel Defoë aurait trouvé les sources de son livre, paru en 1719, dans les tribulations d'un marin anglais, Alexandre Selkirk, naufragé sur l'île de Mas-a-Tierra, archipel Juan Fernández, dans le Pacifique. Rebaptisée Robinson Crusoé en 1966 par le gouvernement chilien, elle s'efforce de faire vivre 500 habitants du genre sous-développé avec les minces revenus d'un tourisme clairsemé ciblé sur une grotte Robinson, un hôtel Robinson, un point de vue Robinson, un Crusoé's Bar où l'on sert un Robin's coktail ou un Vendredi *dry* les jours maigres. D'autres fouineurs situent cette merveille non loin de Trinidad (l'« authentique » Paradis de Colomb), à Tobago : la preuve n'en est-elle pas dans le fait que le squelette du vieux bouc enterré dans la grotte de Robinson a été montré à l'Exposition universelle de Chicago en 1893 ?

Robinson ne devait pas manquer de faire des petits ainsi qu'en témoigne le succès des innombrables robinsonnades publiées par la suite : Robinsons des glaces, du désert, de la Guyane, le fameux *Robinson suisse*... Il n'est pas jusqu'à Jules Verne lui-même qui s'aventura dans une *École des Robinsons* dont la publication en 1882 devait être suivie de celle de *L'Ile mystérieuse*. *L'Ile mystérieuse*, où l'homme-enfant réinvente le monde, l'emplit, l'enclot, s'y enferme, et couronne cet effort encyclopédique par la posture bourgeoise de l'appropriation : pantoufles, pipe et coin du feu, pendant que dehors la tempête, c'est-à-dire l'infini, fait rage inutilement.

Mais Verne, qui n'a jamais voyagé, ne s'en tient pas là. Il nous emmène dans une île plus parfaite encore : cet espace totalement clos, infiniment fini, lisse et autonome comme un œuf enfermant l'essence secrète de la vie : le *Nautilus* de *Vingt mille lieues sous les mers* (1870). On arguera que l'espace intérieur du *Nautilus* est une image susceptible d'intéresser davantage Freud que les candidats au voyage, seraient-ils simples lecteurs de *L'Ile au trésor* (ah ! celle-là !...) au décor inspiré à Stevenson par l'île des Pins voisine de Cuba (à qui elle a servi de bagne au temps de Trujillo). En vérité, l'idéal ne serait-il pas ce vase clos servant de vase communiquant aux îles entre elles : un BA-TEAU tirant la voile sous les tropiques ; le summum du plaisir consistant en une plongée au cœur de ce mirage que sont les Grenadines où l'on découvre que le Paradis s'achète comme une place au cinéma pour peu que l'on en ait les moyens.

Ti' punch ? Glace coco ? Fauteuil, lumières s.v.p... King-Kong lui-même, dans son île perdue au milieu des brumes, y croit de toute son âme encore en friche. Entre un combat de catch avec un monstre préhistorique et une grosse colère contre une brutale tentative d'aliénation sur sa personne où le monde moderne ne joue pas le beau rôle, le voilà qui entraîne les spectateurs sur la piste d'un pur amour style d'avant la chute : ELLE est là ! Il la tient dans sa grosse patte velue ! Joie ! Malheureusement, paf !... Il y aura l'os de l'Empire State Building !...

C'est encore dans une île tropicale que James Bond, en gracieuse compagnie, empêche l'ignoble Dr No de refaire un monde un peu spécial ; toujours dans une île tropicale, où ils découvrent les plaisirs de jeux redevenus innocents, que les marins de la *Bounty* réexpédient le misérable Charles Laughton — alias capitaine Blight — vers son enfer personnel ; forcément autour d'îles tropicales que caracolent les flibustiers au grand cœur de *L'Aigle des mers* ; naturellement dans une île tropicale, Key Largo, qu'au terme d'un affrontement initiatique avec les méchants gangsters et le monstre Hurricane, le chevalier Humphrey Bogart redonne le goût du paradis (terrestre) à la belle Lauren Bacall. Éternel combat du Bien contre le Mal. Triomphe assuré des bons sur les mauvais. Quel couple exemplaire que celui de l'Eau de rose mariée au Bleu des mers du Sud !...

« Iles
Iles où l'on ne prendra jamais terre
Iles où l'on ne descendra jamais
Iles couvertes de végétations
Iles tapies comme des jaguars
Iles muettes
Iles immobiles
Iles inoubliables et sans nom
Je lance mes chaussures par-dessus bord car je voudrais bien aller jusqu'à vous. »

Rien de plus facile de nos jours, cher Blaise Cendrars. Il suffit de pousser la porte du premier marchand de rêve venu, au premier coin de rue où, comme chacun sait, l'aventure tient boutique. Dans le langage basique des violoncellistes du voyage au long cours, le sigle des quatre S représente le logo du retour aux origines vite fait bien fait, avion, hôtel, service compris : *sun, sand, sea, sex.* Du soleil, du sable, la mer, et le sexe à gogo. Et rien à fiche des réalités sociales, économiques ou autres difficultés vécues par le « bon sauvage local » (de toute façon, « ils » ne sont pas comme nous !...) du moment que l'on vous a garanti sur facture « ... le charme créole, des odeurs de poivre et de cannelle, et la douceur de vivre à ne rien faire ou à en faire le moins possible... ! » Rhum, salsa, petites pépées ou autres...

Une simple image cueillie au Raizet, l'aéroport de Pointe-à-Pitre : certains charters canadiens sont composés d'une forte proportion de passagères seules, qui débarquent la pomme à la main. À croquer sans perdre de temps. Et personne ne semble se damner pour autant.

Albert Pose *(Les Chiens du paradis)* décrivant les tribulations de l'après-Découverte, relate comment les « Ordonnances de l'Être », prises par une espèce de Colomb aux doigts de pied en éventail, décident que tout le monde ira tout nu : « ... Il fallait être ! Et apprécier en toute sérénité les fruits faciles de l'Eden... Être et laisser être ». Or : « ... au bout de deux semaines, chacun commence à sentir que, sans le Mal, tout manquait de sens. Le monde perdait toute couleur, les heures n'étaient que néant. En réalité, ce Paradis tant prisé était un monde fade, nu, un monde diurne, car la nuit n'était plus la nuit. Circuler tout nu et sans Mal à la clé, cela revenait à se présenter en frac à une fête qui vient de se terminer. Les hommes étaient nés et avaient été élevés dans l'idée qu'ils allaient construire le Bien. Pour tomber et pour se racheter... »

Ainsi, tout va comme si la réalité jouait le rôle du pompier dans la flamboyante comédie de l'Imaginaire. Message reçu cinq sur cinq par les finaudes agences de voyages : sauf exception, les séjours proposés ne dépassent jamais les deux semaines en question. Juste de quoi donner envie de se repayer un an plus tard, une part du trésor des pirates. En monnaie de singe plaquée or pleine peau.

LOUIS DOUCET

Journaliste, grand prix du reportage télévisé ; lauréat de l'Académie Française ; auteur de *Quand les Français faisaient fortune aux Caraïbes*, Fayard, 1981.

---

1. Hispaniola : grande île aujourd'hui partagée entre les républiques de Haïti et de Saint-Domingue.
2. Il eût été piquant de voir en Colomb le patron des voyageurs. Mais saint Christophe n'était qu'un obscur personnage canonisé pour avoir porté sur son dos, à travers un torrent, un pèlerin menacé de noyade.

JACQUES FREDJ

LE MAILLON COLONIAL

POUR LE VOYAGEUR QUI DÉBARQUE À FORT-DE-FRANCE OU POINTE-À-PITRE, IL NE FAIT PAS DE DOUTE QU'IL EST EN PAYS FRANÇAIS. ON AURAIT TORT SANS DOUTE DE CROIRE QU'IL S'AGIT D'UNE FAÇADE VOULUE PAR LE STATUT JURIDIQUE DE DÉPARTEMENT D'OUTRE-MER ; TOUT EST MARQUÉ DE L'EMPREINTE FRANÇAISE. MAIS TRÈS VITE S'INSINUE L'IMPRESSION QUE CE N'EST PAS LA FRANCE ET QUE CE N'EST PAS SEULEMENT AFFAIRE DE CLIMAT.

Départements français par leur statut mais terres d'esclavage et de colonisation par l'histoire, les Antilles échappent à une définition simple parce qu'elles ont à se situer entre l'Europe et l'Afrique, appartenant à ce qu'on appelle l'Amérique des plantations, dont chaque partie est une réalité complexe et originale.

Les sociétés antillaises sont une construction de la colonisation : l'esclavage a donné à ces îles leur visage actuel par le rassemblement de populations qu'il effectua, les rapports économiques et sociaux qu'il institua. La dernière génération née dans l'esclavage a dû s'éteindre entre 1900 et 1920 environ. Le poids de l'époque esclavagiste se lit toujours en contrepoint de la figure de Schœlcher ; la statue du grand abolitionniste perpétue la mémoire de l'époque abhorrée dans le souvenir de l'irréversible abolition.

CODE NOIR, POUVOIR BLANC

En 1635 les Français L'Olive et Duplessis débarquent en Guadeloupe et Belain d'Esnambuc fonde Saint-Pierre en Martinique. Vers 1660 il ne reste des Indiens caraïbes que quelques familles. C'est d'abord la France qui fournit colons et travailleurs : les « engagés », recrutés en France, doivent par contrat travailler trois ans pour le planteur qui a payé leur passage. Mais cela n'assure que trois ans de travail pour le prix d'une traversée. Lorsque, après 1650, la canne s'impose, le besoin en main-d'œuvre fait ressortir les avantages de l'esclavage. Les Antilles deviennent, isles à sucre et terres d'esclavage, une pointe du fameux commerce triangulaire qui, au XVIIIe siècle, fait s'échanger produits d'Europe, hommes d'Afrique, sucre des Amériques. Ce sont évidemment les plantations qui concentrent la masse des esclaves : de la foule des esclaves des champs se différencient les esclaves urbains mais aussi les domestiques, les nègres à talents qui assurent des services spécialisés. Ainsi, sur la plantation, ouvriers sucriers, affectés à la fabrication du sucre, tonneliers, forgerons et autres artisans sont distingués des cultivateurs, tandis que les domestiques sont plus près des maîtres. Les rapports entre maîtres et esclaves sont définis par un édit royal de 1685, dit Code noir. Il règle la police des esclaves et précise les obligations des maîtres. Cette législation embrasse tous les aspects de la vie des esclaves : religion chrétienne, minimum de nourriture, de vêtements, punitions en cas de marronnage, c'est-à-dire de fuite hors de la plantation. Car, temporaire ou définitif, le marronnage est constant.

Les maîtres ignorèrent souvent certaines dispositions de protection des esclaves contenues dans le Code noir. Devant le statut d'égalité que le Code accordait aux hommes de couleur libres, affranchis et descendants d'affranchis, ils opposèrent un refus catégorique. Les Blancs n'avaient certes pas tous la même situation ni les mêmes intérêts, mais tous avaient en commun de jouir par nature d'une liberté insoupçonnable, tandis que nègres ou mulâtres, même libres, n'avaient qu'une liberté acquise : pour les colons, il n'aurait su y avoir équivalence. Pourtant, si le Code noir faisait esclave celui qui était né de mère esclave, le texte faisait de l'affranchi un sujet du roi à l'égal des autres dès lors que sa liberté était reconnue, sous la seule réserve du respect particulier qu'il devait à son ancien maître. L'apparition de ce groupe de « libres de couleur » qui se développait avec le métissage, poussa donc les colons à mettre en place une ségrégation : à la veille de 1789, la « classe blanche » s'opposait ainsi à l'aspiration des libres de couleur à l'égalité que leur garantissait l'édit de 1685.

Au XVIIIe siècle, le second point d'affrontement pour les colons concerne les rapports avec la France ; un aspect fondamental du lien colonial est l'exclusif, réglementation économique qui veut réserver à la métropole le commerce colonial. Intérêts coloniaux et métropolitains se révèlent contradictoires. La disette oblige parfois à autoriser des importations étrangères. Mais gouverneurs et intendants, chargés d'appliquer l'exclusif et de réprimer le commerce de contrebande, doivent affronter l'opposition des colons.

ÉGALITÉ, CITOYENNETÉ

Avant la Révolution, aucune de ces deux questions n'est réglée. Les colons ont obtenu quelques satisfactions et l'exclusif est moins sévère. Mais le problème des libres se fait plus pressant à mesure de leur nombre croissant ; en réaction, les colons multiplient les interdictions qui limitent leurs relations sociales comme leur vie professionnelle. La Révolution de 1789 vient fournir un appui aux libres de couleur. La Législative leur accorde l'égalité en avril 1792 tandis que la Convention montagnarde va jusqu'à l'abolition de l'esclavage. Mais les îles n'ont pas alors la même situation : la Martinique, sous domination anglaise, ne connaît pas le bouleversement qui atteint la Guadeloupe demeurée française ; à Saint-Domingue, future Haïti, des révoltes conduisent à l'indépendance lorsque le Consulat veut restaurer l'ordre esclavagiste ; le rétablissement de l'ancien régime colonial est imposé en 1802 à la Guadeloupe où la résistance est écrasée. La Martinique revient à la France. Mais il ne peut en aller tout à fait comme avant : en 1815, la France souscrit à l'interdiction de la traite. Il y a bien une traite de contrebande, mais dès lors que la traite est interdite, la tendance générale va vers l'abolition.

Pourtant c'est toujours la question de l'égalité entre colons et libres de couleur qui domine l'époque de la Restauration. Ainsi, la diffusion d'une brochure intitulée *Sur la situation des hommes de couleur libres* attire en 1824 une répression judiciaire sur le groupe des mulâtres : une campagne libérale obtient pourtant que les jugements soient cassés et l'affaire jugée à nouveau : seul condamné cette fois, et plus légèrement que par le premier jugement, le mulâtre Bisette, à qui est attribuée la brochure, devient le héros des « libres ».

En 1833, la Monarchie de Juillet suit la voie libérale et accorde enfin l'égalité : si le cens électoral le contredit en fait, le principe est acquis. Désormais, il s'agit de l'émancipation des esclaves.

Alors que la France accorde l'égalité de principe aux libres de couleur, en 1833 l'esclavage est supprimé dans les colonies anglaises. En 1845 et 1846, le gouvernement français, qui sait l'évolution irréversible, prend des mesures d'atténuation de l'esclavage et favorise le rachat de sa liberté par l'esclave lui-même. Avec la Révolution de 1848, Victor Schœlcher fait décider l'abolition, mais quand le décret du 27 avril 1848 arrive aux Antilles, des révoltes ont déjà obtenu la liberté le 22 mai en Martinique et le 27 mai en Guadeloupe. « ... nulle terre française ne peut plus porter d'esclaves », disait le décret préparatoire ; le texte définitif précise : « Les colonies, purifiées de la servitude,... seront représentées à l'Assemblée nationale. » La question politique est réglée par la citoyenneté de tous.

DÉPARTEMENTS FRANÇAIS

La production de sucre de canne reposait encore en 1848 sur le travail des esclaves. Pour les anciens maîtres, il convient donc d'établir de nouveaux rapports. La solution la plus fréquente est le colonage partiaire, contrat qui fait de l'ancien esclave une sorte de métayer. Ainsi la hiérarchie sociale se maintient-elle au-delà de l'esclavage. L'autre grande mutation de l'économie sucrière a lieu entre 1860 et 1880 environ : l'habitation-sucrerie n'est plus qu'une plantation : les usines centrales traitent la canne de plusieurs domaines. Cette période marque l'apogée de l'économie sucrière.

Sur le plan politique, l'histoire des Antilles est alors dominée par le mouvement vers l'assimilation. Si le dernier tiers du XIXe siècle est encore marqué par des affrontements autour du préjugé de couleur, les « vieilles colonies », désormais peuplées de citoyens, reçoivent sous la IIIe République, à l'exception du gouverneur et de son administration, des institutions locales, inspirées de celles de la France métropolitaine.

L'administration coloniale, que le gouverneur incarne, manifeste une certaine souplesse par le jeu des conseils qui assistent le gouverneur. Consultatif, le Conseil privé du gouverneur compte deux notables qui font entendre à l'administration le point de vue des intérêts coloniaux. Le Conseil général, parce qu'il vote les taxes nécessaires au budget, dispose quant à lui d'un pouvoir local bien réel. Ainsi se concilient les exigences d'une administration centralisée et la représentation des intérêts des notables locaux. Le pouvoir local fait d'ailleurs l'objet de luttes politiques âpres, en particulier dans la riche cité de Saint-Pierre jusqu'à l'éruption de 1902.

Mais dès la fin du XIXe siècle la plupart des cadres politiques élus sont issus de la population de couleur. Ce sont plutôt les luttes sociales des travailleurs agricoles, parfois durement réprimées, qui marquent la mémoire antillaise. Passé le pouvoir impopulaire de l'amiral Robert, représentant le régime de Vichy, la gauche antillaise l'emporte à la Libération et, dans un souci égalitaire, consacre l'assimilation par la transformation des vieilles colonies en départements français par la loi du 19 mars 1946.

ASSIMILATION

De l'assimilation, la légalité républicaine a donc tiré toutes les conséquences. Ainsi ces « morceaux d'histoire de France palpitant sous d'autres cieux », selon le mot de Jaurès, ont reçu leur statut actuel par l'action de la gauche antillaise. Réclamant l'assimilation totale, elle dénonçait en même temps la domination perpétuée des Blancs créoles et la permanence de la tripartition sociale entre Noirs, mulâtres et Blancs créoles comme des survivances de la période esclavagiste.

Il n'est pas indifférent que ce statut, aujourd'hui défendu par la droite, soit, à l'origine, l'œuvre de la gauche qui voulait ainsi effacer les séquelles coloniales, obtenir plus d'égalité et de justice sociale. Mais cette assimilation juridique a aussi bien, dit-on, facilité une reconversion des « grands blancs » qui ont abandonné la canne, moins rentable, pour les services comme ils avaient, dit-on aussi, laissé le pouvoir politique à leurs anciens adversaires, se réservant la domination économique. Autant dire que l'assimilation est aujourd'hui contestée par la gauche.

La décentralisation et le pouvoir nouveau des collectivités locales ne paraissent pas des mesures susceptibles de satisfaire la jeunesse. Il semble, en effet, que l'anti-assimilationnisme, politique ou culturel, et le nationalisme se rencontrent plutôt chez les jeunes. Crise économique, chômage, émigration..., la revendication nationale pourrait bien traduire aussi la conscience de l'esclavage, non le ressentiment mais la conscience d'une histoire qu'on ne se sent plus libre d'assumer quand, à son terme, on rencontre l'assimilation et le statut départemental en réponse à l'interrogation de l'identité antillaise.

— JACQUES FREDJ —
Professeur d'Histoire. A publié de nombreux articles sur l'histoire des Antilles. Spécialiste de Frantz Fanon.

JACQUES ADÉLAÏDE-MERLANDE

LES PARTAGES
DE L'HISTOIRE

ILES SŒURS, MARTINIQUE ET GUADELOUPE MONTRENT BIEN DES SIGNES DE LEUR GÉMELLITÉ. POURTANT, ET Á Y REGARDER DE PLUS PRÈS, VOIRE DE PLUS LOIN, SOUS LA TERREUR, LA GUILLOTINE S'EST ARRÊTÉE À POINTE-À-PITRE SANS JAMAIS ATTEINDRE FORT-DE-FRANCE : POUR CERTAINS LEUR HISTOIRE A ALORS COMMENCÉ À DIVERGER.

Dans l'espace colonial français, les Antilles qui comprennent alors la partie occidentale de Saint-Domingue, et dans le groupe des îles-au-Vent (Petites Antilles), Sainte-Lucie et Tobago, Guadeloupe et Martinique paraissent présenter de particulières similitudes. L'économie dite de plantation y prédomine, économie fondée sur la culture de la canne à sucre, dans le cadre des *habitations*[1] sucrières. La canne est broyée dans des moulins mus par l'eau, le vent ou les bêtes, et le jus de la canne, le *vesou*, transformé ensuite, par le passage dans plusieurs chaudières, en sucre. S'y ajoutent le café, le coton, qui entrent dans la catégorie des denrées exportées, et les cultures vivrières qui contribuent partiellement à la nourriture des esclaves.

Dans l'une et l'autre île, ceux-ci constituent la majeure partie de la population : 80 % environ. Les uns, importés, si l'on peut dire, directement d'Afrique, les autres, descendants d'Africains mais nés dans le pays et à ce titre qualifiés de créoles.

Les esclaves introduits en Guadeloupe sont-ils de moins bonne qualité que ceux introduits en Martinique ? Rien ne permet de vérifier cette assertion maintes fois reprise. À vrai dire, le grand concurrent en la matière est avant tout Saint-Domingue où affluent des milliers d'esclaves. Dans l'une et l'autre île, la population juridiquement libre se subdivise quant à elle en deux catégories, inégales par leur statut. Les libres de couleur — affranchis ou descendants d'affranchis —, généralement issus d'unions irrégulières (au regard des normes de l'époque) entre Blancs et femmes de couleur. Aussi bien en Martinique qu'en Guadeloupe, ils sont moins nombreux que les Blancs et pâtissent de mesures discriminatoires et humiliantes introduites dans la pratique au cours du XVIIIe siècle (alors que le Code noir de 1685 prévoyait l'égalité entre affranchis et sujets libres du roi, tout en organisant l'esclavage). Les Blancs, libres, cela va de soi, mais non point égaux entre eux, du moins au plan social. Au sommet de la hiérarchie, outre les administrateurs venus de la métropole, se trouvent les détenteurs d'habitations sucrières entre lesquels, d'ailleurs, bien des nuances peuvent exister. Mais la catégorie ethnico-juridique englobe les négociants, les commerçants, les artisans et ouvriers, et des planteurs plus modestes que les habitants sucriers, détenteurs de caféières, de cotonnières, de vivrières. N'existe entre tous ces Blancs qu'une volonté commune, celle de maintenir leur hégémonie face aux libres de couleur et aux esclaves.

La colonie de Guadeloupe est un archipel dans l'archipel, composée de deux îles principales, fortement contrastées puisque l'une est volcanique (la Guadeloupe proprement dite) et l'autre, sédimentaire, la Grande-Terre.

Plus significative peut-être est l'existence à la Martinique d'un grand centre urbain et commercial, constitué par la ville de Saint-Pierre, centre avec lequel ne peuvent guère, pour l'heure, rivaliser les centres guadeloupéens d'ailleurs rivaux entre eux — ils se disputent l'accueil du commerce étranger. Les commissionnaires de Saint-Pierre se sont, peu à peu, au cours du XVIIIe siècle, érigés en intermédiaires entre les planteurs auxquels ils font les avances et le commerce métropolitain. Ils n'ont d'ailleurs pas limité leurs activités à la seule Martinique, et plus d'un demi-siècle après, l'historien créole Lupeen Lacour se fera l'écho « des récriminations soulevées par cette domination des commissionnaires de Saint-Pierre ». Ce rayonnement commercial explique pourquoi la ville pourra apparaître, dans les premières années de la Révolution, comme une sorte de capitale des patriotiques des Antilles (ce termes de patriotes désignant ceux qui sont favorables à la Révolution).

Dans les débuts de la Révolution, on voit s'affirmer au sein de la société blanche des îles (Guadeloupe et Martinique) deux courants. L'un, désireux de suivre au plus près l'évolution de la métropole (il est vrai que celle-ci, alors, n'envisage point une suppression de l'esclavage et se montre fort hésitante sur la question des droits des libres de couleur). L'autre, non point contre-révolutionnaire, mais avant tout soucieux de profiter des circonstances pour réaliser une autonomie qui, concrètement, devrait se traduire par la liberté commerciale. Le premier courant, celui des patriotes, s'appuie principalement (mais non point uniquement) sur la population blanche des villes. Le second recrute chez les planteurs.

L'affrontement entre les deux courants prend une valeur exemplaire, en quelque sorte, à la Martinique. En 1790, le Saint-Pierre des patriotes s'oppose violemment à la Martinique des planteurs qui font de la localité intérieure de Gros-Morne leur capitale. L'affrontement n'est pas que politique — il aboutit à un conflit armé. La Guadeloupe — celle des patriotes, du moins — est mêlée à ce conflit : même de Marie-Galante et du Moule, des motions de soutien sont envoyées à Saint-Pierre et, surtout, plusieurs centaines de volontaires (blancs) se rendent à Saint-Pierre : ils sont conduits par Coquille Dugommier qui deviendra plus tard général de la République.

À la Guadeloupe, le conflit entre patriotes et planteurs est marqué, au moins en 1798-1799 par un conflit entre les deux villes principales : Basse-Terre qui est depuis 1786 (comme d'ailleurs Saint-Pierre) un entrepôt, un port où peuvent arriver légalement les marchandises américaines (c'est-à-dire d'Amérique du Nord) et Pointe-à-Pitre ; dans cette rivalité des deux villes-ports, les planteurs de la Grande-Terre sont, pour des raisons évidentes (souci de disposer d'un entrepôt proche de leurs plantations), favorables à Pointe-à-Pitre. Ainsi, en Guadeloupe en raison même de la géographie de l'île, apparaît une certaine opposition régionale. Mais l'autonomisme des planteurs demeure un dénominateur commun. Les Assemblées, qu'ils dominent — Assemblées générales coloniales, Assemblée coloniale —, tant en Martinique qu'en Guadeloupe, se comportent comme autant d'Assemblées constituantes au petit pied. Elles ne font d'ailleurs que suivre l'exemple de Saint-Domingue et de l'Assemblée de Saint-Marc. On verra même l'Assemblée générale de la Guadeloupe proposer à la Martinique de « former, au sein des quatre Assemblées coloniales des Iles-du-Vent, un congrès qui, à l'arrivée des instructions (ministérielles), travaillerait à donner une Constitution uniforme à ces colonies ». Ainsi, l'autonomisme propre aux planteurs de chaque île paraît se prolonger en fédéralisme.

LE SORT DES ARMES

Survient, le 10 août dans la métropole, la chute de la Royauté, connue évidemment plusieurs semaines plus tard aux Antilles. Les autorités et les notables blancs de la Guadeloupe et de la Martinique marchent, si l'on peut écrire, d'un même pas, se trouvent engagés dans un même refus vis-à-vis des nouvelles autorités métropolitaines mais républicaines. Rochambeau, gouverneur général des Iles-du-Vent, puis Lacrosse, envoyé de la République, se trouvent écartés de la Guadeloupe et de la Martinique. Lacrosse trouvera refuge à Sainte-Lucie — la fidèle — d'où il mènera une active propagande pour le ralliement à la République. Ce n'est qu'au début de l'année 1793 que tout rentrera dans l'ordre républicain. Les autorités royalistes fuient, entraînant, pour ce qui est de la Martinique, bon nombre de planteurs avec elles. Les républicains s'installent, avec l'appui des patriotes locaux et aussi des libres de couleur à qui l'égalité en droits à enfin été reconnue, à Fort-Royal — qui devient République-Ville — et à Saint-Pierre (Martinique), à Pointe-à-Pitre et à Basse-Terre (Guadeloupe). Les clubs, les sociétés patriotiques fleurissent. Cette période républicaine est de courte durée. Depuis février 1793, la Grande-Bretagne est en guerre contre la France et l'un des théâtres d'opération se trouve aux Antilles. En février 1794, les Anglais conquièrent la Martinique et, peu après, la Guadeloupe.

Dès juin 1794, les destinées des deux îles vont diverger fondamentalement. Au début de ce mois, en effet, les républicains français débarquent et s'emparent de Pointe-à-Pitre. Une furieuse contre-attaque anglaise échoue. À leur tour, les Français tournent les défenses anglaises de la Rivière-Salée — bras de mer séparant la Guadeloupe de la Grande-Terre — et refoulent les Anglais sur Basse-Terre. Le fort Saint-Charles, rebaptisé Fort-Matilda par les Anglais, est réoccupé en décembre 1794. La tentative de conquête de la Guadeloupe par les Anglais a donc échoué. Un pouvoir révolutionnaire, prolongement du pouvoir métropolitain, est installé en Guadeloupe et — fait important — seulement en Guadeloupe. Il y aura certes des tentatives d'expansion révolutionnaire dans les Petites Antilles. Elles aboutiront à la reconquête de Sainte-Lucie, une reconquête qui d'ailleurs ne dure qu'un an (juin 1975-mai 1976). Des soulèvements pro-français à Saint-Vincent, à la Grenade, échoueront.

Quant à la Martinique, l'autre grande colonie des Petites-Antilles, elle reste anglaise jusqu'à sa restitution, au traité d'Amiens, en 1802. Une tentative de soulèvement menée par les Blancs patriotes échoue et les Anglais fusillent impitoyablement les agents subversifs.

De cette différence, résultat du sort des armes, découlent pour l'histoire intérieure des deux colonies des conséquences importantes.

Dès les premiers jours de leur arrivée en Guadeloupe, Victor Hugues et Chrétien, commissaires (envoyés) de la Convention, proclament l'application de la décision prise par celle-ci le 4 février 1794, relative à l'abolition de l'esclavage. Cette proclamation vaut aux Français l'appui massif des esclaves ainsi affranchis, renforce la petite troupe des républicains et lui assure, sinon une supériorité, au moins un équilibre numérique vis-à-vis des Anglais. Libération des esclaves d'un côté, affaiblissement de la couche des planteurs qui avaient volontiers joué la carte anglaise d'autre part. Victor Hugues n'était peut-être pas systématiquement anti-planteur, mais il était franchement anti-anglais. À l'égard des collaborateurs des Anglais, il se montrera impitoyable : il fusille peut-être plusieurs centaines de royalistes capturés lors du passage de la Rivière-Salée, en fait guillotiner, notamment sur la place de la Victoire (remportée sur les Anglais). Un comité de surveillance est chargé de recevoir les dénonciations. Une commission militaire est chargée de juger « ceux qui sont prévenus d'émigration ou d'avoir porté les armes contre la République ». On conçoit que nombre de planteurs qui, compte tenu des critères de Victor Hugues, ne se sentaient pas en sûreté, aient préféré se réfugier dans les îles occupées par les Anglais.

L'une des conséquences de cette émigration forcée des planteurs de Guadeloupe est la mise sous séquestre d'un très grand nombre d'habitations sucrières (peut-être près de 300) et même d'un certain nombre de caféières, de cotonnières. Le séquestre n'est d'ailleurs pas une nationalisation, qu'on pourrait comparer à la nationalisation des biens du clergé, c'est une confiscation temporaire. Il ne s'agit point de distribuer la terre aux affranchis, bien au contraire ; Victor Hugues et son administration déploient tous leurs efforts pour maintenir sur place cette main-d'œuvre. Ce maintien pose d'ailleurs le problème, non résolu, de la rémunération.

Aux Antilles comme en métropole, passé la chute de Robespière, la Révolution s'assagit. Dès la fin de 1795, Victor Hugues et son collègue Lebas ne lancent-ils pas un appel « aux citoyens des Îles-du-Vent actuellement aux États-Unis », appel qui s'adresse d'évidence aux colons émigrés. Il s'agit très clairement d'une offre de réconciliation dont bénéficieraient du moins ceux des colons qui n'ont pas pactisé avec l'Anglais. Au-delà de ces appels, il reste que la Guadeloupe, pendant quelques années (de 1794 à 1802), a connu une société de liberté, au moins au plan juridique. L'armée y est devenue de plus en plus une armée de couleur, même s'il subsiste un contingent européen, et surtout de plus en plus encadrée par des hommes de couleur. La mise en place d'institutions nouvelles, la gestion des habitations séquestrées (elles seront pour nombre d'entre elles affermées), les trafics en tout genre (et notamment la course) avec entre autres les États-Unis, ont suscité, favorisé la naissance d'une couche dirigeante nouvelle, plus multiraciale qu'avant la Révolution. On peut y retrouver les Blancs patriotes, les métropolitains arrivés avec Victor Hugues un peu après et aussi d'anciens libres de couleur ayant bénéficié particulièrement de la politique d'égalité juridique. Témoignage à postériori de cette bourgeoisie rouge multiraciale : lorsque fin 1801, le représentant de Bonaparte, Lacrosse, est chassé de Guadeloupe en raison de son comportement à l'égard des hommes de couleur, un consulat provisoire de gouvernement se constitue. Il comprend aussi bien des notables blancs, dont certains avaient fait partie de l'entourage de Victor Hugues, que des notables de couleur.

À côté de cette société guadeloupéenne qui apparaît, par la liberté, par la relative égalité juridique, comme une réplique ultra-marine de la société métropolitaine, la société martiniquaise : ici, les Anglais ont été les garants du maintien de l'esclavage, et donc de la hiérarchie ethnico-juridique d'avant 1789. La Martinique d'après 1794 est donc une Martinique stabilisée dans l'esclavage.

CRISE SUCRIÈRE

*O*n croit souvent pouvoir trouver dans les événements de cette période l'explication de certaines différences entre les deux îles. Victor Hugues aurait exterminé les planteurs en Guadeloupe, laissant place à une population plus noire qu'à la Martinique.

Remarquons que cette société multiraciale, égalitaire, de la Guadeloupe, au moins en ce qui concerne les couches supérieures, est de courte durée : dès 1802, l'expédition organisée par Bonaparte en riposte à l'expulsion de Lacrosse la réduit à néant. L'armée dite coloniale (il faut entendre ici recrutée sur place) est démantelée par le général Richepanse. Ses officiers sont tués au combat comme Delgres et Ignace, ou exécutés après avoir été faits prisonniers. L'inégalité juridique entre Blancs et anciens libres de couleur est rétablie et surtout l'esclavage est restauré. Quant aux planteurs, ils reviennent, retrouvant leurs habitations qui n'avaient point été morcelées. Les principales victimes de ce retour sont sans doute les fermiers-notables de la période révolutionnaire qui avaient obtenu l'adjudication de certaines de ces habitations. La population esclave, elle, sera reconstituée et à coup sûr renouvelée par les apports importants, semble-t-il, de la traite clandestine à l'époque de la Restauration (1815-1830).

Ainsi, quelle qu'ait été l'importance de la période 1794-1802 (et elle est grande au plan du symbole, du souvenir, et de l'évocation historique), elle n'aura été qu'une parenthèse dans l'histoire esclavagiste de la Guadeloupe (jusqu'à l'abolition de 1848). À l'époque de la Restauration, l'économie, la société de la Guadeloupe sont aussi fondées sur l'esclavage que celles de la Martinique. D'autres événements ultérieurs interviendront qui sont plus explicatifs d'une relative différence entre les deux îles. On peut notamment penser à la grave crise sucrière qui sévit à la fin du XIXe siècle. Nombre d'habitants (au sens de possesseurs d'habitations), qui avaient cessé, d'ailleurs, de fabriquer leur sucre, sont contraints de vendre leurs terres, hypothéquées. En Martinique, les sociétés locales de Blancs créoles ont été les bénéficiaires de cette crise. La Guadeloupe se trouvait plus dépourvue — ce furent plutôt des sociétés métropolitaines qui tirèrent parti de cette crise et de cette concentration — que la Martinique, grâce sans doute, en ce qui concerne cette dernière, aux apports de capitaux qu'offrait la place de Saint-Pierre.

La crise sucrière eut, dans l'histoire de la plantocratie guadeloupéenne, plus d'effet que la guillotine de Victor Hugues...

JACQUES ADÉLAÏDE-MERLANDE

Historien, maître de conférences en histoire à l'université Antilles-Guyane, spécialiste du XIXe siècle antillais, responsable du Centre antillais de Recherche et de Documentation historiques, Fort-de-France ; auteur de *Delgrès, la Guadeloupe en 1802*, Karthala, 1986.

---

1. *L'habitation* est l'ensemble de la plantation, dans le langage de l'époque ; *l'habitant* est le possesseur d'habitation.

ALAIN BROSSAT

ANTILLES

LIEUX DE PASSAGE

ON VA, ON VOIT, ON REVIENT. GAUGUIN, ANDRÉ BRETON, ANDRÉ MASSON, CLAUDE LÉVI-STRAUSS ONT OUVERT LE CHEMIN À DES COHORTES DE MINISTRES ÉPHÉMÈRES, DE PLEINS AVIONS DE JOURNALISTES BIEN INTENTIONNÉS, MAIS PRESSÉS. MAIS SI LA COMPRÉHENSION DES ANTILLES NE POUVAIT S'INSCRIRE QUE DANS LA DURÉE ?

> « Un malheur est vite arrivé. Quelques pages, me voici privé de Martinique. Ce n'est pas ce que j'attendais, est-ce la peine de le dire. »
>
> Michel Cournot

Ce serait comme une autre version, très noire mais véridique, du film onirique de Fellini *E la nave va :* le 24 mars 1941, le *Capitaine Paul-Lemerle*, méchant rafiot battant pavillon de la Compagnie des transports maritimes, quitte Marseille sous le regard froid de quelques agents de la Gestapo. Destination : Fort-de-France, Martinique. À son bord, quelque 300 candidats aux Amériques, seule alternative au camp de concentration, comme un microcosme de cette Europe civilisée défaite qui prend congé du monde d'hier : antifascistes allemands, intellectuels juifs d'Europe centrale, artistes français en délicatesse avec la « révolution nationale » du Maréchal, anciens des Brigades internationales... Parmi eux, Anna Seghers, écrivain allemand et stalinienne pure et dure, Victor Serge, révolutionnaire cosmopolite, André Breton et son ami le peintre André Masson, ainsi qu'un jeune homme promis à un certain renom, Claude Lévi-Strauss...

Cet *Exodus* d'avant la lettre, ce navire de l'ultime chance d'entre deux mondes et deux époques sera le dernier, au départ de Marseille, à atteindre sans trop d'encombres sa destination antillaise. Mais non sans épreuves : 7 couchettes pour 300 passagers ! Dans *Tristes Tropiques*[1], Lévi-Strauss se souvient d'avoir vu Breton arpenter le pont, tout de peluche vêtu — « il ressemblait à un ours bleu » — et Victor Serge afficher la mine d'« une vieille demoiselle à principes ». À l'arrivée, en tout cas, c'est à coups de triques et d'invectives que les gendarmes de l'amiral Robert, fondé de pouvoir de Vichy sur les « isles », accueillent cette racaille — avant de l'enfermer au camp du Lazaret. Charmante étape pour ces bannis de l'« Ordre nouveau » ! Déprimée par le climat et cette inhospitalière réception, Anna Seghers se réfugie dans l'écriture du plus beau de ses romans, consacré aux semaines d'attente anxieuse à Marseille et intitulé, précisément, *Transit*[2]. Breton et Masson s'ouvrent à cette sensation du tropique qui fournira la matière de *Martinique charmeuse de serpents*[3] ; Serge ressasse ses révolutions trahies et ses rendez-vous manqués avec l'Histoire ; Lévi-Strauss hume l'air caraïbe en anthropologue naissant...

Oui, beau sujet pour un film, un roman, un drame, que ce *passage*, ce *transit* martiniquais entre la mort promise et le salut amer de l'exil ; que cette brève rencontre, entre fascination et désespérance, avec ce mini-Vichy tropical — suffisamment attachant, tout de même, pour qu'Anna Seghers sache s'en souvenir dans ses *Histoires caraïbes*[4], mais suffisamment fugace, aussi, pour que Breton n'en fasse aucune mention dans ses souvenirs autobiographiques[5]... De là à lire cet *instant* antillais de ces illustres figures comme une parabole, une allégorie...

Un autre qui ne fit que *passer*, lui aussi, sur « nos » deux poussières d'îles, c'est (pardon pour le blasphème !) le grand Victor Schoelcher, illustre libérateur des esclaves antillais : quelques mois en tout et pour tout, sauf erreur, au cours de l'hiver 1839-1840. Oui, ce même Schoelcher dont Victor Hugo proclame qu'il fut l'homme qui « a eu l'insigne honneur de prendre la parole au nom de la race humaine blanche pour dire à la race humaine noire "Tu es libre !" » ; ce même Schoelcher dont François Mitterrand tint à fleurir le tombeau, un certain jour de mai 1981, si chargé de symboles ; le même dont la statue orne la place centrale de tant de communes de Guadeloupe et de Martinique et qui, des décennies durant, représenta les îles à l'Assemblée nationale et au Sénat... Dans la biographie[6] de près de 300 pages qu'il lui consacre, Léonard Sainville mentionne en quelques lignes seulement cet unique contact de Schoelcher avec la glèbe martiniquaise : « Il va, il vient, il s'arrête, il interroge ; il marche d'un bout à l'autre de l'île, fréquentant tous les milieux, ne dédaignant personne [...] Puis, à la première occasion qui se présente, il prend le bateau et commence un voyage à travers les Antilles... »

Loin des yeux, près du cœur, nos deux « perles » caraïbes, donc. Nouvelle parabole, nouvelle allégorie ?

« La Martinique, notait ironiquement Edouard Glissant à la fin des années 1970, devient de plus en plus une terre de passage. Passage des fonds, des touristes, passage des Martiniquais eux-mêmes... » Des ministres, des cyclones et des intellectuels « métros » anticolonialistes, pourrait-on ajouter. J'ai toujours été impressionné par le nombre respectable d'écrivains, de journalistes « de gauche » qui, un jour ou l'autre, ont apporté leur obole à la cause antillaise : Michel Leiris[7], Daniel Guérin[8], Eve Dessarre[9], Michel Cournot[10], Sartre et son équipe des *Temps modernes*, Domenach et celle d'*Esprit*[11], Jean-Claude Guillebaud[12], Maurice Lemoine[13] — pardon pour ceux que j'oublie. Un tour aux Antilles et des Antilles, un livre ou un article préoccupé (*Le Mal antillais*, *Cauchemar antillais*, j'en passe et d'aussi noirs) et l'on revient à ses moutons. Je suis méchant ? J'exagère ?

Précisons donc : ce que j'incrimine ici, ce n'est pas l'utilité ou la pertinence des indignations devant le fait colonial poursuivi qui s'expriment dans ces livres, c'est ce mouvement stéréotypé par lequel on va, on voit, et l'on revient pour écrire ses conclusions. Pressé, toujours, avec ce regard très sûr et très dense de qui est habitué à embrasser de plus vastes espaces... Dans l'introduction de son livre *Les Antilles décolonisées*, Daniel Guérin écrit : « J'ai visité, de février à avril 1955, un certain nombre d'entre [ces îles] : la Martinique, la Guadeloupe, la Jamaïque, la Trinité et Haïti et j'ai lu à peu près tout ce qu'on a pu écrire de valable à leur sujet. » Quel rythme, tu-dieu ! Mais combien d'ouvrages dus à la plume de tant de nos « Antillais de cœur » besognant à Paris devraient s'orner d'un semblable exergue ? *En ce sens-là*, nous passons aux îles et y accomplissons notre devoir d'anticolonialisme comme y passent et y accomplissent le leur les ministres, les préfets, les touristes chartérisés et les poètes : rituellement, rapidement, synthétiquement. Où est la surprise si nous y voyons tous peu ou prou la même chose ?

Ce que j'en dis là, c'est avant tout pour mon propre compte : j'y suis allé aussi (en compagnie d'un ami guadeloupéen, soyons juste) de mon petit *Les Antilles dans l'impasse*[14] : j'y ai vitupéré, moi aussi, contre la grande misère et le grand décervelage post-coloniaux. J'y ai débordé et Césaire et Glissant sur leur gauche, y ai tempêté contre les « métros » qui y prennent du bon temps et du bon argent, guerroyé, au nom du droit des peuples à disposer d'eux-mêmes, contre les pièges et sortilèges de l'assimilation et de l'autonomisme, porté mon fardeau de blanc et de Français passionné des îles en proclamant le droit de leurs habitants à l'indépendance. Et après ? *Les Antilles ont commencé à m'emmerder*, tout simplement, et je suis tombé dans une chausse-trappe tout aussi calamiteuse que le « réalisme » ou la « modération » — l'indifférence. Je me suis progressivement désengagé, j'ai cessé de tendre l'oreille vers l'apparent silence antillais. J'ai honte, bien sûr, de ce lâchage, honte d'être passé sans crier gare à des sujets plus gratifiants, de me passionner pour le cours nouveau de Gorbatchev, et pas du tout pour les dernières incartades des socialistes guadeloupéens. Finalement, je n'aurais été, moi aussi, qu'un « passant » des Antilles. D'être en si bonne compagnie ne me rassérène pas vraiment... Il faut comprendre : on cesse de s'intéresser aux Antilles parce que l'histoire semble s'y répéter inlassablement, insupportablement, parce que les intellectuels porte-parole du « mal » antillais semblent y ressasser sempiternellement les mêmes débats, les mêmes rancœurs, parce qu'à la longue, tout semble s'y « rapetisser », s'y « médiocriser », comme disait Césaire, parce qu'ailleurs, l'histoire, l'actualité ont d'autres couleurs, d'autres vitesses, d'autres attraits. Ce faisant, on se renie entièrement, *car précisément, cette « rouille », cet ennui, cette langueur antillaise constituent l'essence même du mal que l'on était venu, drapeaux au vent, combattre et dénoncer : le néo-colonialisme.* Pour les comprendre et savoir les dire, pour ne pas les fuir dans l'indifférence, il ne suffit pas de *passer* et faire sa « B.A. », il faut s'y immerger, s'y accrocher, y désespérer et y mourir un peu — ou beaucoup —, comme Salvat Etchart[15], l'un des seuls écrivains « métros » qui surent faire parler les Antilles, jusqu'au bout de la nuit.

« La beauté du spectacle qu'offre l'arrivée aux Antilles se superpose chez les marins à une émotion particulière qui prend sa source dans les meilleurs souvenirs de jeunesse. On n'a vraiment rien à ajouter à ce site pour le parfaire. Ces îles ont été dotées par la nature d'un merveilleux climat, d'un sol fertile où presque tout peut croître, d'une végétation luxuriante. Que de jolies femmes, aux traits agréables, bien habillées, dans des tissus dont les couleurs mettent en valeur leur teint... Que vous dirai-je, Messieurs, qui me paraisse plus convaincant sur la beauté de nos îles, sur leurs richesses naturelles, sur l'affabilité des hommes et la grâce des femmes qui les habitent... »

Devinette : qui a écrit cet hommage standard aux charmes de nos deux « danseuses » ? Personne, c'est-à-dire tout le monde : la citation n'est qu'un collage de propos empruntés, respectivement, à la plume de l'amiral Robert, d'André Breton, de Daniel Guérin, du directeur de la Caisse d'Épargne de Fort-de-France dans les années 1970, d'un administrateur de la Compagnie générale transatlantique du début du siècle[16]... L'homogénéité du coup d'œil « passant » qui s'y donne libre cours nous dit l'essentiel sur le second des obstacles où chutent les transitaires du regard métropolitain : *celui de la beauté*.

Breton, notamment, s'est jeté dans le piège la tête la première : avec ses couleurs rares et ses senteurs enivrantes, ses « petites Chabines rieuses » et ondoyantes, ses créolismes triés sur le volet, la poésie martiniquaise du maître a des relents de Parnasse qui, toujours, pâlissent auprès du tumulte rageur et des éclats de violence du *Cahier d'un retour au pays natal*[17]. Deux regards s'affrontent ici : celui, émerveillé, mais dépourvu de profondeur, de l'exilé brièvement *coincé* sur l'île, entre Paris et New York, et celui du natif, amant de son pays, et qui, lui, revient, dans la révolte et la colère : « Que de sang dans ma mémoire ! Dans ma mémoire sont les lagunes. Elles sont couvertes de têtes de morts. Elles ne sont pas couvertes de nénuphars... »

Paul Gauguin, lui aussi, eut son transit et son émerveillement martiniquais, en 1887 ; il y acheva de rompre avec l'impressionnisme, y développa ce goût des couleurs brutales et de ces violents contrastes chromatiques qui dynamitèrent la peinture de son temps. Il y apprit beaucoup sur lui-même, *en passant*, comme naguère à Pont-Aven, ou ensuite en Arles, avec Van Gogh... Mais *lui-même*, ce génie que nous révérons, il ne le devint qu'au bout du voyage, retranché de cette « civilisation » qu'il exécrait, mué en cet « autre homme », ce « sauvage », ce « Maori »[18] enraciné dans cette autre terre tropicale jusqu'à en mourir — la Polynésie. Et combien ils pâlissent, ses *Paysages de la Martinique* auprès d'*Otahi (seule)* et des *Cavaliers sur la plage* !

Et si les îles n'étaient qu'un mirage, le prétexte à l'éternel roman de formation, le lieu propice du *rite* de passage ? Écoutons Georges Nivat[19] : « Au début de notre siècle, il fut une génération de poètes du paquebot, de drogués du long voyage qui, eux, ne désiraient jamais voir la fin de leur croisière. L'un deux, Louis Chadourne, mort jeune homme en 1923 après avoir publié deux recueils de poèmes et quatre romans d'aventure qu'aima Valery Larbaud, écrivait dans *Le Pot au noir*[20] : « La Désirade ! Les navigateurs de jadis t'ont baptisée d'un beau nom, île tant attendue. Mais nous, aujourd'hui, nous rêvons d'un désir qui n'atteint pas sa fin, d'un navire qui jamais ne trouve d'escale, d'un voyage sans terme. Ô Désirade, que nous te désirions peu lorsque sur la mer s'inclinèrent tes pentes couvertes de mancenilliers ! »

ALAIN BROSSAT

Auteur avec Daniel Maragnès de *Les Antilles dans l'impasse ?* éditions caribéennes, L'Harmattan, 1981.

---

1. *Tristes tropiques*, Plon, 1955 (plusieurs éditions en livre de poche).
2. *Transit*, Alinéa, 1986. Traduit de l'allemand par Alain Lance et Jacques Kolnikoff.
3. *Martinique charmeuse de serpents*, Jean-Jacques Pauvert, 1972 (réédité en 10/18).
4. *Histoires caraïbes*, L'Arche, 1972. Traduit de l'allemand par Claude Prévost.
5. *Entretiens*, Gallimard, 1969 (réédité en collection Idées).
6. *Victor Schoelcher*, Fasquelle, 1950.
7. *Contacts de civilisations en Martinique et en Guadeloupe*, Presses de l'UNESCO et NRF, 1974.
8. *Les Antilles décolonisées*, Présence africaine, 1956.
9. *Cauchemar antillais*, François Maspero, 1965.
10. *Martinique*, Gallimard, 1949.
11. Voir notamment : « Les Antilles avant qu'il soit trop tard, *Esprit*, avril 1962.
12. *Les Confettis de l'Empire*, Seuil 1976.
13. *Leurs ancêtres les Gaulois... le mal antillais*, Encre, 1979.
14. *Les Antilles dans l'impasse ?* (en collaboration avec Daniel Maragnès), Éditions Caribéennes/L'Harmattan, 1981.
15. *Le Monde tel qu'il est*, Mercure de France, 1967.
16. *Op. cit.*, et : Roger MORARD, *La Martinique, c'est la France*, La Pensée universelle, 1979 ; Amiral Jean ROBERT, *La France aux Antilles (1939-1943)*, Plon, 1950 ; Pellerin de LATOUCHE, *Conférence faite à l'Office colonial le 4 février 1909*.
17. *Cahier d'un retour au pays natal*, Présence africaine, 1971.
18. Paul GAUGUIN, *Noa-Noa*, Éditions maritimes et d'outre-mer, 1980.
19. Préface à : Alexandre GRINE, *L'Écuyère des vagues*, L'âge d'homme, 1986.
20. Albin Michel, 1923.

DANIEL BASTIEN

UNE BELLE ET ATTIRANTE

VITRINE

Lointaines îles françaises... Curieux effet de la centralisation : pour les minuscules États voisins, le chemin le plus direct pour Fort-de-France ou Basse-Terre est longtemps passé par... le Quai d'Orsay ! Fossé impressionnant ensuite : le niveau économique, social et culturel de Guadeloupe et Martinique, sans commune mesure dans la région, a fait naître alentours bien des espoirs, des combines et quelques ressentiments.

Vigie Airport, Castries, Sainte-Lucie. Un matin de février.

Une bonne grosse dame sainte-lucienne à la jeunesse indéfinissable essaie en soufflant de prendre place dans le Twin Otter d'Air-Martinique assurant la ligne Sainte-Lucie-Fort-de-France. Son avantageuse corpulence déborde de partout et semble vouloir faire un sort aux accoudoirs... La dame, hilare, une casquette de base-ball rouge et blanche sur la tête, ne perd pas ses moyens, et à force de se visser littéralement sur son siège, finit par y entrer comme un coin dans une bille de bois, avec force cris et éclats de rire, à la grande joie d'un public complice — les Antillais — ou médusé — les touristes européo-américains.

Alors que selon toute vraisemblance, on pouvait raisonnablement imaginer que la partie la plus charnue de sa personne avait enfin atteint le fond du siège, quelle ne fut pas sa surprise de voir que les deux parties de sa ceinture de sécurité ne parvenaient pas à faire le tour de sa taille... Le sourire jusqu'aux oreilles, elle en tenait en l'air dans chaque main les deux tronçons qui ne pouvaient se réunir. Tout en lui assurant qu'on la maintiendrait sur son siège en cas de trous d'air, nous, les passagers, pensions non sans malice qu'elle constituait à elle seule un solide excédent de bagages...

Cela aurait été sans assister à son retour à Sainte-Lucie, le soir même ! Avec bassines, seaux, casseroles en bandoulière, déodorants et autres cosmétiques gonflant jusqu'à craquer son sac à main comme une baudruche, son sourire montrait que la journée d'emplettes avait été bonne. Car que fait la patronne d'une droguerie de Castries lorsqu'elle délaisse sa boutique — véritable caverne d'Ali Baba dans ces petites îles à l'écart du monde —, pour aller dans les îles françaises ? Elle s'a-ppro-vi-sionne.

Dans des îles qui depuis des siècles ont été mises par les colons au pas de la production et de l'exportation, le commerce est devenu une seconde nature. Et la manière dont les îles anglophones pauvres considèrent Guadeloupe et Martinique répond au bon sens local : question caverne d'Ali Baba, les DOM français seraient la maison-mère...

Il faut aussi dire d'emblée que le bon sens frappe au coin de l'Histoire, pour les anglophones des Petites Antilles : les Anglais ne se sont pratiquement jamais intégrés dans leurs nombreuses possessions des Caraïbes, ils ne sont pas métissés, et ont laissé là il y a à peine une dizaine d'années les États indépendants les plus petits, et parmi les plus pauvres du monde. Les Français, de leur côté, ont mené une politique d'assimilation, se sont largement métissés, ont transformé leurs îles en départements bien comme chez nous, et en ont fait — certes artificiellement — les îles les plus riches de la région.

Alors le constat est clair, comme le dit sans ambages une jeune responsable commerciale d'une entreprise de Sainte-Lucie, qui a l'habitude de circuler dans toute la Caraïbe et connaît bien Martique et Guadeloupe : « On a été occupé quatorze fois par les Français, et quatorze fois par les Anglais, et manque de chance, ce sont finalement les Anglais qui sont restés les derniers !... » Pour elle, aucun doute que Sainte-Lucie serait sinon la brillante et riche sœur du tandem martinico-guadeloupéen.

Le symétrique existe d'ailleurs du côté français : la grande majorité des Martiniquais et des Guadeloupéens, qui savent la pauvreté et le retard de leurs voisines, les ignorent superbement. Jusqu'à une période très récente, il n'y avait pas de tourisme vers les îles anglaises et donc, en surcroît d'un isolement volontaire, une quasi-totale méconnaissance de leur réalité.

Il ne faut pas se le cacher, les Antilles françaises représentent donc une formidable et attirante vitrine pour leurs voisines, et tout le monde est prêt à venir y coller son nez. Non sans problèmes d'ailleurs.

L'attirance économique et commerciale des îles anglophones doit d'abord beaucoup à l'appréciation du dollar américain depuis le début des années 80, jusqu'à sa chute récente : les dollars caraïbes qui ont cours dans les îles proches de Martinique et Guadeloupe, communément appelés « dollars BWI » (British West Indies), sont indexés sur la monnaie américaine. En prenant de la valeur, celle-ci a diffusé un formidable effet de richesse à toutes ces petites îles en doublant pratiquement — en 1985 — leur pouvoir d'achat à l'extérieur... Bonjour savonnettes et eaux de Cologne, magnétophones et moteurs hors-bord !

Car, pragmatique, on a vite compris à Sainte-Lucie comme ailleurs l'avantage du système : notre droguiste pouvait vendre en BWI (dire bi-oui) les produits achetés à Fort-de-France sans changer le prix indiqué en francs sur l'étiquette... soit quatre fois plus. À force, ces

« shopping expeditions » ont d'ailleurs favorisé le transport aérien régional, et singulièrement rapproché les îles.

Cette attirance est également le fait d'une réalité bien simple : Guadeloupe et Martinique sont des marchés riches et solvables. On voit ainsi en elles un débouché idéal pour le poisson. Car contre toute attente, les îles françaises ne sont pas de vraies îles de pêcheurs ; aussi n'hésite-t-on pas à venir en petite yole de Saint-Vincent, des Grenadines ou de Sainte-Lucie, où la tradition de pêche est plus développée (on chasse même le cachalot à Saint-Vincent), pour le débarquer sur le port de Fort-de-France. Non sans protestations et résistance des pêcheurs locaux : le contentieux de la pêche est aujourd'hui un des problèmes politiques régionaux entre les départements et les autres îles.

La proximité des DOM français apporte une autre richesse : le tourisme. Dans ce domaine, toutes les îles ne sont pas à la même enseigne. Si la partie néerlandaise de Saint-Martin bénéficie de l'apport touristique de la partie française, Dominique et Saint-Vincent restent peu explorées. Sainte-Lucie l'est davantage, et les Grenadines peuvent apparaître maintenant comme les plus « francisées » (touristiquement parlant) des îles anglophones. Les « békés » martiniquais n'y sont pas pour rien : le premier, un créole de Martinique, s'est installé à Union Island au début des années 70, au beau milieu de cette poussière d'îlots semée sur le turquoise de la mer des Antilles. Ayant obtenu du gouvernement de Saint-Vincent une concession, il a fondé une sorte de mini-État privé, en construisant une piste d'aéroport et en créant là le rendez-vous obligé — point de départ et d'arrivée — de voiliers-charters dans les îles... Les Français avides d'impressions boucanières, rabattus par les agences de voyage, débarquent et rembarquent ainsi, éberlués, de — et vers — Fort-de-France deux fois par jour par Air-Martinique, après avoir fait le plein de sensations marines... Plus récemment des békés martiniquais — encore eux — ont pris la direction du très fameux « Cotton House », luxueux paradis pour milliardaires de l'île Moustique, célèbre pour y avoir abrité les frasques de la princesse Margaret d'Angleterre ou celles de la rock-star Mick Jagger. Car même si ces îles se suffisent à elles-mêmes, les Français y sont un moteur pour les loisirs : Fort-de-France est aujourd'hui pour Saint-Vincent et les Grenadines un relais essentiel de l'Europe.

Et puis rien, enfin, ne pourrait aller sans un minimum de politique dans les Caraïbes : le souvenir de l'intervention américaine à la Grenade est tout ce qu'il y a de bien vivant. La France, active dans la région, a fait, elle aussi, des Petites Antilles du sud un axe de sa politique de coopération. La « dame de fer des Caraïbes », Eugénia Charles, premier ministre qui « règne » sur la Dominique depuis 1981, a d'ailleurs la voix pleine de reconnaissance dans son petit bureau de l'immeuble administratif de Roseau, lorsqu'elle parle de l'amitié française, de l'aide de Paris et des deux départements après le terrible cyclone d'août 1979, de la participation financière et technique de la France à la construction de l'hôpital ou du petit aéroport de Canefield, juste à la sortie de la capitale, alors qu'il fallait y a encore peu de temps traverser l'île de part en part, à travers la forêt, pour rallier Roseau depuis la piste-aéroport de Melville Hall... Elle se souvient également que des Dominicains ont versé leur sang pour la France au cours de la dernière guerre mondiale.

Chacun de nous, Européens, est rentré impressionné de Los Angeles ou de New York : par leur différence, par leur richesse, leur confort, leur folie. C'est à un moindre degré l'effet produit par Fort-de-France ou Pointe-à-Pitre sur les Antilles anglophones. Ou peut-être plutôt l'effet produit par une capitale sur sa province. Il est frappant de ressentir soi-même l'impression de survoler une métropole industrielle lorsque l'on arrive, de retour de Saint-Vincent ou de la Dominique, au-dessus de la baie de Fort-de-France : cargos dans les ports, marinas bondées de voiliers, lumières scintillant la nuit, à perte de vue, stades illuminés, autoroutes chenillant dans le lointain... Martinique : « l'île la plus active de la Caraïbe », lâche doctement un jeune bibliothécaire de la Dominique. « Tout va plus vite chez eux », estiment avec une belle unanimité les Antillais anglophones.

Capitale et province. Modes de vies différents. Au travers des documents ou des souvenirs des Guadeloupéens et des Martiniquais, Sainte-Lucie ou la Dominique apparaissent aujourd'hui comme la Martinique ou la Guadeloupe d'il y a trente ou cinquante ans...

Yeux du pays en développement pour le développé, également : « Les maisons sont belles », affirme un Saint-Lucien ; « Les routes sont bonnes », remarque une commerçante dominicaine ; « Les enfants ne mendient pas une dîme en Martinique », se souvient en soupirant un pêcheur de Barouallie, à Saint-Vincent. Et puis clignotent au fond des rêves deux mots en lettres de néon : SÉCURITÉ SOCIALE.

« *NOUS SOMMES TOUS COUSINS !* »

Mais le bien-être matériel et l'activité économique ne font pas tout à l'affaire, et l'image que portent Guadeloupe et Martinique est multiple.

Deux îles sont incontestablement plus proches d'elles que d'autres : Sainte-Lucie de la Martinique, et la Dominique de la Guadeloupe. Effet géographique bien sûr : les « canaux » qui séparent ces îles leur permettent de se voir de bord à bord. Mais effet linguistique aussi : si la langue officielle est l'anglais à Castries et à Roseau, et le français à Fort-de-France et Pointe-à-Pitre, on y parle partout créole, comme chez soi, à la maison. À la différence de Saint-Vincent, de Grenade, de Barbade, et des îles du nord de la Guadeloupe, où les vestiges de créole sont rares, et où l'anglais domine. Un élément majeur de rapprochement (« Ils croient parler français ! » commente un diplomate en poste à Castries), qui s'ajoute à des liens de parenté qui remontent parfois loin dans l'histoire (tel principal d'un collège de Martinique vient d'une famille sainte-lucienne), et se superpose à une immigration, dominicaise en Guadeloupe, sainte-lucienne en Martinique, surtout à l'époque de la coupe de la canne. « On est tous cousins », remarque d'ailleurs avec enthousiasme une jeune femme sur le marché de Castries... dans les mêmes termes qu'une couturière de la Dominique.

Mais est-ce si vrai ? Le discours angélique masque souvent difficilement une profonde — et sincère — amertume. « Les îles françaises sont plus loin de nous qu'elles ne le sont physiquement », constate avec regret Modeste, un jeune journaliste du *New Chronicle* de Roseau. Et vue de Sainte-Lucie, du policier au haut fonctionnaire, « la Martinique est plus éloignée de nous, que nous ne le sommes d'elle ». Et l'on peut sentir dans ces propos toute la passion du dépité.

Au centre symbolique du débat, le problème des visas, qui est venu cristalliser une réalité latente : depuis l'automne 1986 (quand les bombes explosaient à Paris), les douanes françaises ont dans les DOM comme en métropole renforcé le système des visas d'entrée, destiné déjà auparavant à contenir l'immigration clandestine. Une mesure discriminatoire très mal vécue par les « cousins » anglophones. Aussi bien par cet artisan grenadin, qui ne mettra pourtant peut-être jamais les pieds en Martinique, que par ce lycéen, qui y voit un fraternel et lucide Eldorado, ou par tel ministre de Saint-Vincent, ou même par Eugenia Charles, pourtant très proche des dirigeants locaux ou parisiens. « Même des hommes d'affaires se sont fait refouler », s'indigne-t-on. « Et tout le monde paye pour des revendeurs de marijuana ! » En fait, « l'affaire des visas » est un révélateur : celui de la manière dont les îles françaises s'emballent dans leur dignité pour regarder leurs voisines avec condescendance ». Et ce, d'autant plus que les îles anglophones peuvent difficilement adopter les mêmes dispositions en représailles, sans se couper d'une vraie manne touristique...

Ceci renvoie à un vieux débat : les Antillais de Guadeloupe et de Martinique sont-ils davantage français que caribéens ? Là-dessus, il y a souvent hésitation, bien révélatrice. On ne sait pas trop. On invoque alors un *something mutual*, comme la cuisine, la forêt tropicale, la mer... En fait Martinique et Guadeloupe apparaissent au bout du compte comme très françaises et le Premier ministre de la Dominique ne fait que résumer une situation bien connue dans cette partie de la Caraïbe : « La France a fait de ses îles une partie d'elle-même », contrairement à l'Angleterre qui en a fait des colonies jusqu'au début du processus d'indépendance. Le terme de « département » est d'ailleurs souvent employé dans ces îles. Pour rendre les choses encore plus complexes, on se rend d'ailleurs vite compte que dans les Petites Antilles du sud, les deux îles françaises ne sont pas perçues de la même manière : la Martinique bénéficie de manière systématique d'un à priori favorable. La Martinique serait ainsi plus belle (même si on n'y a jamais mis les pieds !), plus propre, plus « efficace », plus amicale (même si pour certains elle est plus « prétentieuse ») et « davantage la France » que la Guadeloupe... Est-ce l'effet de la proximité géographique, ou la fidélité à une tradition séculaire qui fait parler de « ces messieurs de la Martinique » depuis l'époque où Saint-Pierre rayonnait sur toutes les Antilles ?

Toujours est-il que s'il est un sujet abordé avec circonspection, c'est bien celui de l'avenir politique des départements, bref, de leur possible indépendance. Se mêlent en effet une inquiétude diffuse et une appréhension bien concrète : les soubresauts d'une indépendance — ces îles sont bien placées pour le savoir — créeraient un appauvrissement général : « Le niveau de vie tombera définitivement », remarque-t-on en Dominique. Il est d'ailleurs curieux de constater que dans ce mouvement de régression économique, les Dominicains estiment que « la Martinique tiendrait plus longtemps que la Guadeloupe » ! Mais en tout état de cause une chose semble sûre : il vaut mieux être le voisin d'un riche département que d'un pauvre État indépendant... C'est peut-être pour cette raison que même si ces jeunes États sont fiers de leur indépendance, et s'ils souhaitent de manière tout à fait idéale une union avec elles à terme, l'indépendance de la Guadeloupe et de la Martinique reste maniée avec précaution. On reste partagé entre cœur et raison.

Au-delà des efforts maintenant déployés au niveau politique en Martinique et Guadeloupe, qui entonnent un véritable credo caribéen, la culture pourrait aujourd'hui raccourcir la distance psychologique qui sépare des îles pourtant visibles à l'œil nu l'une de l'autre. La multiplication des rencontres musicales et théâtrales est un signe de rapprochement. Les campagnes menées à la télévision de Sainte-Lucie pour se démarquer des programmes américains en sont un autre. Il est d'ailleurs significatif d'entendre les autorités sainte-luciennes et dominicaises revendiquer haut et fort leur appartenance au « club » de la francophonie. La volonté de communication sur ce terrain est réelle. Reste à savoir si elle est le fait d'une minorité éclairée ou d'un mouvement plus profond.

Pour que les échanges continuent certes à céder au folklore des casseroles et des bassines, mais surtout pour que, comme l'espère un jeune syndicaliste de Sainte-Lucie, « on cesse d'être des étrangers parmi des Martiniquais et des Guadeloupéens ».

DANIEL BASTIEN

YVES HARDY

ANTILLES SUR MER
ANTILLES SUR SEINE

Nouvelles de la diaspora antillaise. Un cocktail de destins écartelés et de séparations libératrices, d'identités forgées ou tiraillées au rythme des allers et retours entre la Caraïbe et l'Hexagone.

Gisèle abandonne, un temps, les fourneaux où elle mitonne de petits plats, et chaleureuse, distribue quelques bisous aux bambins qui arrivent. Une scène de crèche parisienne qui, pour elle, se répète presque chaque matin depuis plus de cinq ans. « J'ai toujours aimé les enfants » précise-t-elle en souriant, comme pour signaler une présence naturelle. Tout de même, Gisèle Hartock est martiniquaise. Et seules les pressantes incitations de son fiancé l'ont poussé « à faire le grand plongeon en métropole ». Christian, son futur mari, était déjà venu ici à l'occasion du service militaire. Démobilisation aux Antilles, puis peu après la décision de repartir. Sept mois, seul, « en France, enfin en métropole », avant d'appeler Gisèle à venir le rejoindre. « La décision du départ a été difficile, avoue-t-elle. Je suis très attachée à ma mère. Elle a pleuré, mais elle comprenait mon choix, et elle m'a laissé partir. » La petite troisième — celle du milieu, dans cette famille de cinq enfants — est la seule à opter pour « l'expatriation ». « J'ai crû que j'atterrissais dans un cimetière se souvient-elle. Le temps était couvert au dessus de Paris, et je prenais les petites maisons pour des tombes et des croix. » Joies des retrouvailles avec Christian, et vite, les premières peines « Je n'avais personne ici. Pas de famille. À part Christian. Pendant qu'il travaillait à l'hôpital, je pleurais. Ça a bien duré une semaine, puis petit à petit, je me suis adaptée. Ce travail à la crèche, trouvé assez rapidement, m'a bien aidé. »

DOULEURS RENTRÉES

De Saint-Joseph au Vert Pré, le ruban goudronné serpente au milieu des mornes martiniquais, couverts d'une végétation luxuriante. Lente progression agrémentée d'un implacable orage tropical. Enfin, la maison de la mère de Gisèle est repérée, en contre-bas de la route. Accueil d'une simplicité toute familiale.

Paule Hartock, 57 ans, sert bientôt l'indispensable revigorant, un punch de sa fabrication, avant de remonter le temps. Séparée de son mari de longue date, elle a, jusqu'à 50 ans, travaillé dans les bananeraies environnantes, comme ouvrière agricole. « J'emmenais souvent les enfants, se plaît-elle à conter. Ils grimpaient à l'échelle avec moi, et m'aidaient à habiller les fruits » (protéger les régimes par des sacs plastiques).

À quelques lieues des prospères enclaves touristiques, on imagine une vie toute de labeur. « Oui, j'ai vu de la misère, et mes enfants aussi, note-t-elle sans s'appesantir. Depuis, elle a glané un emploi de cantonnière auprès de la mairie du Gros Morne. Le départ de Gisèle ? « Je lui ai dit oui. Ça ne fait rien », lâche-t-elle, avant de reprendre : « C'est bien pour Gisèle. Elle a un travail. Et son mari est très sympathique. » Et en ce qui la concerne ? La réponse est plus hésitante : « Il y a bien un peu de tristesse, quand je me retrouve seule ici. » « Mais quatre de vos enfants vivent encore au pays ? » « Oui, mais ils ont leurs activités. Je les vois surtout pendant le week-end. »

Dans un coin de la pièce Charlouis, le benjamin, regarde distraitement la télé. Il a déjà fait un voyage, en métropole, pour « nommer » (baptiser), dit joliment Paule, le nouveau-né de Gisèle. Le parrain en a profité pour rester deux ans « là-bas ». Fort d'un permis poids lourd, il caresse discrètement le projet de retrouver la région parisienne, et de décrocher un emploi de routier. Sa mère, aux aguets, ne l'entend visiblement pas de cette oreille. « Ah non, sermonne Paule. Tu restes avec moi, toujours. Tu attends que je sois morte, puis tu retournes là-bas. »

Paule Hartock, qui émaille son propos de nombreuses expressions créoles, communique plus volontiers avec Gisèle par téléphone que par courrier. Elle dispose d'un poste à la maison, mais préfère se rendre à la cabine publique, pour limiter les dépenses. « Évidemment, cet appareil t'avale vite l'argent. On dit deux mots, quatre paroles — Ça va ? Ça va — et il faut raccrocher. Dès fois, je m'inquiète et je lui dis : si je tombe malade la nuit, et qu'il n'y a personne... ? » Ah, continue Paule en riant, Gisèle me dispute : « Maman, pas koumencé. Pas koumencé » (Arrête, arrête), et on parle d'autre chose »... Paule se rendra une seconde fois, en août 1989, à Créteil, où résident Gisèle et Christian, grâce aux « sousous ». Elle cotise à cette sorte de tontine africaine où les participants, à tour de rôle, empochent le pot commun des économies. Du voyage, elle n'appréhende que les trous d'air de l'avion, mais elle se munira « de *chicklets*, afin de ne pas arriver sourde », et de somnifères. Elle lestera aussi ses bagages d'un bon lot de cadeaux, et de produits du pays. « Des ignames, des taros par exemple, parce que les légumes là-bas, je l'ai vu la première fois, c'est tellement rassis ! »

À l'été 1990, ce sera au tour de Gisèle de se rendre au Vert-Pré. « On aura un billet pour toute la famille, payé par l'hôpital de Christian. Tous les fonctionnaires, explique-t-elle, y ont droit, tous les trois ans. » Une décompression déjà attendue. « Ce que je reproche aux Blancs, c'est de ne pas prendre le temps de vivre. Ici, il faut toujours courir. Même le métro, on ne le prend pas, on l'attrappe. » Le progressif oubli des solidarités familiales la choque aussi. « Ainsi, parmi des Martiniquais de même souche, il peut y avoir un clan 93 et un clan 94. Ceux de la Seine-Saint-Denis fréquentent très peu ceux du Val-de-Marne. » Pour autant, il lui paraît difficile de se réinstaller en Martinique. « La famille mise à part, on n'est pas accueilli quand on revient. On nous reconnaît, car notre créole a pris un accent français, on roule les r par exemple. Retrouver du travail, ce serait dur ; d'autant que les employeurs se méfient des Antillais ayant vécu plusieurs années en métropole. Ils disent que nous connaissons trop les lois, et les avantages sociaux auxquels on a droit. » Avec Christian, elle a cependant fait, lors de leur dernier séjour dans l'île, une demande de logement à la mairie du Robert. « Pour nos vieux jours sans doute, commente-t-elle en souriant. Car la liste d'attente est longue. »

DÉCHIREMENTS INACCEPTABLES

Au sortir de Fort-de-France, la route de Balata s'accroche aux mornes, enserrée de villas verdoyantes et fleuries. Plus loin, une petite basilique, réplique du Sacré-Cœur de Montmartre, et un jardin botanique qui rassemble des espèces exotiques invitent à méditer ou musarder. Ce cadre plaisant n'a pas eu d'effet émollient sur Marc Mavouzi, 31 ans. Il porte en bandoulière quelques pesantes souffrances, et s'il parle d'un ton posé, il ne mâche pas ses mots. « La première déchirure, raconte-t-il, ça a été le service militaire en France. Certains Antillais le vivent bien. Il leur permet de se libérer d'une famille accaparante. Moi, j'ai ressenti douloureusement les séparations d'avec mon père, gravement malade à l'époque, les amis de l'organisation politique, et Juliette ma fiancée. » Un malaise accru par les propos racistes et les brimades. « On a beau être averti, blindé même, s'indigne-t-il, il y a des trucs qu'on ne peut pas encaisser. J'ai explosé trois fois, notamment avec des gradés qui m'ont traité de "bougnoule" parce que ma tenue de permissionnaire différait des leurs. » Un an et demi de cauchemars ? « Non, modère-t-il. J'ai saisi l'occasion pour nouer des contacts enrichissants avec des appelés kanaks, réunionnais ou métros. Réfléchir sérieusement aussi au problème basque, puisque j'étais affecté dans le Sud-Ouest. »

En quête de travail, Juliette, « qui n'arrivait pas à s'en sortir », boucle ses bagages la première, en 1983. Elle a bientôt la chance d'être employée dans un cabinet de contentieux, où elle valorise ses études de droit, avant de réussir un concours administratif lui permettant d'intégrer l'agence nationale pour l'emploi (ANPE). « Toute cette distance dans le couple, résume Marc, créait pourtant une situation invivable. En 1985, on a décidé de construire quelque chose. Juliette est rentrée à la Martinique pour notre mariage, et l'on est reparti ensemble au mois de septembre. » Petit job de pion, puis emboîtant les pas de sa femme, concours de l'ANPE, ponctué de succès. Embauche comme prospecteur-placier par l'agence de Bobigny, et lancinantes retrouvailles avec le racisme. « J'ai vécu des méprises à répétition avec les directeurs du personnel des entreprises que je visitais. "Qu'est-ce que ce Noir vient foutre chez moi ?" devaient-ils penser, vu l'accueil que je recevais. On me prenait pour chômeur alors que je démarchais pour les autres. » Il reprend, d'un air meurtri : « Sans parler des nombreux coups de fil d'employeurs qui s'achevaient par un rituel "S'il vous plaît, ne m'adressez pas de candidatures de Noirs ou d'Arabes." Une fois, un interlocuteur m'a déclaré : "Comprenez-moi, j'ai une clientèle à respecter." Le Noir, par sa couleur, c'est déjà un manque de respect. J'en ai pleuré au téléphone. »

Marc Mavouzi n'est pas homme à se complaire dans l'accablement. Il réagit en dénonçant ces pratiques d'exclusion au MRAP (Mouvement contre le racisme et pour l'amitié entre les peuples). La solidarité de ses collègues métros de l'agence lui fait également chaud au cœur. « Je dois leur tirer un grand coup de chapeau. Ils m'ont accordé un soutien sans faille. Certains d'entre eux sont même intervenus fermement auprès des patrons les plus détestables. » Malgré tout, il « recraque » à la mi-1988. « Il fallait se battre à tous moments. Mobiliser le directeur départemental de l'ANPE, et jusqu'au cabinet du préfet, pour débloquer le dossier de demande d'appartement. Supporter, dans les magasins, le métro, le train Gagny-Bobingy que j'empruntais, des regards bizarres, parfois des insultes. La montée du Front national, elle était perceptible pour moi au niveau quotidien. Je n'avais pas ma place là-bas. Je me suis résolu à rentrer en Martinique. » De cette aventure métropolitaine, il tire un enseignement. Qu'il proclame haut et fort : « Les Antillais ne sont pas Français. Point. » Et par là même, ses « sentiments indépendantistes sont devenus des convictions ».

Pour le couple Mavouzi, le chassé-croisé entre « ici et là-bas » se poursuit. Mais cette nouvelle migration provoque aussi une autre déchirure, car Juliette a mise au monde, un an plus tôt, une petite fille, Euzhane. Sa mère, en attente d'une mutation à Fort-de-France, laisse repartir l'enfant avec Marc. Dix mois plus tard, la mutation n'est toujours pas intervenue. « Il y a pourtant, proteste Marc, des dispositions légales pour favoriser les rapprochements familiaux. Mais ils ont fait fi de tout ça, puisqu'après mon retour, l'ANPE a recruté ici plusieurs agents administratifs. » Mesure de rétorsion contre un militant syndical et politique ? Pas parano, Marc répond : « C'est possible, mais je n'ai pas de preuves. » Reste un « horrible écartèlement pour tous les trois. La situation ne peut se prolonger longtemps ainsi, conclut Marc. Il faut que l'on préserve l'enfant. Je pense que Juliette va rentrer à son tour. Au besoin, en réclamant une mise en disponibilité. De toutes façons, nous poursuivrons la lutte. » Suite à cette succession de déchirements familiaux, le combat de Marc, le militant, se déroule désormais tous azimuts.

LA CHANCE DES ENFANTS

Les Zaccharie ont élu domicile sur les hauteurs de Morne Rouge, dans une vaste et agréable demeure aux larges baies vitrées. Cette famille nombreuse cumule les aller-retours entre la Martinique et la métropole. Neuf enfants sur dix — qui afin de poursuivre des études, qui pour chercher un travail — ont traversé à un moment ou un autre l'Atlantique. Trois des quatre garçons sont encore là-bas. Entourée de trois de ses filles, Marie-Louise, la mère explique d'une voix douce : « Les enfants promettaient, alors, il fallait leur laisser leur chance. » « Mais tu avais parfois le cœur gros, témoigne Jackie l'une des filles. Tu attendais avec impatience les grandes vacances. » « C'est vrai, admet la mère comme en s'excusant, j'aime bien avoir mes enfants auprès de moi. ». Justine, qui vient d'achever ses études à l'université de Bordeaux, apporte un éclairage : « En métropole, on a l'impression que les parents ont hâte que leurs rejetons volent de leurs propres ailes. Ici, les enfants restent très attachés à la famille. Et quand on se trouve à 7 000 km, même bien dans sa peau, on y pense forcément. Car on sait que, pour beaucoup, c'est à elle que l'on doit notre équilibre. » « D'ailleurs, surenchérit Jackie, on se rendait assez souvent visite. Tantôt à Rennes, Bordeaux, Angers ou Paris, où nous étions disséminés. »

« Je ne suis allée qu'une fois en métropole, reprend Marie-Louise Zaccharie. Voir comment mes enfants supportaient. Je suis revenue rassurée » achève-t-elle, un discret sourire aux lèvres. Des transferts réussis, une adaptation sans problème ? « La réadaptation en Martinique, corrige Jackie, n'est pas toujours aisée. C'est un enfant qui est parti, mais c'est un adulte qui revient. Pour les parents aussi, c'est parfois dur à accepter. »

Jeanne, une autre des filles, tempère aussi le propos idyllique. « J'ai vécu un an à Clermont-Ferrand comme étudiante. Au début, les Auvergnats étaient réticents. Mais j'acceptais leurs réserves. Je me disais : je suis différente. Qu'ils se méfient, ils verront bien. Cette mise à l'épreuve passée, j'ai été invitée dans des familles, et je me suis fait des amis métros. » « Je suis contente de l'expérience conclut Jeanne. Et je ne peux pas dire que j'ai vraiment souffert du racisme. À côté de cela, les crispations des métros de chez nous, retranchés dans leurs ghettos, l'arrogance dont ils font preuve, surprend et parfois indigne. »

LA CONVIVIALITÉ DES « NÉGROPOLITAINS »

*E*mployée au lycée Schoelcher de Fort-de-France, Bernadette Patrole, la quarantaine, assure notamment l'entretien des classes et des préaux. Elle a séjourné 18 ans en région parisienne. « En 1968, confie-t-elle, j'ai profité de vacances pour aller voir mes frères. L'un travaillait aux PTT, l'autre était dans l'armée. Ça m'a plu de rester. Et voilà, j'ai trouvé du travail... » « Agent de service » dans une clinique de Fontenay-aux-Roses, puis dans une maison de retraite de Chatenay-Malabry, Bernadette Patrole se souvient pourtant des difficultés des premiers temps. « D'abord, l'arrivée. Habituée au soleil ardent de chez nous, j'ai vu qu'à Paris tout était gris. Il y a eu aussi des mots insultants : "Sale noire", "Retourne dans ton pays, l'Africaine"... Je laissais tomber. Car c'étaient des imbéciles qui criaient ça. Souvent sans savoir pourquoi. Heureusement aussi qu'il y avait une famille pour amortir les chocs. » Elle rencontre en effet dans la capitale son futur mari, un fonctionnaire martiniquais. De l'union naîtront trois enfants.

Bernadette évoque, avec un brin de regret dans la voix, la vie sociale en métropole. « Presque tous les samedis soirs, on se regroupait autour d'un dîner antillais typique. Une fois chez l'un, une fois chez l'autre. C'était joyeux. Ça se terminait par des parties de dominos ou de cartes. Les enfants se plaisaient également. Ils avaient des copains de toutes les couleurs ! » Y compris des Blancs ? « Bien sûr. Nous aussi, on a connu des métros. Ils nous ont reçu chez eux. Plus tard, ils sont venus en vacances en Martinique. On les a accueillis comme de la famille. » Est-ce à dire qu'elle n'a pas retrouvé l'équivalent au pays ? « Mon mari, précise-t-elle, a été muté en Martinique en 1985. C'est vrai qu'il a fallu se réadapter. On était déjà habitué là-bas. Ici, c'est une autre mentalité, une autre façon de vivre. » Surprise par le fort décalage ? « Oui, répond-elle sans tergiverser. D'autant que j'ai trouvé que les Martiniquais avaient beaucoup changé en 18 ans. Avant, c'était plus familier, on discutait avec les voisins, on se visitait. Aujourd'hui, les gens sont devenus casaniers. » Les Antillais, à leur tour, gagnés par la tentation du repli ? « Je le crois. C'est vrai qu'il y a plus de voleurs qu'avant, mais ce n'est pas une raison. Remarquez, je ressens peut-être cela parce que je suis partie longtemps. Comment serais-je à présent si j'étais restée dans l'île ? » « Tout de même, poursuit-elle, vous allez chez quelqu'un à l'improviste en Martinique aujourd'hui, vous avez l'impression de déranger. La famille regarde le feuilleton *Santa-Barbara* à la télé, ou même la vidéo. Les gens sortent de moins en moins, et sont moins curieux des autres. À la limite, je voyais plus de monde en métropole qu'ici. » Le phénomène concerne aussi la campagne ? « Aussi. C'est peut-être moins sensible dans les communes qu'à Fort-de-France, mais je trouve qu'en général tous les Martiniquais ont changé. »

Malgré tout, la famille Patrole n'envisage pas un nouveau déménagement. « Une mutation, c'est un choix sérieux. On ne peut pas changer d'avis deux ans après. Et puis, on est en train de construire une maison en Martinique. » L'hexagone, terre des souvenirs de jeunesse ? « Ah ! s'exclame-t-elle, j'espère bien repartir un jour en métropole. Pour des vacances. D'ailleurs, les sœurs de mon mari sont restées là-bas. Et l'un de nos enfants qui termine son secondaire rêve d'entrer à la Sorbonne, et de faire des études de journalisme à Paris. Vous voyez, on risque encore de bouger... »

LE CINQUIÈME DOM

Toutes ces notations disparates, reflets de vécus distincts, s'enrichissent encore de traits originaux au fil des rencontres. Dans son bureau qui croule sous des piles de dossiers en équilibre instable, l'avocat indépendantiste Marcel Manville, signale entre deux battements de paupières, et sous le regard de Maurice Bishop, feu leader de l'île de la Grenade dont une affiche-portrait orne le mur : « Il ne se passe pas trois mois dans l'année sans que j'aille à Paris. » Un couple mixte, si l'on ose dire (Français/Antillaise), universitaires adeptes de la « créolité », reconnaît, lui, sans mettre en avant de raisons professionnelles : « Nous ne nous sommes jamais sentis si bien en Martinique que depuis l'acquisition d'un pied-à-terre parisien. » Ailleurs, on préfère mettre l'accent sur l'acuité des problèmes d'héritage : les « exilés » réclament de plus en plus souvent leur dû, provoquant le morcellement de la terre des parents. Enfin, des amis se plaignent des solidarités familiales ambiguës, lorsque les enfants sont issus de plusieurs lits — exemple fréquent ici, s'il en est.

Ces quelques coups de projecteur n'épuisent pas, loin de là, le sujet. Car rares sont les familles antillaises dont aucun membre n'a été concerné par un voyage prolongé en métropole. Un mouvement hier encouragé par une société publique, le Bumidon (Bureau pour le développement des migrations d'outre-mer), prolongé aujourd'hui par les facilités des avions charters à moindre coût. L'importante diaspora antillaise dans l'hexagone (près de 400 000 Guadeloupéens et Martiniquais) fait d'ailleurs figure de « cinquième DOM » (département d'outre-mer).

De réels problèmes d'identité accrus par les dépaysements successifs, des liens sentimentaux distendus par la force des choses, ajoutent parfois à la crise de ces sociétés de consommation, où les jeunes exclus sont légion. Les profondes déchirures familiales se mêlent alors dans l'esprit de certains, voire dans l'inconscient collectif antillais, au grand traumatisme de la traite — le transport du « bois d'ébène » — et de la colonisation. D'autres, à l'autre extrême de l'arc mental antillais, rendus plus sereins par des adaptations réussies, vantent la fin de l'isolement insulaire, les richesses d'un double regard, ou les atouts d'une culture métisse. Dans ce concert à partitions multiples, la diversité antillaise s'affirme bien comme une réalité.

YVES HARDY
Journaliste

J. DECOSSE

2
LES PROBLÈMES EN SUSPENS

ALAIN ROLLAT

POUVOIR DE DROITE, POUVOIR DE GAUCHE, ET APRÈS ?

AU FIL DES ÉVOLUTIONS LÉGISLATIVES, LA QUESTION DE L'OUTRE-MER RANIME INVARIABLEMENT, DEPUIS 1946, LES DISCUSSIONS THÉORIQUES SUR LA NÉCESSITÉ DE RÉDUIRE LES INÉGALITÉS ÉCONOMIQUES ET SOCIALES DANS LA FRANCE DU GRAND LARGE. LES GOUVERNEMENTS SUCCESSIFS ONT-ILS EU UN JOUR UN VÉRITABLE PROJET POUR LES ANTILLES ?

L'outre-mer français a donc une nouvelle devise depuis l'entrée en vigueur de la loi de programme votée à la fin de 1986 par le Parlement à l'initiative de M. Bernard Pons : « Liberté, parité, fraternité ! » Cette singularité suffit à confirmer que plus de quarante ans après l'institution de la départementalisation dans ses anciennes colonies des Antilles et d'ailleurs, la France continue de considérer les citoyens de ces terres lointaines comme des cas particuliers.

Le maire-poète de Fort-de-France, Aimé Césaire, qui a tout dit, depuis un demi-siècle, sur les ressorts de l'âme antillaise, ses enthousiasmes, ses fureurs, ses abattements, s'en est tenu, lors des débats parlementaires sur cette énième réforme, à « une vérité toute simple : en matière de prestations sociales on refuse l'égalité aux habitants de l'outre-mer ». Querelle de mots ? « Je ne sais pas si égalité et parité sont synonymes, ajoutait-il à l'adresse du ministre des DOM-TOM, mais je sais qu'ils ne sont pas interchangeables. Essayez de dire : "Liberté-parité-fraternité !" Chiche ! Il y a des mots ombrageux qui ne supportent pas d'être amoindris par une épithète. Il n'y a pas d'égalité adaptée, ni d'égalité globale. L'égalité est ou elle n'est pas et dans votre projet elle n'est pas... »

Quel aveu d'impuissance de la part de l'État !

Au cours de ces débats parlementaires de l'automne 1986 personne, ni à gauche ni à droite, n'a eu, heureusement, le mauvais goût de pavoiser. Le constat est, en effet, accablant pour l'ensemble du monde politique. Sait-on, en métropole, par exemple, que dans les départements d'outre-mer le droit aux prestations sociales est tellement plus restrictif que dans l'Hexagone que pour bénéficier des allocations familiales, du complément familial, de l'allocation de logement familial, de l'allocation de rentrée scolaire, de l'allocation de parent isolé, etc., il faut justifier d'une activité professionnelle ? Cela revient à pénaliser les plus déshérités, et surtout les chômeurs, proportionnellement beaucoup plus nombreux qu'en métropole...

Les prestations sociales sont, outre-mer, non seulement plus faibles qu'en métropole mais chaque bénéficiaire n'y perçoit directement qu'une partie de leur montant. L'État met le reste de côté pour financer les cantines scolaires, la formation professionnelle, les actions en faveur des personnes âgées.

En outre, ces disparités sont aggravées par les inégalités de revenus : au nom du coût de la vie les fonctionnaires locaux bénéficient de primes augmentant de plus de 40 % le niveau métropolitain de leurs traitements tandis que, dans le secteur privé, on justifie par les « *spécificités* » locales l'existence... d'un salaire minimal très inférieur à celui de la métropole !...

Que la « loi Pons » se soit fixée un délai de trois ans pour abolir la condition d'activité professionnelle exigée des ressortissants d'outre-mer afin de bénéficier de la plupart des prestations familiales, cela donne la mesure exacte du chemin qui reste à parcourir avant que les habitants de ces anciennes colonies accèdent à la pleine citoyenneté sociale.

Une malédiction politique pèserait-elle donc sur eux ?

L'ATTENTE
ÉGALITAIRE

Tout a commencé par un malentendu. Pour les élus locaux de gauche qui l'avaient proposée avec ferveur — socialistes et communistes étaient à ce moment-là au coude-à-coude et Aimé Césaire en tête de ces derniers —, il ne faisait aucun doute que la loi du 19 mars 1946 qui transforma les anciennes colonies en départements devait être la panacée. Elle marquait, à leurs yeux, un progrès extraordinaire. Tenus jusque-là dans une citoyenneté marginale par les séquelles de l'esclavagisme les populations antillaises entrevoyaient enfin la possibilité « de passer [selon l'expression même de Césaire] d'une citoyenneté mutilée à la citoyenneté tout court. » Il n'est donc pas étonnant que la départementalisation ait alors bénéficié de l'approbation unanime de ces populations ; elles acceptaient joyeusement les perspectives de l'assimilation parce que dans leur esprit l'alignement statutaire sur la métropole devait automatiquement engendrer l'égalité dans tous les domaines de la vie publique, par extension aux nouveaux DOM de la législation métropolitaine. Cet état de grâce n'a duré qu'un an.

En mai 1947 les communistes quittent le gouvernement, l'influence de la gauche sur le pouvoir central a tendance à diminuer. Outremer, l'assimilation sociale promise se fait attendre ; l'égalité n'est pas au rendez-vous. Très vite les grèves se succèdent, en Guadeloupe et en Martinique, chez les fonctionnaires autant que chez les dockers.

La frustration est alors d'autant plus vivement ressentie que pour les premiers chantres de la départementalisation, la proclamation officielle de l'égalité des droits n'avait pas été perçue comme un cadeau du pouvoir métropolitain mais bien au contraire comme un dû, comme la réparation du passé. Dès lors, « l'impossibilité de pratiquer l'assimilation prenait l'allure d'un sabotage conscient de l'équilibre social aux Antilles[1] ».

En vérité, il n'y a eu aucun sabotage mais, à cette époque, les gouvernements successifs de la IVe République ne savent pas comment s'y prendre, concrètement, pour tirer toutes les conclusions logiques de l'article 73 de la Constitution de 1946 selon lequel le régime législatif des DOM est le même que celui des départements métropolitains.

Cette première tentative d'assimilation institutionnelle se traduit par une telle inadéquation entre l'éclatement des services ministériels chargés d'intervenir dans chacun des DOM sur le modèle métropolitain et les particularités locales que dès le départ l'entreprise est vouée à l'échec.

On confie alors un Igame (Inspecteur général de l'administration au ministère de l'Intérieur) le soin de coordonner l'action de l'État à la tête d'un service spécial des DOM dépendant de l'administration centrale du ministère de l'Intérieur. Mais ce régime particulier ne fait que confirmer les craintes émises par le ministre de la France d'outre-mer de l'époque, Marius Moutet : « Je crains que lorsqu'elles seront morcelées, tiraillées entre les divers départements ministériels, les vieilles colonies n'apparaissent comme des parents pauvres qui pourront trop souvent être sacrifiés quand l'urgence de certains intérêts métropolitains apparaîtra plus sensible parce qu'il n'y aura pas de personnes qualifiées pour défendre leurs propres intérêts[2] ».

À l'évidence l'institution de l'Igame ne suffit pas. La création d'un ministère autonome devient nécessaire. C'est le premier gouvernement de la Ve République qui en prendra l'initiative mais il aura déjà fallu douze ans, émaillés de tensions et parfois de violences sur le terrain, pour que l'État admette sa propre incapacité à répondre à l'attente égalitaire des populations d'outre-mer.

Le retour du général de Gaulle au pouvoir est pourtant salué avec enthousiasme par les DOM. Le charisme de l'homme du 18 juin 1940 est tel qu'aux Antilles tout le monde ou presque se convertit au gaullisme. Aimé Césaire lui-même appelle à voter « oui » au référendum de 1958 après ses entretiens avec André Malraux, alors qu'il avait commencé à faire campagne en faveur du « non »...

Mais là encore il y a un malentendu entre les Antilles et la France. Si de Gaulle soulève la ferveur populaire c'est parce qu'il est aux yeux des descendants des esclaves, l'homme de la décolonisation de l'Afrique. Nul ne doute donc que pour les DOM, la décolonisation aura le visage d'une assimilation enfin concrétisée.

Voilà pourquoi quand la Ve République, par les décrets de 1960, fait entrer l'outre-mer dans l'ère de la « départementalisation adaptée », qui ne marque que la prise en compte de l'échec de la départementalisation pure et simple proclamée en vain en 1946, la déception est grande. C'est à partir de ce moment-là que l'objectif d'assimilation, maintenu par des gouvernements qui ne se donnent pas les moyens d'agir vraiment dans cette voie, commence à être perçu comme une perversité institutionnelle visant à maintenir, en fait, les anciennes colonies dans la dépendance d'un statut colonial. La revendication d'autonomie prend son envol. Le statut départemental est mis en cause par ceux-là même qui l'avaient revendiqué en 1946.

La vérité est qu'à Paris l'administration centrale chargée de l'outre-mer n'accorde pas ses priorités aux Antilles ou aux autres « confettis » de l'empire mais, bien naturellement, aux affaires algériennes.

Et malheureusement, une fois l'Algérie indépendante et le général de Gaulle parti de l'Élysée, Georges Pompidou n'accorde pour sa part qu'une attention discrète aux problèmes de l'outre-mer. C'est l'époque où au gouvernement les ministres ou secrétaires d'État en charge des DOM-TOM se succèdent au rythme de un par an. Un rythme qui maintient l'administration dans un état de ronronnement peu favorable au rattrapage des retards accumulés. La liste des intéressés ressemble à une litanie : Michel Inchauspé en 1968, Henri Rey en 1969, Pierre Messmer en 1971, Xavier Deniau en 1972, Bernard Stasi en 1973, Joseph Comiti, puis Olivier Stirn en 1974... La continuité dans le laisser-aller... La revendication d'autonomie accouche de l'indépendantisme. Les partis de la gauche métropolitaine militent eux aussi pour que l'État octroie aux populations d'outre-mer le droit de « gérer elles-mêmes leurs propres affaires » puisque, de toute évidence, la métropole se révèle incapable de le faire à leur place.

Le pouvoir central n'en a cure. Il persiste dans la logique de l'assimilation qui le conduit à exporter vers l'outre-mer les institutions régionales conçues par Georges Pompidou après l'échec du référendum d'avril 1969 ayant provoqué le départ du général de Gaulle.

C'est ainsi que la loi du 5 juillet 1972 transforme chacun des départements d'outre-mer en une région... mono-départementale. Elle représente la réponse de Paris à la poussée autonomiste. Mais loin de procéder à une véritable décentralisation, elle se limite à améliorer la concertation régionale en matière de développement économique et social. Sa principale innovation consiste en la représentation des intérêts socioprofessionnels au sein des nouvelles institutions, par le canal du comité économique et social mis en place, à titre consultatif, à côté de chaque conseil régional.

Cette réforme, toutefois, ne change pas grand-chose dès lors que les membres de ces nouvelles assemblées régionales ne sont que les émanations des assemblées municipales, départementales et nationales et que leurs moyens propres sont très limités. L'outre-mer, dans tous les domaines, reste à la traîne, même si le niveau de vie y est devenu, dans les DOM, grâce aux transferts financiers de la métropole, très supérieur à celui des petits États indépendants voisins.

UNE SOCIÉTÉ À DEUX VITESSES

Faute d'être parvenu à effacer les disparités, l'État tente, dans les années 70, de remédier, pragmatiquement, aux problèmes spécifiques des DOM, en particulier aux Antilles et à la Réunion. L'entreprise est difficile car si les départements d'outre-mer sont partie intégrante d'un pays au niveau économique élevé, ils offrent pour leur part toutes les caractéristiques des pays en voie de développement.

C'est un rapport officiel, établi par une « Mission pour l'emploi », qui dresse, en avril 1979, ce constat de carence : « La politique suivie depuis la fin de la dernière guerre a eu pour conséquence de masquer les réalités sans pour autant régler les problèmes. En effet, l'aide nationale n'a pas porté sur l'amélioration des structures de production ; on a appliqué essentiellement une politique de subventions, qui a maintenu une large partie de la population dans un état d'assistance mais qui a aussi permis aux détenteurs locaux de capitaux de réinvestir leurs profits hors de ces départements. »

Les deux départements antillais, comme les autres DOM sont devenus en conséquence les prototypes d'une société à deux vitesses où le fossé ne cesse de se creuser davantage entre quelques privilégiés et beaucoup de deshérités. Avec en prime l'apparition de revendications indépendantistes maintenant exprimées avec violence, en particulier en Guadeloupe.

La gauche, arrivée au pouvoir en mai 1981, allait-elle faire mieux ?

Elle se polarise aussitôt, elle aussi, sur les controverses institutionnelles. « Aucun problème économique ou social ne pourra être traité avec quelque chance de succès tant qu'au préalable n'aura pas été résolu un problème politique fondamental, celui de la diminution des pouvoirs d'un État centralisé et dominateur au profit de l'émergence d'un véritable pouvoir de décision local détenu par les élus du suffrage universel », affirme le premier secrétaire d'État socialiste au DOM-TOM, M. Henri Emmanuelli, en septembre 1982 à l'Assemblée nationale. C'est la querelle de l'assemblée unique, tranchée par le Conseil constitutionnel au détriment des projets du gouvernement de M. Pierre Mauroy, qui voulait mettre fin, conformément au programme électoral de M. François Mitterrand, à la coexistence, sur les mêmes territoires géographiques, d'une assemblée départementale et d'une assemblée régionale.

Il continuera d'y avoir deux centres de pouvoir dans chacun des DOM, le conseil régional devenant toutefois élu au suffrage universel direct.

Malheureusement pour elle la gauche s'épuisera dans ces batailles institutionnelles. Lorsque M. Emmanuelli est remplacé, après les élections municipales de mars 1983, par le maire de Chartres, M. Georges Lemoine, le gouvernement socialiste a sur les bras le « cactus » néo-calédonien auquel il se consacrera presque exclusivement jusqu'en 1986.

La gauche a donc raté l'occasion qui s'offrait à elle d'imprimer la marque de sa philosophie sur l'outre-mer. En faisant de ses projets institutionnels, au nom du droit à la différence des populations locales, la condition *sine qua non* des progrès économiques et sociaux elle n'a pas mené la politique hardie de réduction des inégalités qui était attendue, sur place, par ses électeurs. Ce défi, elle n'a pas su le relever.

Quand la droite revient au pouvoir, en mars 1986, la tâche à accomplir reste immense : le chômage atteint 30 % de la population active en Guadeloupe et 35 % en Martinique.

Prenant le contrepied des socialistes, le nouveau ministre des DOM-TOM, M. Bernard Pons, retient comme priorité le développement économique, condition du progrès social. Titulaire d'un ministère de plein exercice, il agit vite et reçoit du Premier ministre, M. Jacques Chirac, les moyens de conduire une politique ambitieuse. Il lance un plan de défiscalisation des investissements pour attirer outre-mer les détenteurs de capitaux et il complète ce volet incitateur par la mise au point de sa « loi-programme » de développement économique, assortie d'un engagement financier substantiel étalé sur cinq ans. L'application de ce dispositif n'interviendra, toutefois, pour l'essentiel, qu'après la prochaine élection présidentielle.

Ces options se situent à l'opposé de la politique fiscale et économique suivie en métropole afin d'essayer de répondre aux particularismes locaux. Elles ne résolvent pas, pour autant, l'éternelle question de la répartition des compétences entre le pouvoir local et le pouvoir national. En réalité, aujourd'hui comme hier, les pesanteurs administratives demeurent prédominantes et l'accroissement des pouvoirs des assemblées locales n'a pas suffi, en soi, à combler des écarts historiques. Tout simplement parce que, outre-mer aussi, les institutions ne valent que ce que valent les hommes qui les font fonctionner. Or, aux Antilles comme ailleurs, il faut bien le reconnaître, ce n'est pas l'imagination créatrice qui caractérise, en général, les élus locaux. L'État paraît donc voué à faire la navette entre un interventionnisme nécessairement limité dans le domaine économique et social et les délégations de pouvoirs et de moyens en direction des assemblées locales.

Au moment où l'outre-mer est appelé à se préparer, lui aussi, à l'aventure du marché unique européen, à partir de 1992, la proclamation solennelle lancée en 1848 par Victor Schœlcher garde encore une résonance contemporaine : « La République n'entend plus faire de distinction dans la famille humaine. Elle ne croit pas qu'il suffise, pour se glorifier d'être un peuple libre, de passer sous silence toute une classe d'hommes tenus hors du droit commun de l'humanité. Elle a pris au sérieux son principe. Elle répare envers ces malheureux le crime qui les enleva jadis à leurs parents, à leur pays natal en leur donnant pour patrie la France et pour héritage tous les droits du citoyen français, et, par là, elle témoigne assez hautement qu'elle n'exclut personne de son immortelle devise : "Liberté, égalité, fraternité". »

─────────── *ALAIN ROLLAT* ───────────
Rédacteur en chef adjoint au service politique du *Monde*. Auteur (avec Philippe Boggio) de *Ce terrible Monsieur Pasqua*, de *L'Année des masques* aux éditions Olivier Orban, 1988, et en collaboration avec Edwy Plennel de *Mourir à Ouvéa*, aux éditions Le Monde/La Découverte, 1988.

1. Yves LEBORGNE, *Le Climat social*, Revue *Esprit*, 1962.
2. Cité par Mlle Sylvie JACQUEMART dans sa thèse sur « La question départementale outre-mer ».

MICHEL FOUCHER

ÉCHIQUIER

STRATÉGIQUES LES ANTILLES ? OÙ LA FRANCE TROUVE-T-ELLE SON COMPTE DANS LA POSSESSION DE CES ILES ?

Les deux départements français d'outre-mer font partie d'un ensemble, l'aire caraïbe, qui est de plus en plus une Méditerranée américaine et dont les États-Unis ne cessent de réaffirmer, dans le discours autant que dans les faits, le caractère stratégique au sens où la maîtrise de ce bassin participe de leur sécurité immédiate.

Comme les deux DOM insulaires sont, de facto, pour de simples raisons de position géographique, insérés dans cette aire caraïbe, au même titre que Grenade, par exemple — qui n'est pas plus éloignée de Fort-de-France que Saint-Martin de Pointe-à-Pitre —, peut-on douter de la perception des États-Unis sur cet arc caraïbe oriental ?

Ensuite, il paraît hors de doute, à beaucoup, que si la France, métropolitaine, s'attache à ces confettis d'empire, alors que les vents du changement ont soufflé dans les îles voisines, devenues des micro-États indépendants, au moins formellement, c'est que la métropole doit bien, de quelque manière assez mystérieuse, y « retrouver son compte » : en y bénéficiant d'avantages stratégiques, par exemple. Car, dans le cas contraire, l'attachement français à ces départements français d'Amérique deviendrait plus difficilement explicable ou justifiable.

Bref, que faut-il penser du postulat suivant : la France « garderait » ses possessions antillaises en raison de leur caractère stratégique « évident » ?

Précisons d'emblée la hiérarchie des intérêts dans l'ordre stratégique.

Dans l'aire Antilles-Guyane, qui est composée, on le sait, de trois départements et de trois régions, mais qui constitue une seule zone de défense, placée sous la responsabilité du Commandement supérieur basé à Fort-de-France, la France n'a en réalité qu'un seul intérêt majeur : Kourou, où se situe le centre spatial guyanais.

Cette plate-forme de lancement, dont la situation à proximité de l'Équateur permet de tirer parti d'un « effet de fronde » et donc d'augmenter la charge utile tout en diminuant les coûts, a une vocation fondamentalement civile et commerciale. Sa fonction est de mettre en orbite des satellites commerciaux pour le compte de l'Agence spatiale européenne. Kourou n'a donc pas de fonction militaire. Cependant, si l'on adopte une conception élargie de la notion d'intérêt stratégique, on peut estimer que la disposition du site guyanais est un élément important du maintien de l'indépendance française et européenne (près de 40 % du capital de l'Agence spatiale européenne est d'origine européenne) dans le domaine de l'industrie spatiale ainsi que dans celui de l'observation terrestre. C'est pourquoi ce site technologique doit, comme d'autres, être protégé contre d'éventuelles menaces extérieures, et, récemment, la presse en a fait état, un Commandement supérieur militaire délégué a été créé : il est basé à Cayenne.

Pour le reste et par comparaison, l'intérêt est secondaire, d'un point de vue stratégique ; ceci ne signifie pas que les DOM n'offrent pas un certain nombre d'avantages. On peut en dresser le bilan en examinant, à différentes échelles, les divers ensembles dans lesquels les DOM insulaires sont insérés.

LIGNES DE COMMUNICATION

Les DOM sont, depuis la loi de 1946 portant création des départements d'outre-mer, une portion du territoire national, au même titre que n'importe quelle portion de l'espace métropolitain. C'est, au regard des obligations de défense, leur première caractéristique stratégique. Elle découle logiquement de la politique d'assimilation des institutions politiques qui a été réalisée à partir de 1946, obtenue au terme de luttes dont la signification fut, selon Aimé Césaire, l'accès à l'« égalité ». De ce point de vue, les DOM sont des « départements comme les autres », où s'exercent les attributs classiques de la souveraineté.

Certes, en cas de conflit, le théâtre européen serait le principal concerné. Mais, comme l'ont montré divers épisodes des deux guerres mondiales, le contrôle des lignes de communication, dénommées SLOCs (pour « sea lanes of communications ») entre la côte sud des États-Unis, le bassin Caraïbe et l'Europe fut un enjeu majeur : la bataille de l'Atlantique, déclenchée par les sous-marins adverses, se déroula en partie dans les détroits et passages de la mer Caraïbe. Sauf dans la partie septentrionale du bassin, où dominent les hauts-fonds (en particulier entre l'archipel des Bahamas et Cuba), ces étendues maritimes sont considérées par les experts comme propices à l'utilisation des sous-marins : les grands fonds ne manquent pas du fait des fosses, les mers sont souvent agitées en surface, notamment durant les périodes de cyclones, ce qui entrave le repérage des sous-marins.

Bien que l'aire caraïbe ne fasse pas partie de l'aire d'application du traité de l'Atlantique-nord, qui se limite à une ligne fixée sur le tropique du Cancer (lequel « passe » entre la Floride et Cuba), il est établi qu'une partie des renforts nord-américains transiteraient à travers la Caraïbe, qui est alors perçue comme une sorte d'arrière-cour maritime de l'Otan, puisque c'est un point de départ de plusieurs SLOCs.

Il y a donc là un intérêt français mais indirect.

Les États-Unis, du fait à la fois de leur rôle dans l'Otan et de leur proximité, veillent bien entendu à maintenir une primauté *(primacy)* dans cette région ; mais cette aire géographique n'est pas organisée comme une entité militaire spécifique : elle est intégrée au Lantcom, commandement atlantique dont le centre est Norfolk.

Le principe qui prévaut est celui de l'« économie des forces » et on ne compte guère plus de 6 500 hommes présents en permanence dans cette région (soit beaucoup moins qu'à Panama). Toutefois, depuis 1982, les États-Unis ont mis en place un « système régional de sécurité », qui est une garantie de sécurité, interne et externe, pour les gouvernements des six micro-États de l'arc caraïbe oriental regroupés dans l'Oecs *(Organization of Eastern Caribbean States)*. Il en résulte que les deux DOM insulaires se trouvent « au milieu » de ce dispositif, mais en restent exclus.

En effet, ce qui est considéré comme stratégique par et pour les États-Unis dans cette région ne l'est pas forcément pour la France. Ainsi en va-t-il des flux pétroliers, souvent mentionnés comme critères d'importance stratégique : ceux à destination des raffineries du golfe du Mexique transitent par les passages situés entre les îles. Ce n'est pas le cas des approvisionnements français, puisque les flux principaux suivent des SLOCs situés dans l'ouest de l'océan Indien, ce qui valorise, à cet égard, le quatrième DOM, la Réunion.

De même, les intérêts français dans le domaine des matières premières et même des marchés sont très limités dans cette partie du monde : moins de 0,2 % des importations, moins de 0,4 % des exportations françaises s'effectuent avec des États caraïbes.

SATELLITES ET TRANSMISSIONS

*E*n réalité, les deux DOM ne sont entourés que de micro-États dont les dirigeants, conscients du prix économique élevé d'une indépendance politique formelle et souvent imposée par l'ancienne métropole, ne contestent pas la présence française dans ses modalités actuelles.

Du reste, d'autres entités restent directement liées à une métropole : Antilles néerlandaises, qui, par Sint-Maarteen, Saba et Eustatius sont proches ou mitoyennes (Saint-Martin) de dépendances de l'archipel guadeloupéen ; « colonies de la couronne britannique » également, notamment Anguilla et Montserrat, située à proximité de la Guadeloupe ; enfin, les dépendances des États-Unis (Porto Rico, îles Vierges).

Il est vrai que Britanniques et Hollandais mènent une politique de désengagement, pour des raisons d'abord économiques et l'on note des réticences des autorités locales à assumer une indépendance qui ne serait que formelle. Un rapport récent rédigé par le secrétariat du Commonwealth et concernant les micro-États s'intitule précisément : « Vulnérabilité ».

La présence française directe n'est donc pas controversée et, dans l'état actuel des choses, on ne se trouve pas dans la situation qui prévaut dans le Pacifique du Sud-Ouest. Des formes de coopération se sont d'ailleurs établies, tant il est vrai que les DOM apparaissent bien équipés et attractifs pour leurs voisins immédiats, qui sont d'ailleurs éligibles au Fonds d'aide et de coopération, le FAC.

Faut-il pour autant estimer que les DOM sont des points d'appui pour l'action extérieure de la France en direction des États indépendants de la Caraïbe ? Peut-on imaginer, par exemple, que la coopération qui se développe avec les Haïtiens, en période de transition politique, puisse passer par les Antilles françaises ? Là encore, on remarque que les dirigeants de ces États préfèrent s'adresser à Paris et que l'intégration économique des DOM dans un ensemble caraïbe reste un vœu pieux.

Au plan militaire, les DOM antillais offrent à la France un avantage dans la mesure où ces positions s'inscrivent dans un ensemble de taille planétaire : il s'agit du réseau formé par la chaîne des points d'appui placés sous souveraineté française qui se trouvent répartis à la surface du globe. Par exemple, dans l'île de la Martinique se localisent des stations de transmission du réseau interarmées. C'est un réseau maillé qui permet des liaisons permanentes entre la métropole et d'autres relais : ainsi, Dakar, Djibouti, Papeete.

On trouve un dispositif comparable dans le domaine des transmissions maritimes, dont les points d'appui sont, par exemple, Brest, Djibouti, la Réunion ou Nouméa.

Ces divers sites facilitent les transmissions en offrant divers canaux. Il est clair qu'à un moment où les transmissions par satellites — notamment géostationnaires, placés par conséquent en orbite équatoriale — prennent une importance croissante, la libre disposition de stations de réception réparties sur divers points du globe et formant en quelque sorte un système planétaire est un atout non négligeable de l'indépendance d'action.

On notera du reste que la plate-forme de Kourou ne prend pas, par définition, appui sur ce système, puisque le suivi des fusées de la série Ariane, après leur lancement, est assuré par des stations situées au Brésil (Natal), dans l'île d'Ascension et sur la côte de l'Afrique de l'Ouest.

Bref, si le statut des DOM insulaires antillais permet des possibilités de valorisation de ces sites à des fins de transmission militaire, on ne discerne pas d'autres avantages décisifs qui en découleraient. Ce n'est donc pas pour des raisons d'ordre stratégique que le statu quo institutionnel et politique est maintenu. Du reste, les exemples ne manquent pas de dissociation entre souveraineté et usage d'un lieu à des fins stratégiques par une ancienne métropole. Voir le cas exemplaire de Djibouti.

Les motifs de cette permanence de statut, dans les DOM insulaires, sont plus simples. Il faut en effet se rendre à l'évidence et rappeler le postulat suivant : les populations « domiennes » — pas plus que les quelque 400 000 Antillais présents en métropole — ne manifestent le souhait d'un changement radical du statut actuel. Les avantages économiques acquis, bien que relatifs, y sont sans doute pour beaucoup. Et les dirigeants antillais responsables savent que la viabilité économique est un objectif difficile dans des micro-entités. Comme l'a indiqué à plusieurs reprises Aimé Césaire, après la bataille de l'égalité, en 1946, et celle de l'identité, en 1981 (avec la loi de décentralisation), s'impose celle du développement économique.

On rappellera d'ailleurs que dans les îles voisines, l'indépendance ne fut en rien conquise par des opposants locaux, mais décidée et imposée par les métropoles, soucieuses de limiter l'immigration et de réduire les transferts financiers. Dans les DOM, la question du statut n'est pas ouverte.

Il ne faut pas, pour autant, s'interdire d'imaginer, pour les deux décennies à venir, des formes d'évolution institutionnelle qui reconnaissent les aspirations à l'autonomie culturelle et prennent acte des limites des politiques d'assimilation. On ne peut s'en tenir, même pour des préoccupations électoralistes, à considérer que les DOM ne sont que des « départements comme les autres ».

Certes, il n'est guère dans la tradition politico-administrative française d'élaborer des moyens termes hors du « tout ou rien ». C'est pourtant vers des formules permettant une plus grande délégation de pouvoir et de compétences sans impliquer de ruptures brutales qu'il conviendrait de s'orienter. La notion de « Communauté française » reste à inventer. À ne pas prendre l'initiative d'une réflexion hors des enjeux électoraux immédiats, les responsables métropolitains des affaires publiques risquent de compliquer les nécessaires adaptations dans les quelques lieux qui gardent indéniablement un intérêt stratégique.

MICHEL FOUCHER
Géographe, directeur général de l'Observatoire Européen de Géopolitique ; auteur de *Fronts et frontières, un tour du monde géopolitique***, Fayard, 1988.**

JACQUES CANNEVAL

LA GUADELOUPE EN PREMIÈRE LIGNE

UN NATIONALISME DE RIGUEUR EN RÉACTION CONTRE LES GÉNÉRATIONS PRÉCÉDENTES. MAIS SI LA GUADELOUPE S'EST FORGÉE DEPUIS 1980 UNE RÉPUTATION D'ÎLE OÙ RÈGNE LA VIOLENCE INDÉPENDANTISTE, SA SŒUR LA MARTINIQUE A PLUTÔT CELLE D'UNE RÉGION CALME, OÙ IL FAIT BON VIVRE ET INVESTIR. POURQUOI ?

La Guadeloupe ne dispose d'aucun leader de la dimension d'Aimé Césaire, et d'aucun parti de la force du Parti progressiste martiniquais (PPM), qui a su noyer le débat sur le statut dans un régionalisme opposé à tout processus de rupture, au nom du réalisme et de logique du développement. Au contraire, elle présente une classe politique, minée par les scandales financiers, composée de plusieurs affairistes sans scrupule. Certains d'entre eux, en fonction depuis plus de vingt ans, cumulent tous les postes électifs, et donnent de la politique une image à faire fuir le plus téméraire des jeunes. Devant la faillite de la classe politique traditionnelle, sont apparus des mouvements tels l'Union populaire pour la libération de la Guadeloupe (UPLG), le Mouvement populaire pour une Guadeloupe indépendante (MPG), qui posent en termes radicaux la question de la « souveraineté nationale ». Ces organisations ont aussi réussi leur implantation dans les milieux de la paysannerie pauvre, liée à la canne (culture aujourd'hui pratiquement disparue à la Martinique).

Mais le phénomène de la violence politique, bien que les pertes qu'elle a occasionnées à l'économie soient considérables, n'a jamais dépassé le stade groupusculaire. Peut-être parce que les Guadeloupéens croient comme Laurent Farrugia (intellectuel partisan de l'indépendance) « stérile le sang versé ». Dans la situation actuelle, ajoute ce même Farrugia, « la voie des armes est donc une impasse, car c'est sa souveraineté que veut la Guadeloupe et non quelques morts glorieuses ». Qu'à ce propos ne tienne, la vision de Laurent Farrugia n'est pas unanimement partagée, surtout pas par Luc Reinette, le véritable penseur et artisan de ce « climat de violence révolutionnaire » qu'a vécu la Guadeloupe pendant six ans. D'abord avec le Groupe de libération armé, ensuite avec l'Alliance révolutionnaire caraïbe.

Le 6 mars 1980, la Guadeloupe s'apprête à vivre une journée ordinaire. Pointe-à-Pitre, la capitale économique, offre déjà, très tôt ce matin-là, le spectacle épicé des cités contrastées : ses rues s'emplissent de voitures, et sur ses trottoirs démontés défile une foule couleur d'arc-en-ciel.

Parmi tout ce beau monde qui presse le pas, un homme de forte corpulence. Comme à son habitude, il distribue des poignées de main, s'arrête devant les rideaux à peine levés pour faire un brin de causette. Soudain, un coup de feu claque d'une camionnette bâchée. L'homme s'écroule. Les premiers badauds accourus découvrent qu'il s'agit de Raymond Viviès, conseiller général du canton, Blanc créole, et grande gueule, qui ne manque jamais une occasion de pourfendre les indépendantistes. Stupeur ! La nouvelle fait vite le tour de l'île. Les hypothèses les plus folles circulent, y compris celle d'un contrat de la mafia.

La vérité est tout autre. Au bulletin d'information de FR 3, une organisation, le Groupe de libération armé (GLA) revendique l'attentat : « M. Viviès n'était que le premier sur la liste, d'autres suivront et avec moins de bonheur pour leur santé » (communiqué n° 1 du GLA 6 mars, 1980). La population qui n'a du terrorisme qu'une vision parcellaire, et le considère comme un phénomène lointain, juste une rubrique de l'actualité internationale, s'y trouve pour la première fois confrontée. Les réactions politiques, elles, sont marquées du sceau de la surprise. Pour la droite, le GLA est l'œuvre des indépendantistes, manipulés par Cuba, cela ne fait aucun doute. À gauche, on est plus circonspect, mais les premières analyses penchent pour la thèse de la provocation policière. L'Union populaire pour la libération de la Guadeloupe qui a à peine deux ans d'existence (l'organisation a été créée en 1978) affirme que « ce que veut le Gouvernement français, c'est éliminer physiquement les dirigeants du mouvement patriotique, c'est donc le Gouvernement français qui a intérêt à enclencher un processus de violence actuellement en Guadeloupe » (*Jakata*, magazine nationaliste, n° 23). Cette analyse erronée montre à l'évidence que l'avènement du Groupe de libération armé bouleverse la donne d'un échiquier qui a longtemps opté pour un classicisme sans répit. Seule en marge de ce paysage politique : l'Union populaire pour la libération de la Guadeloupe (UPLG), fille spirituelle du GONG (Groupe d'organisation nationale guadeloupéenne, créé le 23 juin 1963, et décapité à la suite des émeutes de 1967 qui firent, selon M. G. Lemoine, ancien secrétaire d'État aux DOM-TOM, 80 morts) mais qui entend d'abord s'implanter « dans les masses » et ensuite poser de manière progressive la question de l'indépendance nationale.

Manifestement le Groupe de libération armé qui rompt, écrit D. Zandronys, directeur d'un magazine nationaliste, « le charme tranquille de la colonie » casse la stratégie de la « lutte de masse au grand jour ». Trois considérations essentielles semblent avoir guidé le choix de ce groupe : « l'agressivité du colonialisme et son profond enracinement dans toutes les structures de la société » ; le caractère insulaire de la Guadeloupe qui ne « permet pas d'avoir d'arrière-pays où une guérilla de type traditionnel pourrait se développer » ; enfin, pour « ces jeunes », « l'indépendance n'est pas une fin en soi, mais un commencement, une condition préalable au développement des hommes, à leur réalisation et d'une façon plus générale, au développement économique et culturel de leur pays ». L'organisation confirme par ailleurs son radicalisme : « Le terrorisme est l'un des modes d'action de la guérilla que nous concevons comme faisant partie d'un plan stratégique global. »

Ces propos ne demeurent pas vains, les membres actifs du GLA soumettent la Guadeloupe à une série « d'opérations militaires » avec l'aide de quelques kilogrammes d'explosif dérobés à une entreprise de travaux publics. Toute leur stratégie consiste à désorganiser une économie déjà malade. Ainsi, la bombe placée à l'hôtel Méridien, haut lieu du tourisme guadeloupéen provoque une véritable cascade d'annulations et plonge le tourisme (l'un des rares secteurs porteurs de l'économie) dans une crise qui dure encore aujourd'hui.

Porté par un sentiment contrasté de la population qui n'est pas mécontente de voir une organisation faire la nique à une police totalement ignorante des subtilités de l'activisme urbain, le GLA enlève une journaliste de FR 3, Marie-Christine le Dû, dans une malle sur laquelle le nom de « Reinette » est à peine dissimulé. Cette action lui est fatale. La police arrête cinq membres présumés de l'organisation : Luc Reinette, Jean-Claude Mado, Jean Baptiste, Alain Gamby et une femme, Renée Élyse. Ils sont emprisonnés en France. Les manifestations de soutien en leur faveur ne manquent pas, ce qui fait dire à Maurice Satineau, auteur d'une thèse sur « La revendication nationale aux Antilles », que « les Guadeloupéens bien que rejetant dans leur grande majorité la violence sont capables de réagir avec émotivité ».

Le GLA est certes décapité, mais il reste confusément dans la tête des militants indépendantistes le sentiment que plus rien ne sera désormais comme avant. Qu'il s'agisse de l'expérience du GONG, ou des grandes luttes syndicales dans le secteur de la canne, jamais une organisation n'avait osé braver « la répression policière » et la population à une écrasante majorité pour « le maintien de la présence française ». Par le phénomène de médiatisation extrême qu'elles ont connu, les méthodes du GLA ont plongé les organisations antillaises dans un profond débat sur « la nécessité d'utiliser la violence comme moyen de libération », d'autant qu'elles s'étaient toutes trompées, à l'origine, sur sa véritable nature.

LE « MORATOIRE » MARTINIQUAIS

Dans l'île sœur, le phénomène du GLA a été observé avec une extrême prudence. *Combat ouvrier* affirme que « le sentiment de révolte exprimé par le Groupe de libération armé doit être prolongé par l'action violente, au niveau de l'ensemble de la population, faute de quoi elle deviendra la principale victime par l'accroissement de la répression » (*Combat ouvrier*, 7 février 1981). Le groupe « Révolution socialiste » exprime une position similaire. Parallèlement, on peut noter une certaine tolérance intellectuelle du Parti progressiste martiniquais (force politique la plus structurée et la plus importante de l'île) à la violence contre « le colonialisme », Camille Darsières (le secrétaire général) affirmant après qu'Aimé Césaire lui-même a parlé du génocide par substitution : « Amis européens... vous ne pouvez pas condamner ceux qui, voyant s'éteindre leur patrie, hurlent qu'ils veulent de toutes leurs forces, de toute leur âme, de tout leur cœur, la sauver. Vous ne pouvez traiter de racistes ces Martiniquais qui, tirant constat de l'hémorragie, se mettre à crier à la face du monde qu'il urge de mettre un garrot... Alors pliez bagages... tout doucement... Séparons-nous en frères, quand il est encore temps. »

L'élection de François Mitterrand à la présidence de la République (bien qu'un score ridicule lui soit attribué aux deux tours de scrutin dans les départements antillais) et les réformes structurelles décidées par la gauche, précipitent la Guadeloupe et la Martinique dans deux voies différentes. D'ailleurs, dès le lendemain de cette victoire, Camille Darsières constate : « Ayant cru superflu de constamment rappeler le combat des couches laborieuses, le PPM a commis l'erreur de croire possible de passer à un stade supérieur : la lutte de libération nationale. Alors le langage est devenu abstrait. Sous peine de se couper des masses, il faut donc revenir aux problèmes quotidiens qui se posent aux pères et mères de familles, autant pour les aider dans leur lutte que pour faire que ce qu'ils acquièrent par leur propre effort ne soit pas accaparé encore par le pouvoir » (discours prononcé le 24 mai 1981, à la fête du Parti).

Ce recentrage qui va probablement préserver la Martinique de la violence des bombes est confirmé par Aimé Césaire lui-même, « père de la Nation ». « L'idée du largage des DOM par la France est infondée », affirme Césaire avant d'ajouter : « Il n'y a pas de groupe de libération armé en Martinique. » Et le leader charismatique de ranger la question nationale dans les annales de l'Histoire : « C'est à ce pays épuisé, ruiné, démoralisé, traumatisé, paralysé par l'inquiétude et taraudé par la peur du lendemain, c'est à ce pays-là, dans cet état-là, que vous allez parler de statut juridique, de constitution, et autres constructions intellectuelles. »

Dans le même temps, la Guadeloupe entend un tout autre discours. Pour l'UPLG, « le mouvement patriotique devra se doter d'un programme de revendications politiques fondamentales, mobilisatrices, sur lesquelles notre peuple se mettra en mouvement. La lutte pour l'indépendance nationale prendra alors un caractère plus concret » (*Jakata*, éditorial « Et maintenant ? » publié après l'installation des socialistes). Quant au Groupe de libération armé, bien que ses membres aient pu bénéficier de la loi d'amnistie, il ne désarme pas. « S'interdire l'utilisation de la violence, c'est faire le jeu du colonialisme, avoir admis une fois pour toute sa supériorité... C'est se condamner à sombrer dans le réformisme... » (J.-C. Mado, *Le Journal guadeloupéen*, mai-juin 1981).

Pour expliquer politiquement la nécessité de « la lutte armée», Luc Reinette et des militants indépendantistes qui ne se sont passés, comme le veut la tradition, ni par le parti communiste, ni par le GONG, ni par l'UPLG, créent le 27 mai 1982 le Mouvement populaire pour une Guadeloupe indépendante.

ALLIANCE RÉVOLUTIONNAIRE CARAÏBE

Le 23 mai 1983, les deux départements antillais et la Guyane sont réveillés par l'explosion d'une vingtaine d'engins, fabriqués à l'aide d'un explosif (500 kg) dérobé dans un dépôt mal gardé de la commune de Petit-Bourg en Guadeloupe. Depuis le front antilloguyanais d'Albert Béville (intellectuel et poète guadeloupéen mort dans un accident d'avion en 1963) et Justin Catayé de la Guyane, rien de ce type n'avait été tenté. L'Alliance révolutionnaire caraïbe, qui revendique les attentats, est donc la réunion des « nationalismes » guadeloupéens, guyanais et martiniquais ? Luc Reinette, qui feint d'ignorer l'existence de l'ARC, déclare : « Concernant l'organisation dont vous parlez, je ne sais pas s'ils ont fait l'unité, je pense qu'ils ont fait alliance et une alliance ne naît qu'à partir du moment où on a un ennemi commun », et l'ennemi pour l'ARC, c'est « le colonialisme français » qu'il faut harceler « en Martinique, en Guadeloupe et en Guyane » (*Magazine guadeloupéen* n° 14-15, déc-janv. 1984).

Loin de faire l'unanimité, les actions de l'ARC font naître un mécontentement croissant d'abord au sein des organisations politiques, et à plus long terme dans la population. L'Union populaire pour la libération de la Guadeloupe affirme « que la tâche primordiale de tout révolutionnaire est de se lier aux masses afin de les mobiliser, de les entraîner dans la lutte [...] L'indépendance ne s'arrachera pas par les actions de quelques individus, si déterminés soient-ils, en dehors de toute analyse de la situation politique, économique et sociale de la Guadeloupe » (Direction de l'UPL, février 1984). Même si l'ARC affirme, dans un communiqué du 23 mai 1984, avoir détruit « le mythe de l'incapacité congénitale de nos frères de la Guadeloupe, de la Guyane, de la Martinique » à agir ensemble, il faut bien reconnaître que son implantation martiniquaise ne dépasse guère le stade de quelques actions symboliques contre les émetteurs de RFO et la gendarmerie de la commune de Rivière-Salée. En revanche la Guadeloupe est pratiquement seule à subir les désastreuses conséquences économiques des actions de l'Alliance révolutionnaire caraïbe. En verrouillant, dès la victoire de François Mitterrand, l'évolution politique de la Martinique par le discours sur le moratoire, et en jouant à fond la carte de la décentralisation, Aimé Césaire a sans doute rendu caduque par avance tout développement de la violence à la Martinique. Rendant du coup à l'ARC un caractère strictement guadeloupéen, comme son ancêtre le Groupe de libération armé.

Ayant constaté l'état de délabrement des structures économiques de la Guadeloupe, le Gouvernement entame avec l'ARC des discussions — par l'intermédiaire d'un avocat parisien, Christian Charrière-Bournazel — que Luc Reinette s'empresse vite de rendre publiques. Et c'est pour les rendre impossibles — parce qu'ils en avaient été tenus à l'écart — que quatre membres de l'UPLG, dont l'architecte Jacques Berthelot, explosent avec les bombes qu'ils tentaient de poser. Une histoire tragique d'arroseur arrosé. Ces quatre morts secouent la Guadeloupe et l'on voit poindre un immense mécontentement à l'endroit de ceux qui prônent « l'action armée ». C'est dans ce contexte de refus qu'intervient l'un des épisodes les plus dramatiques du « terrorisme » antillais : l'explosion d'une bombe dans un café tenu par un militant d'extrême droite M. Muller. Le bilan est lourd : 3 morts, un touriste américain et deux Guadeloupéennes.

L'attentat bien qu'il n'ait jamais été revendiqué pose de sérieux problèmes à l'ARC. L'organisation, soucieuse de se démarquer, attribue l'attentat au gouvernement français qui a voulu « dans une même opération nuire au Front national et à l'ARC », tout en n'écartant pas l'hypothèse d'une bavure dans ses rangs. « En fermant la porte au dialogue, il [le Gouvernement] a exacerbé le ressentiment et déclenché la haine. » Nonobstant ces explications, c'est sans doute après cet attentat que l'ARC s'est totalement discréditée en tant qu'organisation. D'ailleurs, peu de temps après, elle accepte une trêve proposée et négociée par des socioprofessionnels.

Le retour de la droite au pouvoir — par le renforcement du dispositif policier — accentue l'isolement de l'organisation clandestine. Au discours sur le pardon juridique du candidat Jacques Chirac — « À tous ceux qui se sont laissé tromper par le mirage de l'aventurisme, je dis qu'il faut passer l'éponge » (discours de Basse-Terre, février 1986), — succède une grande fermeté, orchestrée par l'ancien patron de la DST Yves Bonnet, devenu préfet de la Guadeloupe. Le jour même où le service régional de la Police judiciaire met la main sur l'état-major de l'ARC, qui tentait de gagner l'étranger, il intervient en direct sur les ondes de la radio de l'UPLG. C'en est fini de l'Alliance révolutionnaire caraïbe.

Depuis, la Guadeloupe a retrouvé son calme. La Martinique, qui ne l'avait jamais perdu, explore toujours la voie de la régionalisation. Le seul événement politique majeur est la décision de l'UPLG de participer aux élections à caractère local. Mais tout cela peut-il durer ? L'intégration à l'Europe, qui provoque angoisse et inquiétude, ne sera-t-elle pas — si elle continue à être mal engagée — le catalyseur d'une révolte qui dépasserait de loin les actions ponctuelles et isolées de l'ARC ? Le gouvernement socialiste de Michel Rocard, soucieux de calmer le jeu, a obtenu du Parlement l'amnistie du groupe de Luc Reinette en juin 1989. Les deux départements des Antilles sont à l'image de leur volcan, ils sommeillent mais peuvent avoir des réveils brutaux.

———————— JACQUES CANNEVAL ————————
Journaliste, directeur de la rédaction de *7 Magazine*, à Pointe-à-Pitre.

DANIEL BASTIEN

LE CASSE-TÊTE ÉCONOMIQUE

QUI POURRAIT CROIRE QUE LA GUADELOUPE EST STRICTEMENT COMPARABLE AUX YVELINES, OU LA MARTINIQUE AU CANTAL, LORSQU'ON MANIE COMMUNÉMENT À LEUR PROPOS LA NOTION DE PRODUIT INTÉRIEUR BRUT (ORDINAIREMENT RÉSERVÉE AUX ÉTATS), LORSQUE LES ÉCHANGES COMMERCIAUX ENTRE LA MÉTROPOLE ET LES ANTILLES SONT CLASSÉS EN « EXPORTATIONS » ET « IMPORTATIONS », OU QUAND ON SAIT QUE LES PRODUITS EN PROVENANCE DE FRANCE, OU MÊME DE L'UN DES DEUX DOM, DOIVENT ACQUITTER DES DROITS DE DOUANE À LEUR ENTRÉE EN MARTINIQUE OU EN GUADELOUPE !

Quelle ne fut pas la surprise d'un député français de découvrir, dans le rapport annuel 1985 de la très sérieuse Banque française du commerce extérieur, qu'au chapitre « répartition géographique des importations françaises », la Guadeloupe et la Martinique étaient classées dans la catégorie « Autres pays en développement ! »...

L'affaire, corrigée depuis, pourrait prêter à sourire si elle n'était pas révélatrice d'une évidence : si les départements français d'Amérique font partie intégrante de l'économie française, il est difficile d'ignorer leurs singularités. Malgré plus de trois siècles d'histoire commune, dont les racines premières — déjà — furent économiques et commerciales, et malgré la départementalisation de 1946, ces îles tropicales n'ont jamais vraiment pu s'affranchir des 7 000 kilomètres les séparant de leur métropole tempérée : là où l'on parle d'« économie » en Europe, il reste aujourd'hui plus convenable de parler de « développement » aux Antilles.

Les deux départements souffrent de handicaps majeurs, fruit de siècles d'économie de plantation qui en font encore aujourd'hui des îles agricoles dans un monde marqué par l'instabilité des cours. En butte aux avantages accordés par les accords internationaux aux pays en développement concurrents, ils supportent la petitesse de leurs marchés, le déséquilibre provoqué par le poids de l'administration et des services dans la vie économique, et doivent assumer l'énormité des transferts financiers en provenance de la métropole.

Par-delà la poésie que peuvent inspirer les tropiques, il ne faut jamais perdre de vue que dès leur colonisation, les Antilles ont tout entières été vouées au commerce : celui du tabac *(pêtun)* et des épices, d'abord, puis celui du sucre implanté par les Hollandais, et bien sûr celui du rhum. Fondée sur l'« habitation-sucrerie », vaste domaine agricole où l'on produit et transforme la canne, la production de sucre croîtra avec beaucoup d'aléas au gré de la spéculalation, sous la houlette des grands propriétaires blancs créoles et des compagnies importatrices métropolitaines. Le tout sous l'œil attentif et jaloux de l'État français, qui ménagera à la fois ses intérêts et ceux des producteurs : fondé sur l'« exclusif », le commerce avec les Antilles sera le monopole de la France.

Cette période ne fut pas de tout repos. Les soubresauts de l'économie sucrière furent particulièrement forts au milieu du XIXe siècle : l'abolition de l'esclavage et la concurrence du sucre de betterave qui se développe à partir du premier quart du siècle dernier conduiront, lors de la décennie 1870-1880, au remplacement des habitations-sucreries par des « usines à sucre », unités centralisées indépendantes de la culture de la canne. Ce mouvement sera contrôlé à la Martinique par les blancs créoles locaux, les békés, mais déjà, en Guadeloupe, par de grandes sociétés métropolitaines, alors en pleine révolution industrielle.

SIDÉRURGIE SUCRIÈRE ?

Que reste-il aujourd'hui de la canne, au rythme de laquelle battit pendant de si longues années le cœur des colonies françaises des Antilles ? Les niveaux records de production du sucre ont été atteints dans les années 60 : 175 000 tonnes en 1965 pour la Guadeloupe et 89 000 tonnes en 1963 pour la Martinique. Vingt ans plus tard, la situation a bien changé. La chute générale de la production de sucre marque surtout une particulière contraction en Martinique ; si en 1982 la Guadeloupe produit encore 72 000 tonnes, la Martinique n'en produit plus que 2 000... et doit même en importer près de 4 000 tonnes ! Depuis, la production martiniquaise est remontée à environ 8 000 tonnes, et les responsables économiques locaux affirment souvent que la Martinique aurait ainsi déjà accompli sa « révolution sucrière » à coups de restructurations draconiennes (il ne reste plus qu'une seule sucrerie sur l'île). Le secteur sucrier guadeloupéen, fortement subventionné et concentré puisque de 250 sucreries à la fin du XIXe siècle on est passé à moins de 20 en 1945 et à 4 aujourd'hui, ferait en revanche figure, selon une expression désormais banale aux Antilles, de « sidérurgie sucrière ». Effet de la pression des intérêts métropolitains, qui ont toujours voulu garder pour eux cette activité lucrative, il n'existe d'ailleurs pas une seule raffinerie de sucre aux Antilles !...

Le rhum, quant à lui, se maintient, surtout à la Martinique, même si le nombre des distilleries a lui aussi chuté vertigineusement.

Avec la canne, les Antilles ont en fait perdu leur caractère d'îles de production. Et sous leur apparente richesse, insolente même parfois pour les îles anglophones voisines (Martinique et Guadeloupe ont les deuxième et troisième revenus par habitant de toute la

Caraïbe après Porto Rico), la réalité est plutôt dure. Avec un taux de chômage officiel de 24 % en Guadeloupe et de 25 % en Martinique fin 1988, un jeune Antillais a deux chances sur trois de se retrouver au chômage à la sortie de l'école, du lycée, ou d'une formation professionnelle ; les deux îles sont incapables d'exporter suffisamment pour compenser ce qu'elles consomment : la Guadeloupe exporte à peine 10 % de la valeur des produits qu'elle importe, et la Martinique le sixième, soit quatre fois moins qu'en 1950 pour la Martinique, et huit fois moins pour la Guadeloupe ! Agricoles de tradition, ces îles n'assurent même plus leur autosuffisance alimentaire, et pour couronner le tout, l'inflation y est en moyenne supérieure de 2 points à ce qu'elle est en métropole... alors que le SMIC y est 17 % plus bas.

De quoi surprendre le visiteur qui trouvera à Fort-de-France et Pointe-à-Pitre un trafic d'automobiles de qualité digne des artères parisiennes, des routes, des équipements publics et des résidences privées d'un standing certain, et des magasins débordant de tout ce qu'un consommateur européen (ou même américain) moyen peut désirer.

OÙ EST DONC LE PROBLÈME ?

Les îles à sucre n'ont pas résisté aux lois du capitalisme mondial qui a forcé leur spécialisation, et conduit la concurrence à leur tordre le cou. Avec la départementalisation de 1946, dans un grand effort d'assimilation, l'État a ensuite pris le relais de la grande époque sucrière, pendant que le capital local s'est lancé dans l'import-export, beaucoup plus lucratif que la production, qu'elle soit industrielle ou agricole. Résultat : aujourd'hui Martinique et Guadeloupe sont des îles de « non-production », puisque 80 % de la richesse qui y est produite provient des services (commerciaux en particulier), alors que seulement 10 % vient de l'industrie, et 10 % de l'agriculture. À titre de comparaison, la richesse produite (le PIB) par habitant représentait au début des années 80 moins de 40 % de ce qu'elle était en Métropole, et seulement la moitié de celle de « départements pauvres » comme la Lozère ou la Corrèze. Chose aggravante, les revenus, en grande partie distribués par l'État, sont « déconnectés » des performances de l'économie locale, et chaque secteur mène en fait sa propre vie, avec des objectifs souvent très différents : l'agriculture et sa transformation (conserveries d'ananas, jus de fruits, punchs...) sont essentiellement destinées à l'exportation ; le commerce en tant que tel se résume à l'importation. Il s'agit donc d'économies extraverties, complètement dépendantes de l'extérieur.

Il faut dire que Martinique et Guadeloupe cumulent des handicaps en la matière, dont le premier est que, hors agriculture, elles ne possèdent pratiquement pas de ressources naturelles. Ensuite, à petites îles, petit marché : même en incluant la Guyane, le marché local ne représente au plus que 750 000 consommateurs. Là où une usine devrait tourner au rythme des « 3/8 » pour satisfaire la demande en France, à peine cinq heures de travail quotidien suffisent aux Antilles pour inonder le marché local. Difficile dans ces conditions d'être rentable. On peut exporter, bien sûr, mais la main-d'œuvre est ici plus chère que dans les îles voisines concurrentes : les charges sociales sont les mêmes qu'en métropole — et même plus élevées dans l'agriculture — et les salaires atteignent des niveaux comparables à ceux de l'Europe, bien que le SMIC soit inférieur. Conséquence : les deux tiers des exportations se font sur les marchés protégés éloignés de la CEE, et pratiquement exclusivement vers la métropole.

Les communications ont d'ailleurs longtemps été la bête noire des producteurs et consommateurs locaux : tant par mer que par air, la Compagnie générale maritime et Air-France détenaient un véritable monopole sur le fret et le transport de passagers. Une situation qui n'incitait guère à la modération des tarifs, mais que la concurrence introduite récemment est en train de modifier.

Comme pour en rajouter, le « commerce extérieur » antillais se heurte à une double barrière d'accords internationaux censés favoriser les pays en développement, tropicaux pour l'essentiel, et caraïbes en particulier. C'est en effet un paradoxe : les deux DOM français pâtissent de leur appartenance totale à la Communauté économique européenne. En tant qu'« Européens », ils sont exclus du plan lancé par Ronald Reagan en 1983 (le CBI : Caribbean Basin Initiative) en faveur des 27 États du bassin caraïbe, qui leur permet d'exporter sans droits de douane vers les États-Unis à partir du moment où 35 % de la fabrication d'un produit a été réalisée sur leur sol. Les accords passés par la CEE avec les 66 pays en développement dits « ACP » (Afrique-Caraïbe-Pacifique) s'ingénient ensuite à leur jouer des tours : ces États peuvent écouler une grande partie de leur production sur le marché européen sans acquitter de droits de douane, mais ils peuvent continuer à taxer les produits européens, donc ceux des DOM. Mais pour être justes, souvenons-nous que les Antilles reçoivent chaque année de la CEE des aides sonnantes et trébuchantes considérables...

Déjà ainsi ligotées par leur dépendance à l'égard de la métropole et de l'Europe, le peu de coopération entre Martinique et Guadeloupe, dont les origines remontent assez loin, ne leur simplifie guère les choses. L'exploitation commerciale sucrière des Antilles a fait de Saint-Pierre, en Martinique, le centre de regroupement des exportations et de la distribution des approvisionnements des autres colonies françaises de la région, et y a fait naître une « bourgeoisie compradore » dont dépendront non seulement les planteurs martiniquais, mais aussi toutes les possessions françaises de la mer des Antilles. Ajouté au fait qu'après la Révolution française, les békés martiniquais ont pris en mains une partie de l'économie guadeloupéenne aux côtés de sociétés métropolitaines, les réflexes de méfiance — de la Guadeloupe envers la Martinique en particulier — ne sont pas, encore aujourd'hui, une vue de l'esprit. De manière plus concrète aussi, l'existence de « l'octroi de mer », taxe douanière alimentant les caisses des collectivités territoriales de chaque île et jusqu'ici défendue jalousement, n'est pas non plus étrangère au fait qu'un « marché commun des Antilles et de la Guyane » ne soit pas près de voir le jour...

L'ÉTAT-MAMAN

Tous ces handicaps seraient sans doute rédhibitoires (les îles anglophones voisines à la merci du moindre cyclone, et pour certaines jusqu'à 12 fois moins riches que les DOM, en sont un bon exemple) si l'État, qui a fait de ces anciennes colonies des départements « assimilés » économiquement et politiquement en 1946, ne mettait la main à la pâte. En 1986, plus de 6 milliards de francs de transfert de fonds publics ont irrigué les circuits financiers et commerciaux de chacune des deux îles... C'est dire qu'il est difficile de réfuter que leur économie repose essentiellement sur la consommation qu'alimentent des transferts venant de l'extérieur ; ce sont de fait les administrations (qui reçoivent ces transferts, perçoivent les taxes locales, versent en contrepartie des salaires, distribuent des prestations sociales et effectuent des achats à l'étranger) qui sont le véritable moteur de l'activité. La première « entreprise » de Martinique n'est-elle pas la mairie de Fort-de-France ?

C'est qu'avec la départementalisation, priorité a d'abord été donnée au social : il fallait bien faire bénéficier les nouveaux entrés dans la collectivité nationale des acquis sociaux du Front populaire ou de la Libération. En 1965, l'État s'est ensuite lancé dans un vaste programme d'infrastructures publiques qui a véritablement « dopé » l'économie des îles, alors qu'il organisait dans le même temps la migration des Antillais vers une métropole s'adonnant aux délices de la croissance. Ce sont les « années BUMIDOM », du nom du bureau encourageant la migration. Mais les années ont passé, et la crise est venue : le rôle de « soupape » joué par l'économie métropolitaine s'est rétréci, et le chômage s'est littéralement envolé.

L'État, pourtant, est resté très présent. En moyenne, aujourd'hui, plus de 40 % des salaires versés en Martinique et Guadeloupe le sont par des administrations ; ce qui se comprend aisément lorsque l'on sait que les fonctionnaires aux Antilles (qu'ils soient d'ailleurs antillais ou métropolitains), touchent une prime de vie chère égale à 40 % de leur salaire. Mais tous les Antillais ne sont pas pour autant riches parce que fonctionnaires : le nombre des personnes employées par les administrations par rapport à la population n'est pas ici plus important qu'en métropole. Le revenu brut par habitant des ménages antillais n'est d'ailleurs même pas égal à la moitié de ce qu'il est en France continentale. C'est dire si, en fait, les disparités sont grandes ! Il faut également faire un sort à une idée reçue selon laquelle les Antilles vivraient d'allocations familiales (ce qu'on appelle là-bas « l'argent braguette ») : les aides sociales versées par les administrations locales sont effectivement plus importantes aux Antilles qu'en métropole (pauvreté oblige), mais le montant des prestations sociales par habitant y est trois fois moins élevé qu'en France métropolitaine.

Comment, s'ils ne sont pas fonctionnaires, les Antillais gagnent-ils donc leur vie ?

Dans l'agriculture, traditionnellement. Les petits planteurs y sont nombreux, mais leur part dans la richesse des îles est en réduction constante. Outre la canne et le rhum qui, ne bénéficiant pas d'appellation contrôlée, souffre maintenant de la concurrence des rhums industriels fabriqués à partir de mélasses aussi bien au Havre qu'à Hambourg, les Antilles produisent essentiellement de la banane. La banane emploie 12 000 personnes, mais, éprouvé par les cyclones David et Frédéric en 1979, Allen en 1980, qui ont couché les arbres, le secteur bananier antillais supporte aujourd'hui un endettement d'environ 35 000 francs par hectare. Il reste peu concurrentiel, bien que la banane antillaise représente les deux tiers de la consommation française. La Martinique est le seul DOM français à exporter des ananas, mais la concurrence de la Côte-d'Ivoire et de la Thaïlande ont divisé par dix ses exportations en un peu moins de quinze ans.

Les agriculteurs s'orientent pourtant actuellement vers des productions plus diversifiées, comme l'aubergine, les fleurs tropicales et la lime, qui semblent promises à un bel avenir. Mais reste un problème foncier qui force les petits planteurs à travailler avec des méthodes archaïques sur de petites exploitations, surtout en Martinique. La réforme foncière en cours en Guadeloupe améliorera-t-elle significativement les choses ?

Fait étonnant, ces îles ne sont pas vraiment des pays de pêcheurs : on n'y pêche que de jour en canot (gommier), car aux Antilles, on n'aime pas passer la nuit sur l'eau. Vieilles croyances ? En attendant, cette situation a pratiquement exclu jusqu'ici toute pêche hauturière... pourtant bien nécessaire du fait de l'épuisement des fonds le long des côtes.

Quatre fois moins important qu'en métropole, le secteur industriel, qui voit sa part relative dans l'économie diminuer d'année en année, se concentre essentiellement dans l'agro-alimentaire et dans la construction. Il souffre d'un manque de moyens financiers, du travail au noir qui l'empêche de se structurer, et a souvent été gêné par la pression des importateurs-distributeurs qui ont freiné les tentatives d'implantations industrielles sur place. Il ne constitue surtout pas la base sur laquelle pourrait s'appuyer avec cohérence le secteur des services, qu'ils soient commerciaux, bancaires, informatiques, etc.

Ce dernier est tout-puissant, c'est un fait, mais il serait inexact de dire qu'il est « hypertrophié » : si les services se taillent une telle part de l'activité économique des Antilles, c'est surtout parce que les secteurs industriels et agricoles sont rachitiques. En tout cas, il n'est guère plus développé qu'en métropole, comme le voudrait pourtant la légende. Ce qui n'empêche pas les Antilles de vivre du commerce, du commerce, et encore du commerce. Sur ce point, le maître-mot est « concentration » : concentration des importateurs et concentration dans la vente de détail, sous le contrôle des mêmes groupes, ce qui donne actuellement naissance à une génération d'importateurs-détaillants : le supermarché devient roi.

Et le tourisme ? Car tout est là pour attirer les foules... qui commencent à le savoir : douceur tropicale, mer, sable, luxuriance végétale et parfum d'exotisme. On perçoit actuellement les erreurs du passé, comme le « tout-tourisme » fondé sur le développement d'une grande hôtellerie, concentrée de surcroît sur une seule saison hivernale, ou plus grave, le manque de formation qui n'a jamais préparé les populations à exploiter avec raison et conviction un capital naturel inestimable. On s'en inquiète aujourd'hui, en ayant le souci d'intégrer le tourisme au reste de l'économie. Une préoccupation d'autant plus importante que les nouvelles compagnies aériennes, qui ont été autorisées à desservir Fort-de-France et Pointe-à-Pitre, et une politique tarifaire plus dynamique pour Air-France, ont suscité dernièrement un flux impressionnant de touristes vers les Antilles.

VERS DE NOUVEAUX HONG KONG ?

Où va-t-on aujourd'hui ? Il est clair qu'en quarante années de départementalisation au cours desquelles a surtout été privilégié le « social », on n'a pas réussi — ni vraiment cherché — à mettre sur pieds aux Antilles une économie tropicale moderne. Il est communément admis que la classe dominante, en échange de sa docilité politique, n'a guère été sollicitée par les gouvernements pour lancer des projets de développement. Si d'ailleurs les différents ministres en charge des DOM-TOM ont de toute évidence tous « vu » le problème, personne n'a vraiment eu le courage de se lancer dans l'opération, reconnaît-on partout.

Les conditions pourraient pourtant changer maintenant. La décentralisation de 1982, qui permet aux deux régions de prendre en main leur évolution, a créé un grand mouvement de « responsabilisation », sans compter qu'elle revêt un aspect pratique non négligeable : les décisions sont prises plus rapidement, « à temps », et peut-être en meilleure connaissance de cause à Pointe-à-Pitre et Fort-de-France qu'à Paris. Mais « "les politiques" sont encore un peu naïfs devant l'économie », remarque-t-on souvent, et ces institutions ne sont pas utilisées à plein : il « reste de la réserve sous la pédale », disent certains responsables régionaux à Fort-de-France. Le bouillonnement d'idées est cependant réel. On « s'interroge » maintenant sur l'avenir, ce qui constitue déjà un progrès sur l'ancienne pratique de l'attente des subventions.

Émerge aussi une nouvelle génération locale, consciente de l'entreprise, qu'elle soit noire, mulâtre ou blanche, ce qui constitue une petite révolution culturelle : la sortie de l'esclavage avait en effet donné naissance à des générations de professeurs et de professions libérales qui, à travers le savoir, avaient ainsi mené une quête essentielle de la dignité. L'esprit d'entreprise n'est plus le domaine réservé des Blancs créoles, des métropolitains, ou de quelques rejetons de la bourgeoisie mulâtre. Une stratégie d'industrialisation semble d'ailleurs réunir un consensus : on souhaite s'orienter vers une industrie d'exportation qui utiliserait ce qui est local (la production agricole) et le savoir-faire technologique que permet l'appartenance à une métropole développée comme la France.

De là l'idée de faire de la Martinique et de la Guadeloupe une base de hautes technologies, reposant sur les productions agricoles tropicales. Elles pourraient devenir à la fois un centre de production de biotechnologies destinées au marché mondial (comme les essences naturelles de citrons verts qui rapportent cent fois plus de valeur ajoutée que le produit brut, ou l'aquaculture, par exemple, dont les algues spirulines sont actuellement en Martinique le fer de lance), et un modèle régional apportant aux îles voisines son savoir-faire sous forme de coopération entre entreprises, ou de formation professionnelle. Une philosophie qui pourrait très bien s'appliquer au domaine médical, du fait de la qualité des installations hospitalières antillaises.

La seconde idée est de faire de ces îles la tête de pont française vers les États-Unis, l'Amérique latine et l'environnement caraïbe. La loi de défiscalisation de 1986 va en ce sens et l'on peut imaginer que Guadeloupe et Martinique deviennent, en profitant de leurs installations portuaires et aéroportuaires, des centres d'éclatement de produits finis ou semi-finis en provenance de métropole, ce qui lie l'avenir économique des deux îles à celui de la France. C'est déjà presque du concret avec l'initiative du port autonome de Pointe-à-Pitre de développer une zone franche portuaire industrielle et commerciale, et un centre de commerce international au port de La Jarry. Mais encore ne faudrait-il pas transformer ces îles traditionnelles en nouveaux Hong Kong ou Singapour, comme le laisse déjà craindre l'actuel boom immobilier.

À une échelle plus locale, en Martinique, l'initiative d'un jeune et dynamique béké (soutenu par l'État et la région) fait grand bruit : Bernard Petitjean Roget, qui n'en est pas à son coup d'essai, vient de créer un « parc technologique » dans la commune du Robert, destiné à « sécuriser » les nouveaux investissements par un environnement propice à l'industrie, et à étendre la coopération avec les autres îles de la Caraïbe. Des orientations qui ne pourront cependant aboutir que si est réglé le problème des transports interrégionaux, et si s'organise sur place le véritable « nerf de la guerre », c'est-à-dire un minimum d'ingénierie financière. La coopération reste en effet une carte fondamentale à jouer puisque les îles anglophones, à la merci des revirements de l'Amérique, se sentent instinctivement plus proches... des DOM caribéens.

Au milieu de ces projets ambitieux, il n'est pas question d'abandonner le tourisme : mieux orienté vers la culture antillaise, les traditions populaires, on veut localement faire des Antilles autre chose qu'une carte postale et toucher de nouveaux touristes, plus intéressés par la vie antillaise que par les joies de la mer. Le tout sans oublier que 65 % de la valeur ajoutée du tourisme est réalisée avec des productions locales, ce qui d'ailleurs alimente le débat sur la validité des « balances commerciales antillaises »...

Tout ceci permettra-t-il aux Antilles d'assumer pleinement leur avenir économique ? Il faudra tout d'abord que la métropole cesse de plaquer des schémas économiques métropolitains sur des réalités différentes ; il faudra ensuite que les collectivités territoriales donnent la pleine mesure de leurs capacités. Mais faut-il croire certains responsables locaux qui n'hésitent pas à affirmer que le développement du capitalisme aux Antilles a commencé dans l'agriculture, s'est poursuivi dans le commerce (import-export d'abord, puis grande distribution), et qu'il est aujourd'hui en route dans le domaine industriel ?

De la canne à sucre aux zones franches, les multiples secteurs économiques qui font la vie des Antilles ont surtout besoin de cohérence. En tout cas, les volontés guadeloupéennes et martiniquaises ne manquent pas...

———— *DANIEL BASTIEN* ————

M. LEMOINE

3
DE TOUTES LES COULEURS

MICHEL GIRAUD

LES MASQUES

DE LA COULEUR

LES RÉALITÉS SOCIALES ANTILLAISES SONT SATURÉES DE SIGNES « RACIAUX ». EN GUADELOUPE ET EN MARTINIQUE, LA COULEUR — OU LA « RACE » — EST UN SIGNE PAR LEQUEL ON IDENTIFIE LA POSITION SOCIALE DE CHACUN.

Le pouvoir économique et politique comme la dépossession y ont une couleur : dans le langage de tous les jours de ces îles, blanc est synonyme de puissance et de richesse, noir symbole de pauvreté. Par exemple, le terme de *Béké*, qui en Martinique désigne un Blanc créole, peut parfois indiquer un patron, quelle que soit la couleur de celui-ci, ou un homme riche. Un Blanc est un Blanc le qualificatif de « Blanc » peut être à la limite, également attribué à une personne de couleur, pourvu qu'elle ait une position sociale en vue. Le terme « nègre », quant à lui, vise non seulement l'aspect physique d'un individu mais aussi ses conditions de vie. Il tend à représenter toute la peine du monde : ne demande-t-on pas dans certaines maisons, lorsqu'un nègre — si noir qu'on le dit « bleu » — rend visite : « Quel malheur amène-t-il ? » De même, dans les milieux populaires des Antilles, la peau claire d'un enfant « bien sorti » (« bien né ») était, à sa naissance, traditionnellement considérée (et l'est probablement encore dans de nombreux cas) comme le gage d'une réussite sociale, l'assurance qu'il échapperait à la condition de ses parents, à la malédiction du « grand trou noir » comme l'a écrit Frantz Fanon ; d'où l'expression créole de « peau chappée » pour désigner un épiderme de nuance claire. Les observateurs privilégiés de la vie insulaire que sont les écrivains antillais ont été très sensibles à ce phénomène de la racialisation du social ; ainsi Joseph Zobel écrit : « À la Martinique on était pauvre, cela se voyait à la couleur, noir comme la misère[1] » et Aimé Césaire : « Le Blanc symbolise le Capital comme le Nègre le Travail[2]. »

Il est aisé de comprendre que, dans ce contexte, les conflits entre patrons et travailleurs ainsi que les luttes qui dressent périodiquement une partie des populations antillaises contre le pouvoir métropolitain et ses représentants prennent assez souvent la tournure d'affrontements raciaux meurtriers (émeutes de Fort-de-France en décembre 1959 et en octobre 1965, et de Pointe-à-Pitre en mai 1967, par exemple). La racialisation des clivages sociaux et, fréquemment, des conflits politiques, est au plus haut point révélatrice du caractère colonial de la situation des Antilles françaises, tant elle est en soi caractéristique de toute situation coloniale[3].

Ce sont effectivement les conditions dans lesquelles les sociétés antillaises se sont formées, les données mêmes de la colonisation de la Guadeloupe et de la Martinique par le capitalisme marchand français et de l'instauration de l'esclavage qui s'en est suivie dans ces îles, qui ont fait que la stratification de ces sociétés s'est constituée en termes de différences « raciales ». Les nécessités de la colonisation, et notamment les modalités du peuplement des îles que celle-ci implique, ont, en effet, créé une situation qui mettait face à face des propriétaires esclavagistes et des colons *blancs*, d'origine européenne, d'une part, et des esclaves *noirs*, d'origine africaine, d'autre part. L'addition d'un troisième groupe, résultant des fréquents métissages entre maîtres et esclaves, celui des mulâtres (souvent affranchis mais alors cantonnés dans les positions sociales intermédiaires de petits paysans, d'artisans ou de petits commerçants) a prolongé, tout en la rendant plus complexe, la coïncidence de la hiérarchie des classes et de la hiérarchie des couleurs sur la base de laquelle s'organisaient les sociétés de plantation antillaises.

Ce sont encore les nécessités de la colonisation qui, à travers une telle coïncidence, ont conduit les classes dominantes de la société esclavagiste à déguiser la défense de leurs intérêts sous des justifications raciales et à produire ainsi une idéologie raciste (« coloriste » comme on le dit en Haïti), à l'origine du préjugé de couleur qui a si profondément marqué, et marque encore dans une certaine mesure, la vie antillaise.

RACES ET CLASSES

L'exploitation esclavagiste ne pouvait être durablement assurée, pas plus qu'aucune autre forme d'exploitation, par le seul exercice de la violence. Il fallait bien, en effet, que ces classes fassent passer pour légitime l'ordre social inégalitaire qu'elles avaient instauré à leur profit, afin d'en garantir le maintien et de perpétuer leur pouvoir en le mettant à l'abri de tentatives visant à le supprimer. Il s'agissait donc d'inculquer aux colonisés le sentiment qu'ils étaient irrémédiablement inférieurs à leurs colonisateurs, qu'ils étaient à leur juste place dans la société conformément à « l'ordre naturel des choses », et aussi de les convaincre de l'illégitimité et de la vanité de toute révolte. Comment mieux y parvenir qu'en faisant passer le fait historique de l'inégalité coloniale, sujet à changement, sous la catégorie de la « race », c'est-à-dire du naturel, de l'inné et donc du définitif ? En effet, si les misères et les manques d'une situation sont imputables à une appartenance « raciale », ils sont indépassables, car vouloir transformer cette situation serait contre nature, donc voué à l'échec. C'est, en définitive, à cette fonction de légitimation, et donc de fixation, de l'ordre esclavagiste qu'ont répondu, dans un premier temps, la racialisation des rapports sociaux ainsi que le préjugé de couleur qui en est le corollaire.

Les mutations politiques et les restructurations économiques qu'ont connues les sociétés antillaises depuis le début du XIXe siècle n'ont que faiblement altéré, jusqu'à ces dernières décennies, le système social hérité de la période esclavagiste et, en particulier, n'ont pas totalement fait disparaître la vieille confusion, d'origine servile, entre classes et « races ». Certes, l'esclavage a été aboli en 1848, mais la relation de la Guadeloupe et de la Martinique à la métropole n'a pas alors fondamentalement changé. Cette relation est celle d'une dépendance qui est restée fondée, comme à la première époque coloniale, sur l'exportation (même si celle-ci va aujourd'hui en s'amenuisant) de denrées agricoles vers le centre métropolitain qui écoule en retour vers la zone dominée ses produits manufacturés. Cette continuité au plan de la dépendance économique et politique a conduit au maintien des rapports de classes traditionnels des sociétés antillaises, notamment à la permanence de la domination sociale des grands planteurs et commerçants créoles, de leurs alliés métropolitains, qui ont continué de contrôler l'essentiel des moyens de production et de distribution dans ces îles. C'est ainsi que lorsque l'on considère la hiérarchie des classes sociales en Martinique et en Guadeloupe on continue de percevoir *grosso modo* un éventail de types physiques allant du plus clair au plus foncé : au sommet de l'échelle sociale, la classe possédante reste majoritairement composée de Blancs ; puis, à mesure que l'on descend cette échelle, la proportion de gens de couleur augmente (et, parmi eux, celle des Noirs par rapport aux mulâtres).

Une telle permanence est à la base du maintien du préjugé de couleur aux Antilles, dans la mesure où elle lui a conservé une fonction dans la perpétuation des systèmes sociaux insulaires : celle de masquer les intérêts de classe qui sont à l'origine des conflits qui agitent et menacent ces systèmes et de brouiller les enjeux de ces conflits, en conduisant les acteurs sociaux à considérer les clivages raciaux existants comme une réalité en soi, indépendante des conditions historiques qui l'ont produite. Ainsi en regroupant et en unifiant, de manière mystificatrice, sous une même « bannière colorée » des groupes sociaux aux intérêts divergents ou opposés (Grands et Petits Blancs ou gens de couleur riches et pauvres) ainsi qu'en divisant, de façon toute aussi mystificatrice, selon une ligne de partage raciale, des groupes sociaux aux intérêts communs (mulâtres et nègres pauvres ou travailleurs agricoles d'origine africaine et d'origine indienne), le préjugé de couleur a concouru à dévoyer les luttes des dominés dans des alliances ou des assujettissements douteux et de ce fait, a contribué à conforter le pouvoir des dominants. Le fait que la vie politique antillaise se soit organisée un temps autour de l'opposition entre un « parti mulâtre » et un « parti nègre » (en Guadeloupe et en Martinique à la fin du siècle dernier, en Haïti jusqu'à l'expérience duvaliériste, par exemple) est exemplaire d'un tel processus.

ENJEU SOCIAL

Il faut cependant reconnaître qu'au fil du temps, la promotion sociale d'un certain nombre de gens de couleur a quelque peu distordu la coïncidence relative des classes et des « races », traditionnelle dans les sociétés antillaises. Mais cela n'a pas pour autant enrayé l'utilisation sociale des différences de couleur dans ces sociétés ; bien au contraire, l'idéologie coloriste coloniale étant restée dominante, ces différences ont acquis, du fait de cette distorsion, une plus grande valeur *distinctive* dans le jeu social.

Car chaque type physique n'étant plus nécessairement associé à une position sociale et à une seulement (comme c'était le cas dans le modèle de l'esclavage biracial : maîtres blancs et esclaves noirs), les caractères « raciaux » tendent à prendre une valeur en eux-mêmes[4]. Le classement dans une catégorie de couleur devient alors un enjeu social et fait à ce titre l'objet de stratégies antagonistes. Le type du Blanc étant la valeur suprême de l'idéologie coloriste d'origine esclavagiste, celui qui confère le meilleur classement, il s'agit, pour ceux qui en sont porteurs, de le préserver et de le garder pour soi (on se marie strictement entre soi chez les Blancs créoles) et, pour ceux qui ne le sont pas, de s'en approcher le plus possible (par des stratégies matrimoniales adéquates). Dans une telle logique, la couleur « claire » tend à représenter pour les non-Blancs un avantage social et un moyen recherché de promotion, un *capital* qu'il faut savoir acquérir ou défendre, investir et faire fructifier par un « beau mariage » (c'est-à-dire une union avec plus clair que soi ou, à défaut, aussi clair que soi). Les stratégies matrimoniales de la petite bourgeoisie de couleur s'en sont trouvées durablement marquées, ainsi que l'a admirablement exprimé le romancier Salvat Etchart : « *Des générations durant, grand-mères, mères, filles et petites-filles avaient fanatiquement suivi la loi non écrite, respecté religieusement la politique exigée par la situation : puisque les saints et les prêtres et les bons maris étaient blancs, elles s'étaient armées pour la conquête d'une toison nouvelle, pour revêtir l'apparence et le semblant et l'extérieur du Bien. Résolument elles avaient tourné le dos à la chaîne, à la crasse, à l'ignorance, qui sont noires. Bonnes élèves, elles avaient décidé — fût-ce contre elles-mêmes — que seul le Blanc est agréable et moral, beau et vertueux... la couleur du jour ! Le mot de racisme est faible pour définir ce phénomène de volonté constamment tendue, viscéralement, héréditairement braquée vers le blanchiment. Un préjugé, si violent soit-il, n'aurait pas suffi à donner aux Demoiselles Alicanthe cette tranquille et persévérante ferveur. Non. Il s'agissait plutôt d'un vague plan, d'une aspiration nébuleuse. C'était la troublante phase d'une guerre où les gestes de l'amour étaient aussi hargneux, mortels et trompeurs, rusés que ceux d'un combat. C'était un pillage, un butin. Chaque matrice conservait sa part de semences sélectionnées... La servitude régnait et règne encore sur les ventres*[5]. »

Le maintien des différences « raciales » n'est donc pas le fait du hasard mais est *socialement conditionné* par toutes ces stratégies. Il fait l'objet d'une gestion sociale : les sociétés antillaises « gèrent en permanence un phénomène biologique [...], un peu *comme d'autres gèrent au sein des lignées la transmission des patrimoines*[6] ». De telles stratégies ont profondément modelé les relations entre les différents groupes sociaux, en particulier celles existant entre l'oligarchie blanche créole et la petite-bourgeoisie de couleur.

En définitive, il s'agit, avant tout, de se « distinguer ». Se classer au mieux consiste ainsi, pour chaque individu, à « se faire reconnaître étranger au groupe que la hiérarchie coloriste lui indique comme étant immédiatement inférieur au sien[7] » et, en particulier pour les « sang-mêlé », de se distinguer du groupe des Noirs dont pourtant ils procèdent.

C'est le cas des mulâtres qui, refusant leur ascendance noire et donc servile (car « le souvenir de l'esclavage déshonore la race et la race perpétue le souvenir de l'esclavage »[8]), tentent de rendre compte de leur apparence physique en s'inventant de lointains ancêtres caraïbes en lieu et place d'esclaves africains. Ainsi s'explique plus généralement, la traditionnelle négrophobie antillaise que Fanon a si magistralement analysée dans *Peau noire, masques blancs*.

Le classement dans une catégorie de couleur étant un enjeu et un moyen des stratégies des groupes sociaux, la classification « raciale » que ce classement présuppose fait l'objet de multiples et contradictoires manipulations qui sont fonction de la position sociale de ceux qui les effectuent. On peut, sur la base d'enquêtes de terrain[9], ramener schématiquement l'ensemble de ces manipulations à une alternative. D'une part, aux deux extrémités de la hiérarchie socio-« raciale », les membres de la bourgeoisie blanche et ceux des classes populaires noires ont tendance à ne reconnaître l'existence que de deux « races », les Blancs et les Noirs, traduisant ainsi la contradiction principale des systèmes sociaux antillais : l'opposition entre les propriétaires et usiniers et les travailleurs agricoles et paysans pauvres. D'autre part, dans les places médianes de cette hiérarchie, les petits-bourgeois de couleur tendent à distinguer un grand nombre de catégories « raciales », témoignant ainsi d'une volonté de se démarquer des classes populaires puisqu'en effet la multiplication des catégories intermédiaires de couleur, hiérarchisées entre elles, a pour fonction de marquer le plus grand nombre possible de places entre le « monde blanc », associé aux classes dominantes, et le « monde noir », associé aux classes prolétaires et paysannes.

NOUVELLE DONNE

La classification « raciale » évolue aussi dans le temps. Ainsi, on assiste aujourd'hui à sa simplification par rapport à ce qu'elle était dans le passé colonial. À la fin du XVIIIe siècle, le chroniqueur Moreau de Saint-Méry rapportait qu'à Saint-Domingue une douzaine de catégories de couleur étaient distinguées ; celles-ci devaient être, à la même époque, aussi nombreuses en Guadeloupe et en Martinique, si l'on en croit la richesse de la terminologie de couleur traditionnelle dans ces îles — dont une partie est aujourd'hui tombée en désuétude (comme par exemple les termes de « quarteron » ou d'« octavon », désignant des individus ayant « un quart ou un huitième de sang noir »). L'échelle des couleurs est donc réaménagée selon les conjonctures de l'Histoire. Ainsi, aujourd'hui, les déconvenues de la départementalisation des Antilles françaises (régression économique et croissance du chômage, échec de la réforme foncière, développement des inégalités sociales, nécessité d'une émigration massive...) ont déstabilisé l'idéologie de l'assimilation de ces îles à la France. Une conscience nationale se fait jour en Guadeloupe ainsi qu'en Martinique et les thèses indépendantistes de nouvelles organisations nationalistes, quoique minoritaires, gagnent en audience. L'idéologie coloriste traditionnelle, qui a partie liée avec l'idéologie assimilationniste (elle est à la « race » ce que l'assimilationnisme est à la « culture », l'assimilation à la culture française étant en quelque sorte un « blanchiment » culturel), est profondément affectée par cette évolution politique. Non pas parce qu'on pense désormais moins en terme de « races », mais parce que l'échelle de valeurs de cette idéologie a été, dans une certaine mesure, *retournée*. Selon une logique que connaissent bien les analystes du racisme (celle de *l'inversion du stigmate*), le Noir est aujourd'hui une valeur sûre de la vie politique et culturelle des Antilles. Le discours de la négritude, déjà vieux de quelques décennies, et la réhabilitation qu'il a tentée des valeurs nègres est passé par là. Encore faut-il préciser que ce retournement est surtout le fait d'une fraction des intellectuels et des militants politiques (dont on dit qu'ils font l'opinion publique), ce qui ne nous autorise pas à supposer qu'il soit général.

La racialisation des faits sociaux a donc changé, au moins en partie, de système de valeurs, mais elle perdure dans son principe. C'est elle qui transforme dans la conscience de nombreux acteurs de la vie politique l'opposition nationale entre Français et Antillais en un clivage racial entre Blancs et Noirs, comme en témoigne le fait que les affrontements politiques majeurs survenus aux Antilles depuis les années 60 ont souvent trouvé leur paroxysme dans des émeutes à coloration raciale, dont les métropolitains vivant sur place et leurs biens ont été de plus en plus la principale cible. Nationalisme rime ainsi souvent avec négrisme.

Il est vrai que la relative coïncidence entre classes et races pousse la propagande politique sur la pente de la racialisation — ne serait-ce que dans un souci d'efficacité pédagogique. C'est pourquoi Daniel Guérin croit pouvoir affirmer que « la prise de conscience raciale sert incontestablement la cause de l'émancipation antillaise dans la mesure où elle colore la notion de lutte de classes, encore un peu abstraite pour l'autochtone, en y introduisant un facteur concret et visible, un élément passionnel : l'injustice qui frappe une certaine nuance d'épiderme[10] ». Mais cette pente est en fait celle de la facilité et aboutit à une « antipédagogie » : en effet, en travestissant les conflits sociaux et politiques dans la couleur, la racialisation freine la formation, chez les individus, d'une conscience de classe.

Le négrisme, moment nécessaire de la reconquête de la dignité noire, tend à être vécu aujourd'hui aux Antilles comme un absolu définitif, et provoque une crispation identitaire qui nourrit toutes sortes d'intolérances et de sectarismes. Il fait naître notamment une passion de l'homogénéité qui conduit à considérer les nègres de ces pays comme les seuls Guadeloupéens ou Martiniquais *authentiques* ou, du moins comme les Guadeloupéens ou Martiniquais *par excellence*, car « descendants directs des esclaves africains » ; les autres (les mulâtres et tous ceux qui sont encore, dans une large mesure, perçus comme des étrangers : Indiens, Syro-Libanais, Chinois...), considérés comme les suppôts naturels des « maîtres blancs », sont suspectés d'insuffisance nationale. Ainsi, un intellectuel martiniquais, réputé pour sa rigueur morale et sa hauteur de vue, qui s'est élevé contre une campagne antisémite menée il y a peu par un magazine local d'inspiration nationaliste[11], a été attaqué par ce magazine *en tant que mulâtre* qui poursuivrait « la traditionnelle politique de trahison nationale » de son groupe. Lors de récentes élections municipales dans la commune guadeloupéenne de Capesterre, qui virent la victoire d'une personnalité nationaliste connue, la présence d'un candidat d'origine indienne alimenta une virulente campagne sur le thème du « péril coulie » qui semble avoir été fatale à cette candidature (« coulie » est le terme péjoratif désignant les descendants des travailleurs venus de l'Inde au siècle dernier). La *biguine*, dite musique bâtarde et de bâtards (de mulâtres), par opposition à la musique « nègre » du *gro ka* guadeloupéen ou du *bèlè* martiniquais dont la prétendue pureté africaine est louée, est souvent rejetée par les militants nationalistes hors de la culture nationale[12]...

Demain, au cas où les tensions sociales rendraient inévitable une modification du statut politique des Antilles françaises, un tel négrisme pourrait fourvoyer le mouvement d'émancipation des peuples antillais dans l'impasse d'un ordre dictatorial, danger dont l'expérience politique récente d'autres peuples de la Caraïbe (noirisme duvaliériste en Haïti, régime de Forbes Burnham en Guyana) atteste de la réalité. C'est dire à quel point il est temps que les populations antillaises se débarrassent de l'obsession de la race.

MICHEL GIRAUD

Chercheur au CNRS ; spécialiste des relations raciales dans les sociétés antillaises, du système éducatif, des problèmes du développement socio-économique et des migrations. Auteur de *Races et classes à la Martinique*, Paris, éditions Anthropos, 1979.

1. *La Rue cases nègres*, Paris, Éditions des quatre-jeudis, 1955, p. 104.
2. Cité in F. FANON, *Peau noire, masques blancs*, Paris, Éditions du Seuil, 1952, p. 127.
3. « L'originalité du contexte colonial c'est que les réalités économiques, les inégalités, l'énorme différence des modes de vie ne parviennent jamais à masquer les réalités humaines. Quand on aperçoit dans son immédiateté le contexte colonial, il est patent que ce qui morcelle le monde, c'est d'abord le fait d'appartenir ou non à telle espèce, à telle race. Aux colonies, l'infrastructure économique est également une superstructure. La cause est conséquence : on est riche parce que blanc, on est blanc parce que riche. C'est pourquoi les analyses marxistes doivent être toujours légèrement distendues chaque fois qu'on aborde le problème colonial » (F. FANON, *Les Damnés de la terre*, Paris, François Maspero, 1974, p. 9).
4. Voir sur ce point J.-L. JAMARD, « Réflexions sur la racialisation des rapports sociaux en Martinique : de l'esclavage biracial à l'anthroponomie des races », *Archipelago*, 3-4, juin 1983, p. 60.
5. *Le monde tel qu'il est*, Mercure de France, 1967, p. 95-97.
6. J.-L. DOMMON, « Phénomènes de racialisation dans l'affirmation identitaire » in *Vers des sociétés pluriculturelles : études comparatives et situation en France*, Éditions de l'ORSTOM, 1987, p. 196 (nos italiques).
7. J.-L. JAMARD, art. cit., p. 62
8. A. de TOCQUEVILLE cité *in* M. LEIRIS, *Contacts de civilisations en Martinique et en Guadeloupe*, UNESCO/Gallimard, 1955, p. 166-167.
9. Voir notre ouvrage *Races et Classes à la Martinique*, Paris, Éditions Anthropos, 1979, p. 94-100, et, pour des résultats comparables en ce qui concerne Haïti, M. LABELLE, *Idéologie de couleur et Classes sociales en Haïti*, Les Presses de l'Université de Montréal, 1978.
10. *Les Antilles décolonisées*, Présence Africaine, 1956, p. 114-115.
11. Sur cette campagne et sa portée, voir notre article « Crispation identitaire et antisémitisme en Martinique : le cas d'*Antilla* », *Traces*, 11, 1984, p. 129-151.
12. Cf. M.-C. LAFONTAINE, « Le carnaval de l'Autre, à propos d'authenticité en matière de musique guadeloupéenne », *Les Temps modernes*, « Antilles », 441-442, avril-mai 1983, p. 2126-2173.

ALAIN MÉNIL

SIGNES PARTICULIERS :

NÉANT

POSSÉDER DES ANCÊTRES NOIRS, MAIS AVOIR TOUT DE L'EUROPÉEN : LA CULTURE, LES RÉFÉRENCES ET MÊME L'ALLURE...

La scène en est devenue banale : « Antillais, dites-vous ? Mais alors, vous êtes un colon... » (Avec la mine gourmande du connaisseur, les plus informés glisseront un « béké » du meilleur effet.) Alors, vous : « Non, puisque je suis noir. » Un moment d'étonnement, qu'un sourire vient dissiper : « Vous plaisantez. — Pas du tout. — Mais enfin, regardez de quoi vous avez l'air : comment affirmer sérieusement que vous êtes noir ? »

À chaque fois, c'est pareil : à l'étonnement amusé succède l'incompréhension. Trop, c'est trop. Soit, vous avez eu des ancêtres noirs, mais enfin, vous avez tout de l'Européen, la culture, les références, et même l'allure ! Certes, vous êtes typé. Et certains de localiser alors votre possible origine : quoique diverses, les hypothèses vous auront promené tout autour du bassin méditerranéen ; Italien peut-être, sépharade parfois, Levantin si vous y tenez, mais Noir ! Un peu de sérieux.

Admirable concession que celle de condescendre jusqu'au Sud le plus extrême du monde européen, en y assignant tous ceux qui auraient quelque type (à croire qu'un blond nordique est la transparence même), mais qui répugne manifestement à s'interroger sur ce qui a pu se passer outre-mer, là-bas, dans le Nouveau Monde. Qu'outre-Atlantique, des mélanges aient pu se faire, soit : c'était le tribut à payer aux exigences de la Nature. Mais qu'ils demeurent inaperçus, et que, de surcroît, cela vous classe parmi les Noirs ou les gens de couleur, quand aucune couleur parmi les seules jusqu'à ce jour répertoriées ne s'est encore manifestée, non. Seuls des archaïsmes, que les lenteurs d'une histoire passablement balbutiante expliquent sans doute, aboutissent à de telles aberrations : chez nous, semblent-ils dire — le regard s'efforçant une dernière fois de guetter le trait physique pertinent, d'une « négroïdité » indéniable —, vous seriez un Blanc. D'ailleurs, n'êtes-vous pas comme nous ? Eh bien, justement, non : je ne suis pas *comme* vous.

Soit : mon goût du paradoxe m'amène à forcer la note. Je ne *suis* pas noir, si par être vous entendez au fond paraître. À peine ai-je l'air latin, et aucune quête œdipienne ne vient soutenir ma revendication. Ma réponse traduit simplement une évidence absolue pour un Antillais : Martiniquais, je fais nécessairement partie des gens de couleur puisque je ne suis pas le descendant d'un esclavagiste, mais d'un esclave. Et cela demeure valable, à quelque date qu'il faille remonter : cette loi, qui n'est pas de la Nature mais de la Pensée, va de soi (l'Occident, un peu partout où il s'est promené, l'a imposée), et mon affirmation, pour un Antillais qui m'écouterait alors, ne trahit aucunement une escalade dans le snobisme. L'égrenage des types physiques est si diversifié que nous savons, de science inconsciente mais certaine, que le métissage s'apprécie selon les paradoxes qu'il multiplie.

Mais tout se passe comme si, de la part du regard européen, les conséquences concrètes de son expansion coloniale étaient à la limite de l'impensable. La couleur doit se remarquer, puisqu'elle doit *se marquer* tout aussi nécessairement. Et, aveugle aux résurgences de son passé, la vieille Europe continue de penser que des distinctions claires et rationnelles sont au fondement de toutes ses classifications, comme des identités respectives de chacun. Merveilleux retournement : auparavant on aurait traqué les signes de l'impureté, et le raciste moyen se souvient toujours que le Sud et le soleil conjugués n'ont jamais rien produit de bon. Ce n'est pas de lui que nous parlons, mais de qui manifeste son incompréhension, avec les meilleures intentions du monde, et ce respect théorique pour la « différence du pote ». Mais celle-ci n'est conçue qu'à l'intérieur de cadres imperméables aux conséquences logiques du mélange des genres. Et si accueillant soit ce regard, il raisonne incorrectement, quand il réduit ainsi l'appartenance à une communauté aux seules déterminations tangibles de l'épiderme, et n'explique ce même sentiment que par des blocages, des préjugés raciaux et sociaux. Tout au plus ceux-ci permettraient-ils d'apprécier les barrières entre milieux, cette mosaïque de coteries familiales et d'orgueils réciproques, impensable partout ailleurs. Mais cela ne saurait rendre raison de l'identité qui les constitue, puisqu'ils en découlent bien plutôt, ni de l'attention maniaque portée au nom hérité, si précieux pour une collectivité dont la mémoire se montre attentive (pour combien de temps encore ?) au devenir de chaque lignée.

REJETONS DE L'HISTOIRE

Le sentiment d'être Antillais est irréductible au degré de couleur. Non pas que celle-ci soit insignifiante, ni qu'elle ne soulève aucun problème. Mais être Antillais et homme de couleur, c'est un tout quand, n'étant pas colon, vous ne sauriez être autre chose qu'un homme de couleur. Et ce n'est pas là tautologie creuse : cela vaut quelle que soit votre couleur de peau, et vous assimile à un certain univers de signes et de valeurs, qui vous reconnaît comme l'un des siens. Vous manifestez simplement le plan où votre expérience du monde antillais s'est constituée, de quelque point de vue que vous l'ayez regardée.

Sans doute mon expérience n'aura pas été en France celle d'un travailleur immigré. Sans doute n'ai-je pas eu à subir le racisme (et c'est là une différence fondamentale entre le Noir et le « mulâtre blanc » que je suis : le mépris de soi, sinon la haine que l'on est parfois amené à concevoir après tant d'humiliations répétées me seront toujours étrangers) ; je n'ai même pas eu à connaître les délices des contrôles d'identité. Pas plus que je n'ai eu à m'intégrer en France en ayant à assimiler une culture jusque-là lointaine et étrangère : tout simplement parce que, métis, je l'étais avant tout de cultures différentes et vécues à parts égales. Mais l'expérience que j'ai du monde antillais est celle d'un Antillais et le regard que je lui porte lui appartient.

Dans l'étonnement que ma position suscite, quelle naïveté insurmontée ! Comment ? Dans des contrées aussi magiques et mystérieuses, des distinctions sociales et culturelles pourraient constituer autant d'identités spécifiques, qui n'excluent cependant pas l'appartenance à la communauté prise dans son ensemble ? Il suffit d'entendre soupirer au seul nom de Martinique : un azur de palmiers désaltère soudain le gosier européen. Là-bas, là-bas, on doit échapper au malheur de l'Histoire, retrouver un peu du Paradis et de sa simplicité de conte d'enfant. Sans doute mon expérience du monde antillais est-elle *particulière* : mais pas moins que celle des servantes qui travaillaient à la maison. Il n'y a là qu'une banalité extrême à reconnaître que nous vivons dans une société de classes. Et cela se manifestera dans le plus infime de nos gestes, de nos intonations, jusque dans nos goûts et nos références : cela aussi est l'évidence même, qui ne devrait surprendre personne. Sauf un Européen, qui vous fait toujours remarquer combien plus authentique est ce Noir qui passe. Qu'il soit plus nègre, qui le nierait, qu'il soit plus authentique, cela n'est pas sûr, surtout si, à l'entendre, vous reconnaissez indiscutablement l'accent de Sarcelles... De ne pouvoir concevoir de communauté qu'homogène et uniforme, pareille naïveté trahit un angélisme absurde, qui exige de l'expérience du monde, lorsqu'elle est située ailleurs et accomplie par d'autres acteurs, qu'elle soit univoque, jamais coupée de transversales. L'exotisme n'aime que les surfaces planes et répugne aux découpes obliques.

Là est l'étrange point d'aveuglement du regard européen, arc-bouté sur sa conviction de demeurer préservé des variations engendrées depuis son ancienne mainmise sur le monde. Tout l'empêche de reconnaître que les rejetons de l'Histoire ont pris entre-temps des allures bigarrées. Jusque dans sa variante souple, il demeure pris dans ce postulat qu'il partage à son insu avec le plus obtus des racismes : un Blanc ne saurait se confondre avec un homme de couleur, car à défaut de savoir à quelle couleur on reconnaît un homme de couleur, il sait bien que le Blanc n'en est pas une. Traçant alors une frontière absolue entre les uns et les autres, il ne conçoit pas d'avoir une identité commune en partage avec ces divers métis. Et encore que l'on puisse toujours soupçonner le nègre d'emprunter aux Blancs le masque dont il s'affublera par la suite, en aucun cas l'on n'envisage qu'un Blanc se soit formé au contact des autres, au point de se fondre en eux. Comment donc vous confondre, vous, si européen, si... comment dire ?, avec ces nègres dont on louera pour l'occasion la merveilleuse authenticité ?

UNE IDENTITÉ COMMUNE

Auparavant on aurait plutôt insisté sur les persistances en tout métis, fût-il Blanc, de la « barbarie nègre ». Aujourd'hui, on vanterait plus aisément l'antique et lointaine vertu qui n'a pu que se perdre en vous et avec vous. Aussi un Antillais, s'il n'est un colon, est ce nègre absolument noir, de préférence marin-pêcheur ou palefrenier, l'authenticité se mesurant toujours dans ces cas-là à la rugosité d'un parler et d'un comportement ; tout au plus ira-t-on jusqu'à remarquer le contourné des manières de certains, mais ce sera alors affirmer combien est toujours pénible et ridicule l'ascension des obscurs vers les sphères éclairées de la Culture et du Goût. Et certains, adorateurs du tambour et du rhum, de s'indigner encore de ce que notre musique emploie des violons et autres instruments qu'en leur inculture, ils estiment réservés à l'harmonie européenne. Qu'un groupe — en l'occurrence, les *Malavoi* — l'ait sublimée jusqu'à une certaine désuétude, cela passe pour compromission et reniement de soi. Comme si, quittés la case et le sol de terre battue, notre identité n'avait pu que se perdre au souffle des alizés qui caressaient les vérandas de nos enfances. Peut-être est-il difficilement concevable que dans cet essaim d'îles un tel miroitement de signes ne s'exalte qu'en renvoyant du monde les reflets biseautés qui en font un véritable univers. (Inversement, le discours issu de ce qu'il y a de plus réactif dans la négritude souffre des mêmes limitations, ayant inversé les signes au lieu de déplacer les cloisonnements inhérents aux stéréotypes. On commence seulement d'entendre le souci d'un Gilbert Gratiant, de ne vouloir sacrifier aucun des fils composites de son identité. Manifestement, la notion de sang-mêlé vient brouiller ce qu'il y a de rassurant dans le slogan, qui nous dispense de penser).

Cette scène d'incompréhension et de méconnaissance, je ne peux l'imaginer avec un interlocuteur antillais. Je trouve bien des surprises, jamais rien de semblable, une fois l'énigme levée. Un air comme qui dirait de famille, qui m'identifie à ceux qui, pourtant, me ressemblent en apparence si peu. C'est qu'au fond de nous, nous savons trop bien l'inanité des distinctions tranchées. Et notre passion des classifications, lisible dans l'attention marquée aux moindres variations de la peau, pourrait bien signifier le contraire de ce qu'elle prétend marquer : non pas la « différence », mais une identité commune, comme si nous souriions de cela même que nous prenons tant de soin à classer. Comme si la vérité était d'être des sang-mêlé, et que le soupçon devait se porter au contraire sur l'affirmation d'une pureté originelle et indivise.

Il suffit de se promener dans les rues de la ville pour comprendre cette capacité de reconnaître l'invisible couleur, quand bien même rien ne trahit en vous l'appartenance à la communauté antillaise. L'identité de chacun, remise en question dans la mesure où elle peut être interrogée, n'est en fait jamais réduite aux termes les plus simplistes de son affirmation. Tout fait signe, des chaussures que l'on porte au salut esquissé d'un mouvement bref et respectueux : notre histoire commune tient littéralement à notre corps, et la couleur de l'épiderme n'est pas le seul des signes retenus. Cette histoire n'est sans doute pas homogène. Mais quelle complicité cela suppose que de savoir reconnaître ce dont nous témoignons — jusqu'au déhanchement ou au chaloupé de la danse.

« Mais maintenant, vous ne vivez plus là-bas, vous êtes ici, vous vivez comme nous. — Peut-être. Mais je ne *le* vis pas comme vous. Exotisme pour exotisme, celui de la France profonde demandera à être reconnu un jour. — Mais c'est du racisme ! — Non pas, tout au plus de la mauvaise foi si je vous identifiais tous à cette image. C'est en prenant conscience de ce que nous ne pourrons jamais revendiquer comme nôtre que nous nous identifions comme Antillais. Regardez où convergent parfois nos regards, et quelle connivence nous réunit, quand nous sourions de ce à quoi nous ne voulons pas ressembler. En France, certains ont découvert qu'ils n'étaient pas des Français comme les autres. Moi, j'aurai découvert ce que je ne peux m'approprier, et qui conduit à tous les exotismes, y compris celui de la chair. C'est que je ne dois pas être éloigné du Noir, si je suis incapable de le considérer depuis la totale extériorité où certains peuvent se situer, et qu'il m'est alors impossible de le réduire à un objet, fût-il d'engouement. »

ALAIN MÉNIL
Normalien, agrégé de philosophie.

LE DIFFICILE RAPPORT
À L'AFRIQUE

entretien avec
MARYSE CONDÉ

écrivain, auteur notamment de *Heremakhonon, Une saison à Rihata, Ségou, Moi Tituba sorcière, La Vie scélérate...*

APRÈS AVOIR VÉCU EN AFRIQUE ET ÉCRIT SUR CE CONTINENT — *SÉGOU* —, MARYSE CONDÉ A OPÉRÉ SON PROPRE RETOUR AU PAYS NATAL, « AU PAYS DES GENS QUI N'ONT RIEN INVENTÉ », COMME DISAIT CÉSAIRE. A-T-ELLE LE SENTIMENT D'AVOIR ATTERRI SUR UNE AUTRE PLANÈTE OU EN TERRE CONNUE ?

Maryse Condé. - Peut-être que je rectifierais la parole de Césaire en disant qu'elle correspondait à une époque où nous croyions effectivement que nous n'avions rien inventé, et pas seulement aux Antilles, mais dans l'ensemble du monde noir. Depuis que je suis revenue aux Antilles j'ai au contraire l'impression que c'est un lieu de grande créativité. Un lieu où beaucoup d'influences se sont rencontrées, où beaucoup de traits culturels venus de diverses origines se sont mêlés et, finalement, je crois qu'aux Antilles on a inventé quelque chose, une culture qui, très longtemps, s'est ignorée elle-même et qui est la culture antillaise. Ne me demandez surtout pas de la définir car une culture ne se définit pas, elle se vit. Ce sont les ethnologues ou les anthropologues peut-être, qui font des discours savants sur les éléments qui composent une culture et la définissent. Le peuple, lui, vit sa culture et n'est pas capable de la couper en rondelles comme un saucisson. Par conséquent, la culture antillaise, je la vois vivre autour de moi mais peut-être que les Antillais qui en sont porteurs n'ont pas toujours le sentiment qu'elle est précieuse, voire valable... Ils ont peut-être un sentiment de doute quant à la validité de cette culture et peut-être le rôle d'un écrivain serait-il de leur faire savoir que ce qu'ils portent en eux est très dynamique et très beau. Donc, je n'ai pas atterri sur une autre planète ; j'ai atterri dans un lieu de richesse, une sorte de forêt qu'il faut débroussailler.

Autrement. - Maintenant que vous avez effectué ce retour, avez-vous des doutes sur le bien-fondé de votre démarche ?
L'être humain est changeant et angoissé. Je mentirais si je disais qu'à certain moment je ne me demande pas si j'ai fait un bon choix en rentrant aux Antilles. Parce que l'île de la Guadeloupe est une

sorte de cocon, de ventre, d'utérus, dans lequel on pourrait aisément s'endormir, surtout quand on est dans ma position ; ça veut dire qu'on habite à la campagne, dans une maison agréable, qu'on a en face de soi des champs, des arbres, la montagne, la mer à l'horizon... On pourrait absolument s'enfermer dans ce petit univers très douillet et oublier, en fait, les réalités du monde et même celles, très dures, du pays. Donc, il y a des jours où j'ai l'impression que je rentre un peu en somnolence, que « je prends sommeil », comme on dit en Guadeloupe. Mais c'est très passager et le lendemain je m'aperçois au contraire que beaucoup de choses m'interpellent — trop de choses, peut-être — et je me remets à essayer de collaborer à tout ce qui se prépare, à tout ce qui est en gestation ici.

Est-ce qu'il est important, pour un écrivain, d'être chez lui, ou est-ce qu'un écrivain antillais doit être constamment en errance comme V.S. Naipaul ?
Je crois que même en étant chez moi, en Guadeloupe, je suis un peu en errance. Parce qu'en fait, depuis que je suis revenue, que je discute et que je rencontre des Guadeloupéens — ceux qui ne sont pas sortis —, je m'aperçois qu'il y a une distance entre eux et moi. Les Guadeloupéens avec lesquels je suis tout à fait en harmonie sont ceux qui, comme moi, ont beaucoup vécu à l'extérieur et qui, d'une certaine manière, pensent — pour ne pas dire rêvent — encore à l'extérieur. Ce qui veut dire que vous rentrez physiquement et vous vous installez dans un lieu d'une manière physique ; votre corps est là. Mais votre tête, votre imagination continuent à faire un va-et-vient entre les lieux que vous avez connus et ceux que vous avez envie de connaître. Je crois que s'il n'y a pas errance de l'esprit, il n'y a pas de créativité. Je ne crois pas que l'on puisse créer dans l'immobilisme, dans une sorte d'enracinement aveugle. Je pense qu'il faut errer. L'errance est salutaire. Aujourd'hui, ce que j'essaie de faire dans mon parcours d'écrivain c'est, parmi tous les livres que j'ai déjà produits, de fixer à travers cette errance un moment antillais, de fabriquer une histoire qui serait plus antillaise que celles que j'ai déjà écrites. Mais cela ne signifie pas que le prochain livre et le livre d'après seront pareils. Je crois que la création, l'écriture c'est une sorte de mouvement continu, constamment différent, une sorte d'eau qui coule et finalement, on l'a déjà dit avant moi, l'eau est toujours recommencée, donc la création romanesque est constamment recommencée. Je ne crois pas à l'enracinement ; je crois à un retour physique mais je pense que l'esprit doit continuer à naviguer.

Être en Guadeloupe, ça veut dire « écrire autrement » ?
Oui. Alors là, c'est le problème capital. Ceux qui analysent, ceux qui regardent le style verront très bien la différence qu'il y a par exemple entre un roman comme celui sur lequel je travaille et *Ségou*. Avec *Ségou*, on suivait les personnages les uns après les autres. Il y avait des descriptions de ceux-ci, il y avait des dialogues. Le roman-

cier était pour ainsi dire dans l'esprit, la tête, le cœur de chacun des protagonistes, il les faisait agir et les mettait en présence. Tandis que là, j'ai pensé qu'un roman antillais devait avoir un narrateur qui serait un peu l'héritier du conteur, du tireur de contes. C'est lui qui raconte l'histoire. Il peut y avoir des dialogues, mais ils sont très brefs. Ce sont en général des paroles rapportées par le narrateur, des choses qu'il a entendu dire et qu'il essaie de restituer. C'est lui, c'est son regard à lui, qui enveloppe l'histoire, qui lui donne une sorte de forme sphérique et qui, en quelque sorte, dégage sa symbolique et sa signification. D'autre part, la parole de ce narrateur, héritier du tireur de conte, est une parole à la fois épique parce que l'épopée est dans le peuple et en même temps humoristique. Les grands événements comme la mort, les naissances aussi, sont toujours racontés avec un côté un petit peu moqueur. C'est ainsi que dans le récit, il y a un personnage qui meurt parce qu'il était militant indépendantiste et qu'il a fait éclater une bombe. Le narrateur introduit le doute sur la validité de cette mort, sur les raisons mêmes de cette mort, en disant que peut-être, tout simplement, il s'est tué ou s'est fait tuer pour une femme. Ça veut dire que le narrateur refuse la grandiloquence, refuse les stéréotypes éculés de ce que l'on peut appeler la grande littérature, et qu'il essaie toujours de restituer ce côté qui est, à mon avis, très important dans la mentalité antillaise, ce côté gouailleur. On se moque, même dans les situations les plus tendues. On rit. Et le rire, finalement, a une signification très profonde.

Lorsque vous écrivez, est-ce que vous tenez compte du créole dans le style ? Est-ce que vous pensez que la langue créole ajoute un plus à la langue française ou, par contre, la tire vers le bas ?
C'est très compliqué. Ma connaissance du créole est très limitée. Beaucoup d'Antillais sont dans mon cas, ceux qui ont beaucoup vécu à l'extérieur ; « leur » créole est très pauvre. Maintenant, je suis en train, pour ainsi dire, de réapprendre, d'une certaine manière, le créole. Donc je n'ai pas une utilisation directe du créole quand j'essaie d'écrire. Ce que je retrouve, c'est plutôt une sorte de parler français par des créolophones. Je me rappelle le milieu dans lequel j'ai grandi : mes parents, les amis de mes parents... Ce n'étaient pas des gens qui parlaient créole, il faut le dire. Ils parlaient français, mais le français qu'ils utilisaient était en prise directe sur le créole. Ils disaient des choses comme : « j'ai pris sommeil » pour dire je me suis endormi « j'ai pris un saut » pour dire « je suis tombé », etc. Ce qui me paraît fascinant, c'est de réintroduire ces images du français créole dans l'écriture. Je n'en suis pas encore au stade où je vais directement au créole. D'abord les gens qui sont autour de moi, qui parlent créole, le parlent très mal. Il faudrait, pour trouver un beau créole, un créole harmonieux, poétique, aller auprès des « traditionnalistes » — il y en a certainement. Par exemple Alain Rutil a recueilli « Les belles paroles d'Albert Gaspard. » Il faudrait que

je trouve ce type de Guadeloupéens. Je ne le trouve pas encore ! Ceux que je rencontre tous les jours sont peut-être motivés politiquement mais leur créole me semble très mauvais. Ils sont en train de prendre des mots français, d'ajouter un petit piment par-ci, par-là. C'est une langue bâtarde. Il faudrait donc que j'aille à la source, auprès des gens qui possèdent encore cette belle langue. C'est un travail que je n'ai pas encore fait. Cependant, je me demande si, en allant à la source, auprès de ces gens qui possèdent encore ce beau créole, je ne ferais pas un peu un travail que je crois utile, certes, mais comparable à celui d'un ethnologue qui va déterrer le passé ou d'un grammairien en quête d'expressions autrefois usuelles, aujourd'hui disparues. Faut-il vouloir à tout prix les réinsérer dans le parler ou l'écrit moderne comme certains le font ? Nous sommes en 1987 en Guadeloupe. Peut-être que ces « belles paroles », précieuses certes, appartiennent à une tradition qu'il convient — évidemment — de vénérer, mais qui est datée. Il faut vivre avec son temps. Il faut aller vers demain. Pour le meilleur et pour le pire, peut-être que le créole se pénètre de français et que c'est là sa forme moderne. Ce n'est peut-être pas le signe de sa mort prochaine. C'est peut-être seulement le signe de son évolution, de son adaptation à la situation du Guadeloupéen moderne. Le travail de ceux qui le chérissent ne devrait-il pas être, plutôt, au lieu de regarder en arrière, d'accepter ce changement, d'anticiper sur lui en inventant, créant avec sa modernité. Vous voyez, je dis ces choses avec prudence. Car ma réflexion sur le créole est loin d'être terminée. Elle ne fait que commencer. Mais le créole m'interpelle comme tous les créateurs qui vivent au pays.

Est-ce que l'Afrique a été une étape ponctuelle dans votre vie ou est-ce qu'elle reste un espace qui influence vos écrits et votre imagination ?
On m'a attaquée violemment, de manière injuste, sans chercher à me comprendre et j'en ai beaucoup souffert. Je ne veux plus me justifier. Je répondrai simplement que les critiques que j'ai portées sur l'Afrique étaient à la mesure de mon amour et que les gens sont toujours très sévères avec les êtres qu'ils aiment. Je considère que j'ai beaucoup aimé l'Afrique et que j'avais absolument le droit de souffrir de certains aspects de sa vie politique et de certains avatars de sa vie culturelle. Je ne reviendrai pas dessus. Pour moi aujourd'hui, l'Afrique est un passé présent ; c'est-à-dire que j'ai réalisé la distance qu'il y a entre moi — antillaise — et la culture africaine. En même temps, cependant, c'est l'Afrique qui m'a révélée à moi-même, qui m'a permis d'être moi — Maryse Condé —, une femme guadeloupéenne vivant aujourd'hui en Guadeloupe, sachant qui elle est. L'Afrique est en moi et en même temps elle est distante de moi. Je ne sais comment expliquer cette contradiction de savoir que je lui appartiens mais de savoir aussi que je l'ai quittée, définitivement et qu'il y a d'excellentes raisons pour moi de la quitter,

d'être loin d'elle. Je n'en parlerai plus. Je n'écrirai plus sur elle dans mes livres. En outre, comme je l'ai dit tout à l'heure, la création est une espèce de mouvement continu et je ne vais pas passer mon temps enfermée dans Ségou, derrière ses murailles de terre, à raconter ce qui s'y passe. Avec cette conscience de moi-même, de la beauté et de la richesse du monde noir que l'Afrique m'a donnée, et sans laquelle je n'aurais été qu'un décalque des Français, un décalque des Blancs, sans aucune identité précise, je vais continuer à écrire, à parler du monde, de mon point de vue à moi.

Pas uniquement, je le répète, du monde antillais ou du monde guadeloupéen. De tout ce qui m'interpelle. De tout ce qui me donne envie d'écrire. C'est l'Afrique, qui m'a permis d'appréhender l'univers au milieu duquel je vis avec des yeux qui sont bien les miens, et de regarder les choses autour de moi d'une manière qui m'appartient profondément, à moi, Maryse Condé, femme, noire, antillaise...

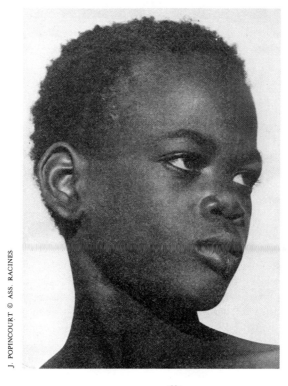

propos recueillis par
——— RICHARD PHILCOX ———
Traducteur professionnel.

CES MESSIEURS DE LA MARTINIQUE

ÉDITH KOVÁTS-BEAUDOUX

LA MARTINIQUE A SES ÉNIGMES. LES BLANCS CRÉOLES, FAMILIÈREMENT APPELÉS « BÉKÉS » EN SONT. CES GENS SECRETS À L'ACCENT CARACTÉRISTIQUE, QU'ON IMAGINE HANTANT ENCORE LES RICHES DEMEURES DE PLATEAU DIDIER, SUR LES HAUTEURS DE FORT-DE-FRANCE, OU BRAVANT ARISTOCRATIQUEMENT LES ALIZÉS DANS LE SITE ENCHANTEUR DE LA POINTE LAROSE, DANS LA BAIE DU ROBERT, SUSCITENT CURIOSITÉ ET INTERROGATIONS.

Mystère que cette petite minorité blanche, qui ne représente même pas 1 % de la population totale de la Martinique, et qui a pu non seulement survivre pendant quatre siècles, mais aussi exercer sa domination économique jusqu'à nos jours. Ces gens singuliers — au drôle d'accent — sont-ils les simples héritiers des planteurs d'autrefois, des négociants enrichis, des managers modernes, des responsables politiques régionaux ? Constituent-ils une minorité crispée sur des privilèges hérités du passé, ou une caste bénéficiaire d'un pouvoir économique et social qu'elle sait habilement gérer et prolonger en s'appuyant sur une « real-politik » qui repose sur deux principes : sauvegarder ce qui peut l'être et s'adapter aux changements intérieurs et extérieurs qu'elle ne peut contrôler ?

On imagine qu'ils se marient tous entre eux. Et on se demande souvent s'il s'agit de Martiniquais à part entière. Peut-on d'ailleurs dire qu'ils sont des Martiniquais entièrement à part, alors qu'ils partagent avec la population de couleur les mêmes goûts culinaires et musicaux, la familiarité avec le parler créole, un héritage culturel et historique commun ?

PLANTEURS ET MARCHANDS

Les békés actuels sont les descendants des colons venus s'établir dans les îles dès le début du XVIIe siècle. Dans un premier temps, ils ont reçu de l'État des exploitations de taille modeste sous forme de concessions gratuites, à charge pour eux de les défricher et de les mettre en valeur. La main-d'œuvre était souvent assurée par les propriétaires eux-mêmes, ou par des « engagés », européens eux aussi, qui une fois leur contrat honoré, pouvaient à leur tour chercher à s'établir comme colons. À la Martinique, bon nombre des « habitants » sont à la fois propriétaires, exploitants, et travailleurs directs. S'y ajoutent des commerçants, des artisans, des esclaves africains... et quelques Caraïbes.

Des roturiers représentant la plupart des provinces françaises, des protestants exilés, et quelques repris de justice constituent alors la population blanche, majoritaire. Contrairement à certaines idées reçues d'ailleurs, les « cadets de famille » sont peu nombreux : sur 3 102 Blancs recensés en 1680, 29 seulement étaient d'une noblesse prouvée... Cette population blanche se gonflera par vagues successives : colons cherchant fortune, aventuriers, militaires, habitants venus d'autres colonies, comme Saint-Christophe plus au nord, et quelques individus d'origine allemande ou portugaise.

La terre, encore relativement accessible, est, dès cette époque un enjeu économique et social important. Déjà des inégalités de fortune distinguent quelques propriétaires avantagés dans la répartition des terres.

La culture quasi exclusive de la canne à sucre sur de grandes plantations, dès la fin du XVIIe siècle, va définitivement bouleverser la société martiniquaise : avec la « traite des nègres », devenue une « nécessité » économique, la proportion des Blancs sur l'île diminuera sans cesse. Mais les maîtres des esclaves sont les propriétaires des nouveaux moyens de la production coloniale : les grands domaines et leurs « sucrotes », forme première des usines à sucre. La concentration foncière et les inégalités se renforcent au profit des premiers occupants qui s'étaient installés avec des capitaux importants, mais aussi de marchands, de fonctionnaires de l'administration royale ou des compagnies coloniales, ou encore de quelques petits colons auxquels la fortune avait souri. À la Martinique, ils occupent ainsi les meilleures terres, vastes exploitations de 100 à 350 hectares. Ce sera le noyau initial d'une classe de grands propriétaires terriens, dont quelques-unes des grandes familles békés actuelles sont aujourd'hui les héritières. Un fossé va désormais se creuser entre ces « Grands Blancs » — que rejoindront par la suite d'autres émigrants, fils de famille ou gens de négoce —, et les petits ou moyens colons, pas assez fortunés pour financer la reconversion sucrière. Nombre d'entre eux ont d'ailleurs dû céder leurs terres aux « sucriers » Certains sont alors relégués dans des cultures moins profitables que la canne, et sur des surfaces plus réduites. D'autres se retrouvent dans l'artisanat, le petit commerce ou des emplois subalternes au service des grands planteurs. Tous viennent en tous cas grossir les rangs des « Petits Blancs ».

Ce processus, compliqué par l'entrée en scène des affranchis et des mulâtres libres, est à l'origine d'une double fracture : l'opposition entre petite et grande propriété et le clivage durable des « Petits » et des « Grands Blancs », qui dressent des barrières quasi infranchissables au sein même de la population d'origine européenne.

Ainsi s'est affirmé le groupe social des « grands habitants », « ces

Messieurs de la Martinique », dont le nombre d'esclaves est signe de prospérité. À leurs côtés, sur une île entièrement vouée aux productions tropicales d'exportation, une autre population blanche occupe une position-clef : les grands négociants armateurs, dont l'activité a fait les beaux jours de la ville de Saint-Pierre. Alliés dans le même grand projet colonial français, ces deux groupes sont pourtant concurrents dans le partage des profits coloniaux... Certains marchands deviendront d'ailleurs vite « habitants », alors que de grands planteurs se feront plus tard marchands.

Au XIXe siècle, l'installation d'usines sucrières centrales transformant la canne des habitations avoisinantes réclamera des capitaux importants. À la Guadeloupe, ces capitaux sont fournis et gérés par des représentants de la haute finance et du grand négoce portuaire métropolitain, associés aux grands planteurs et aux commerçants créoles les plus fortunés. À la Martinique, ces derniers, désormais très unis, sont souvent les seuls actionnaires des premières usines : grâce à l'occupation anglaise, et contrairement à leurs homologues guadeloupéens, les Grands Blancs ont échappé aux rigueurs de la Révolution française.

Grâce aux prêts des sociétés de crédit constituées, avec l'aide du gouvernement, sur la base des indemnités versées après l'abolition de l'esclavage, les usines se multiplient, et les dettes aussi. Les débiteurs malheureux seront souvent obligés de revendre leurs terres aux plus offrants, renforçant ainsi la concentration de la propriété. Grands planteurs, planteurs-négociants, gros commerçants créoles et commissionnaires des sucriers dégageront alors de fabuleux bénéfices, à l'origine de l'opulence de quelques-unes des plus grandes familles békés actuelles.

L'éruption de la montagne Pelée en 1902 anéantit la ville de Saint-Pierre et ses habitants, dont plusieurs milliers de békés. Disparurent du même coup l'infrastructure et les agents du grand négoce traditionnel martiniquais. De nouvelles maisons de commerce devront alors être créées par les planteurs-usiniers eux-mêmes, qui étendront encore leur assise en concentrant dans leurs mains la production et le commerce. Les grands planteurs vont définitivement se faire grands négociants-importateurs. Certaines familles seront même les premiers agents d'une colonisation secondaire à la Guadeloupe par les békés martiniquais. Ceux-ci s'y approprieront nombre de plantations, y installeront sucreries, distilleries et sociétés d'import-export ... encore de nos jours contrôlées par leurs héritiers.

La propriété foncière est pour les grands békés à la fois source de richesse, mais aussi enjeu de la préservation d'un capital traditionnel lorsque, pour faire face au déclin de l'économie sucrière, les planteurs durent se reconvertir dans de nouvelles cultures, comme la banane. Depuis quelques dizaines d'années, posséder la terre est aussi un moyen d'investissement dans les secteurs non agricoles de l'économie martiniquaise. En concentrant les propriétés en vastes unités souvent sous forme de sociétés anonymes, et en vendant les terres non mécanisables et peu rentables, les békés ont reconverti leur capital foncier dans de nouvelles cultures d'exportation, rentables sur des superficies réduites, mais plus encore dans d'autres secteurs d'activité comme l'immobilier, le tourisme, les grandes surfaces commerciales, et l'import-export. Ils n'ont pas craint d'utiliser à ces fins une partie des aides accordées par l'État pour la « relance » de l'industire sucrière.

Le capital des Blancs créoles, en tout cas celui des Grands Blancs, embrasse aujourd'hui la totalité de l'économie martiniquaise. Comme par le passé, la possession de la terre et des moyens de production agricole leur permet de dominer l'économie de plantation. Leur implantation foncière englobe principalement les grandes et moyennes propriétés, sur des terres de grande qualité : dans les régions montagneuses et arrosées du nord-est, plus favorables à la banane, ou dans les zones basses, propres à la culture de la canne. Leur appartiennent en outre de vastes propriétés peu exploitées mais situées en bord de mer, et donc d'une grande valeur touristique potentielle.

Les békés conservent le contrôle de la majorité des grands domaines sucriers, des distilleries (secteur où ils ont dû résister à la tentative de pénétration des capitaux étrangers à l'île) et l'une des deux usines à sucre en activité. Leurs exploitations assurent la plus grande part de la production de bananes, qu'une dizaine de négociants békés, eux-mêmes souvent planteurs, se chargent d'exporter. Certains ont réussi en ce domaine l'intégration verticale complète de leurs activités : propriétaires terriens et producteurs-exportateurs bananiers, importateurs en Martinique d'engrais et matériel agricole, ils comptent dans leur famille un importateur de bananes en métropole... où se trouve une mûrisserie dont ils sont actionnaires. Également propriétaires des plantations d'ananas, dont ils contrôlent l'usine de traitement, les grands békés s'orientent vers des productions nouvelles (aubergines, avocats, limes) destinées au marché français, ou écoulées dans les supermarchés locaux qui souvent leur appartiennent. Enfin, quelques-uns d'entre eux se réservent une part importante de la production dirigée vers le marché local : maraîchage, aviculture, élevage, production laitière. Dans ce dernier cas, leur position est d'autant plus forte qu'ils détiennent le quasi-monopole de l'importation et de la distribution des aliments pour bétail.

On retrouve les Grands Blancs dans la totalité des secteurs non agricoles, en particulier de ceux dépendant étroitement de la métropole. Leur poids est important dans les industries alimentaires, où ils tentent d'intégrer verticalement leurs productions agricoles. Pour le reste de l'industrie, ils contrôlent une grande partie, au demeurant d'un faible poids économique, seuls ou associés à d'autres groupes insulaires ou non. La grande majorité des sociétés d'import-export appartient aux Grands Blancs dont ils sont souvent les seuls actionnaires. C'est particulièrement le cas des grandes surfaces d'implantation récente. Dans le commerce de gros, pourtant, les établissements détenus par les békés ne sont pas les plus nombreux : la « bourgeoisie de couleur » y détient de gros intérêts. Associés le plus souvent à ces Martiniquais de couleur, ils ont également investi dans le tourisme de luxe.

Toujours à la recherche du développement de leur empire commercial, les békés ont cédé à la mode de la rentabilité et de l'efficacité. On le constate dans la gestion plus performante de leurs biens : jusqu'ici, on se contentait surtout d'hériter et de transmettre... Les plus dynamiques ont le souci d'accroître le rendement des terres. Améliorations techniques, recherche de nouvelles productions d'exportation, laminage des coûts de production, meilleure maîtrise des circuits de distribution, et campagnes de publicité font partie de leur nouvel arsenal. L'ouverture se sent même dans l'encadrement. À la tête d'une « habitation » ou d'une entreprise commerciale, le béké est aujourd'hui moins enclin au népotisme systématique, recrutant volontiers Antillais de couleur et métropolitains pour leurs compétences. Toujours dans l'air du temps, certains jeunes békés créent des entreprises de services (sociétés de conseil, gestion informatique, publicité). Quant aux tentatives de certains békés d'implanter des industries remplaçant les importations, il est révélateur qu'elles aient souvent provoqué de sérieux conflits avec les grands négociants, membres des familles les plus anciennes et les plus fortunées, qui y ont vu une menace directe pour leur « chasse réservée ».

La richesse de certains békés est aussi trop grande pour ces petites îles : ils ont investi en métropole (surtout dans l'immobilier), aux États-Unis, et chez les voisins caraïbes. Mais sur ce point, le secret est bien gardé et l'information maigre. On peut toutefois se demander si cette stratégie ne vise pas à garantir un avenir jugé politiquement incertain...

RÉSEAUX DE POUVOIRS

*D*épendants sans discontinuer de l'action de la Métropole, qui a sans cesse pesé sur leurs reconversions et leurs ralliements, les Békés ont exercé depuis l'avènement de la IIIe République une forte influence sur la vie politique insulaire. Elle s'est exercée par le truchement d'hommes de couleur qui leur étaient inféodés : ces derniers défendaient tous bonnement les intérêts békés au Parlement ou dans les assemblées locales. Les Grands Blancs ont également habilement tissé des liens privilégiés avec certains responsables de l'administration, centrale ou locale.

Ces « stratégies de paravent » se sont cependant infléchies depuis une quinzaine d'années. La crise économique, la vigueur des partis de gauche, les distances prises par une partie de la bourgeoisie de couleur, la crainte d'une véritable « départementalisation économique » ont conduit les Békés à se présenter comme interlocuteurs privilégiés de l'État en assumant des responsabilités directes dans des organisations politiques, des groupements professionnels, etc. On retrouve maintenant des Békés aux postes-clefs de la plupart des grandes organisations économiques et politiques régionales. Ces réseaux et cumuls de pouvoir recoupent pour une part les alliances économiques et familiales et garantissent leur contrôle sur les secteurs privilégiés de l'économie...

Cette entrée dans le monde politique pourrait permettre à quelques-uns d'entre eux, qui déjà en privé se réclament d'un certain « autonomisme de droite », de s'associer s'il le fallait à des groupes favorables à un changement de statut politique des Antilles. Leurs critiques envers le jacobinisme français, l'arrogance des « Métros », les monopoles nationaux, les abandons du pouvoir central, rejoignent en effet celles de certains nationalistes de couleur.

RAPPORTS SOCIAUX : CONTINUITÉ ET OUVERTURE

Solidaire vis-à-vis de l'extérieur, le groupe béké est morcelé à l'intérieur. Soucieux de se maintenir en tant que groupe blanc, le clan béké a choisi la fermeture face à la population de couleur. C'est vrai des mariages, mais aussi de la « vie sociale ».

L'histoire et la répartition du pouvoir économique n'en font pourtant pas un ensemble homogène. Bien au contraire, le groupe obéit à une hiérarchie précise, qui prend en compte la fortune, le « nom » et l'« ancienneté » de la famille. Le nom (souvent prononcé à la manière de l'ancienne France) permet souvent d'attribuer à une famille son label d'ancienneté. Il coïncide dans la plupart des cas au niveau de fortune. À l'un des pôles de cette hiérarchie, les « Grands Békés », familles de grands propriétaires fonciers, d'« usiniers », de commerçants, implantées dans bien des cas avant 1713 (Traité d'Utrecht), et qui constituent aujourd'hui le noyau dur de « l'agro-bourgeoisie négociante ». De l'autre, les « Petits Blancs » ou « Békés goyave », fréquemment gestionnaires (intendants) d'habitations de père en fils ou employés de commerce. Avec pour unique « capital » son appartenance ethnique, qu'il protègera farouchement de toute identification avec les gens de couleur de sa classe, et en même temps relégué au bas de l'échelle de la caste privilégiée, le Blanc pauvre a souffert de ce double isolement et s'y est volontairement emprisonné en assumant les valeurs traditionnelles de son groupe racial : le Grand Béké a su en profiter, en particulier dans le domaine rural, en en faisant son homme de confiance, l'indispensable intermédiaire entre patron et ouvrier.

Cette hiérarchie n'est pourtant pas immuable. L'histoire a fait fluctuer les fortunes. Mais si le critère de richesse est devenu essentiel, l'éducation et le respect des valeurs traditionnelles jouent également un rôle notable. La structure interne du groupe en est alors d'autant plus complexe que certaines « grandes familles » (souvent les plus anciennes et numériquement les plus importantes) comportent des branches mineures, et que parmi des familles békés plus modestes, on peut trouver des individus qui ont « percé ». Une situation qui laisse évidemment libre cours à toutes les stratégies visant à améliorer le rang social ou individuel : sur le plan économique, ces manœuvres conduisent à des rivalités parfois féroces au sein même de la minorité blanche créole.

Ceci n'a jamais empêché le groupe tout entier de faire preuve d'une forte solidarité vers l'extérieur. Transcendant les conflits internes, elle est avant tout la conscience d'une unité socio-« raciale » qui dure dans le temps, et se manifeste par des valeurs communes : maintien de la « pureté raciale », protection des biens matériels, défense des membres du groupe critiqués de « l'extérieur ». Guère étonnant dans ces conditions que le choix du conjoint soit un rouage essentiel de la pérennité du groupe des Blancs créoles : on ne se marie pas avec une personne de couleur. Et gare à ceux qui seraient tentés de transgresser la règle : jusqu'à très récemment, les « fautifs » étaient d'emblée exclus, ou tout au moins mis en marge, de la société béké. Dans un tel système, c'est la femme blanche qui permet la reproduction du « capital racial » du groupe. De fait, à la Martinique, la femme béké, ayant depuis des générations connu une jeunesse très surveillée, et une vie d'adulte limitée à celle de mère de famille, devait incarner la tradition et la stabilité dans un monde où il était tacitement accepté que ces congénères masculins aient des enfants — illégitimes — de couleur.

Le choix du conjoint témoigne aussi d'autres enjeux : si les forts préjugés raciaux ont canalisé la circulation des fortunes dans les limites du groupe, la logique va plus loin : dans un souci d'éviter la diffusion de son pouvoir économique, il est rare de voir un membre d'une « grande famille » trouver son conjoint chez les « Petits Blancs ». Même au sein du groupe, on se marie « entre soi », ou à défaut on préfère s'allier à une famille métropolitaine de rang équivalent. Il n'est pourtant pas exceptionnel qu'un « beau mariage » facilite ou légitime l'ascension sociale de la classe béké moyenne à la classe supérieure. En cela, les stratégies de mariage ont sauvegardé les Békés en tant que groupe réel : en restant « entre soi » au plus haut niveau, on concentre ou recompose les fortunes, en « s'ouvrant » à des familles plus modestes, on étend le champ des relations et des solidarités.

Cette description serait incomplète si l'on ne prenait pas en compte les changements économiques, et surtout sociaux, intervenus en Martinique depuis les années soixante. Avec l'effondrement de l'économie sucrière, c'est une certaine vie rurale, avec les liens personnels qu'elle implique, qui cède le pas à un monde plus compétitif, plus anonyme ; le nouvel essor de la « bourgeoisie de couleur », la présence plus massive de la Métropole, de ses représentants, de sa culture, en particulier à travers ses médias, introduisent de nouvelles références et de nouveaux débats. Les traits essentiels de la société martiniquaise n'ont certes pas encore été véritablement bouleversés, mais on peut déjà repérer quelques contrecoups de ces changements sur les comportements et les mentalités.

Le souci d'efficacité économique a conduit à une prise de conscience de l'importance de la formation des jeunes héritiers pour assurer une meilleure gestion du capital familial. Dans le passé, les Békés qui poursuivaient leurs études supérieures n'étaient pas vraiment motivés par cet objectif : l'héritage suffisait à assurer les jeunes de leur avenir matériel, et les réseaux de solidarité suffisaient pour les débouchés des moins fortunés. Mais depuis quelques années, plus nombreux sont les jeunes Békés qui intègrent, hors du cadre insulaire, et même dès leurs études secondaires, des établissements d'enseignement considérés comme les meilleurs. Cette course à la « méritocratie », cette plus grande ouverture sur le monde extérieur, amènent de plus en plus de jeunes Békés — garçons et filles — à prendre leurs distances vis-à-vis du contexte martiniquais. Ils semblent du coup infléchir leur optique quant au rôle que doivent y jouer les Blancs Créoles. Certains d'entre eux, trouvant leur « monde » trop étroit, contraignant et incertain, s'en évadent : ils s'installent en Métropole ou aux États-Unis, sans pour autant rompre le contact avec leur milieu d'origine.

D'autres aspects de la vie familiale semblent se modifier depuis une quinzaine d'années. Beaucoup de jeunes filles békés sont élevés de manière plus libre qu'auparavant : elles « poussent » plus loin leurs études, se marient moins jeunes, choisissent une vie active, en collaborant souvent avec leur mari.

L'évolution du mode de vie se reflète dans certaines transformations de l'habitat. Les grandes résidences du quartier Didier qui abritaient, à Fort-de-France, les traditionnelles familles élargies des Grands Blancs, ont été pour la plupart vendues à l'Administration. Seuls quelques propriétaires d'habitations occupent encore les « maisons de maître », symboles de la grande famille patriarcale d'autrefois. Bien des jeunes ménages, plus autonomes, forment des « foyers conjugaux », unités familiales restreintes, quelquefois relativement éloignées de Fort-de-France. Ils ont généralement moins d'enfants, moins d'employés de maison, et bien souvent la nourrice de couleur, la « Da » traditionnelle, n'est plus qu'un souvenir. Les liens parentaux subsistent, réactivés lors des vacances, des mariages, des baptêmes, des enterrements... Ces relations débordent d'ailleurs du cadre martiniquais : les békés se fréquentent assidûment lors de leurs séjours en Métropole.

Les mariages témoignent eux-mêmes de ces prémices d'ouverture : de plus en plus fréquentes sont les unions avec des étrangers au groupe, Métropolitains pour la plupart. Beaucoup de jeunes filles créoles, mariées en France, s'y établissent, alors que les jeunes gens ont plus souvent tendance à intégrer leurs femmes non-békés à la société insulaire. Ces alliances contribuent au renouvellement du groupe des Blancs, y créent des rapports plus ouverts, et élargissent les horizons sociaux et culturels.

La situation des « Petits Blancs » est évidemment différente, et l'éventail de leur choix dans le contexte économique actuel est plus restreint. Si certains sont établis en France, d'autres demeurent les employés ou les obligés des Békés plus fortunés, et trouvent leurs conjoints à l'intérieur du sous-groupe qu'ils constituent, ou encore parmi les familles des petits fonctionnaires métropolitains installés en Martinique, voire parmi la population de couleur.

Enfin, on assiste à de nouveaux rapports entre Békés et bourgeoisie de couleur, numériquement de plus en plus importante, et dont les Békés reconnaissent la compétence. Au-delà des alliances économiques qui les rapprochent, apparaissent des rapports interpersonnels moins paternalistes que par le passé, « en ville » en particulier. Les mariages entre Békés et Martiniquais de couleur demeurent cependant rares, mais on peut déceler chez certains Blancs une attitude plus souple envers ceux qui ont dérogé à la règle. Bien que le souci de l'unité ethnique demeure primordial, il est aujourd'hui des Békés qui jugent « inévitable » la montée des mariages entre Martiniquais blancs et de couleur de classe équivalente.

Car même si, de manière générale, les Blancs créoles se sont rapprochés à bien des égards de la société française, ils entendent aussi, pour la plupart, se définir comme des Antillais — par opposition aux Français de la Métropole — membres à part entière d'une société et d'une culture qu'ils ont contribué à forger.

───── ÉDITH KOVÁTS-BEAUDOUX ─────
Maître de conférence d'ethnologie à l'université Paris V. Doctorat de 3ᵉ cycle : « *Une minorité dominante : les Blancs créoles de la Martinique* ».

DANIEL BASTIEN

PONDICHÉRY-MARTINIQUE

L'ÉMANCIPATION DES ESCLAVES EN 1848 SE TRADUIT IMMÉDIATEMENT, DE LA PART DE CEUX-CI, PAR L'ABANDON DES PLANTATIONS. LA COLONIE DOIT FAIRE FACE À CETTE SITUATION NOUVELLE ET IMPROVISE RAPIDEMENT DES SOLUTIONS DE REMPLACEMENT. DE PONDICHÉRY ET KĀRIKĀL, 42 163 INDIENS, TAMOULS POUR LA PLUPART, LES AUTRES APPELÉS « CALCUTTAS » ET VENUS DE LA PLAINE INDO-GANGÉTIQUE, PRESQUE TOUS ISSUS DES CASTES INFÉRIEURES, INTOUCHABLES ET PARIAS, EMBARQUENT EN 95 CONVOIS, ENTRE 1854 ET 1889, À DESTINATION DE LA GUADELOUPE. 53 CONVOIS INTRODUISENT, DE LEUR CÔTÉ, 25 509 « COULIES » EN MARTINIQUE.

Le Lorrain, Martinique, février 1987.

« Comment cela s'est-il passé ?... C'est une longue histoire... Laisse-moi te dire : assieds-toi là et bois un bon jus de goyave. On en a pour un petit moment. »

Xavier est bien comme beaucoup de « coulies » de Martinique : élégance et finesse des traits, corps sec, œil pétillant et doux, irradiant de bonté un visage d'enfant. Vif dans ses mouvements qui bringuebalent des vêtements un peu grands, son geste est précis, car ancestral : au matin, quand les coqs et les poules s'assoupissent après avoir braillé une bonne partie de la nuit, sans doute à force d'impatience d'avoir le « scoop » du soleil qui se lève, Xavier fait griller le café dans la poêle. Les alizés, qui portent encore au début de février, au travers des jalousies, dispersent un bon fumet dans toute la maison.

En bonne place sur les hauteurs du Lorrain, sur la côte atlantique au nord-est de la Martinique, la maison, pleine de bruits extérieurs comme partout aux Antilles, est, luxe tropical, « bien ventilée »... On est là où les flancs de la montagne Pelée, creusés de profondes ravines où moussent des bambous géants, descendent paisiblement jusqu'à l'océan. Là où la force de la montagne, riche, humide et fertile, fait oublier la mer.

Xavier est un grand-père serein, et l'idée est peut-être curieuse de lui demander comment, depuis l'Inde lointaine, sa famille est arrivée là — paradoxe de l'histoire — sur ces îles Caraïbes que le vieux père Colomb avait pris pour les Indes originelles. Comment, aussi, le travail de la canne et de la banane a pu le rendre si visiblement bien solide sur ses deux pieds, et faire de lui l'âme boute-en-train d'une déjà grande famille. Mystère en effet que ce jeune vieil homme, un peu chétif, mais qui occupe tout l'espace, et qui surtout ne semble avoir aucun besoin, dès lors qu'il caresse du regard son jardin dans le vallon, enchevêtrement indescriptible de cocotiers, arbres à pain, choux de chine, maracudjas, citrons verts, ignames, prunes de Cythères, carambles, avocatiers, sapotilles, bois d'Inde, christophines, et mille autres herbes à tisanes.

Milieu des années 1880. « Le père de mon aïeul et sa femme habitaient Pondichéry. Un jour, des Français — des Français Martinique — sont arrivés en bateau. La nuit, ils ont donné un bal à bord. Beaucoup de jeunes Indiens sont venus à la fête. Ils ont dansé, et bu, et avant qu'ils ne se rendent compte, les Français ont levé l'ancre, embarquant tout ce monde-là. »

Ainsi, selon la tradition familiale, l'arrière-grand-père et l'arrière-grand-mère de Xavier se sont donc tout bonnement fait « enlever » à Pondichéry : l'esclavage aboli dans les îles à sucre antillaises, la filière africaine s'était elle-même tarie. Il était donc devenu nécessaire d'embaucher des « volontaires » pour un travail dont les conditions n'étaient finalement pas très différentes de celles du temps du travail forcé, sinon qu'il était rétribué. Résistants, travailleurs, parfaitement adaptés au climat tropical, les Indiens d'Inde étaient une main-d'œuvre de choix. Aussi les planteurs n'hésitaient-ils pas à donner un « coup de pouce » à l'embauche : les arrière-grands-parents de Xavier se trouvèrent ainsi embarqués, comme beaucoup de leurs collègues africains avant eux, pour une croisière imprévue, en route vers la Martinique. L'arrière-grand-mère, jeune femme alors, était enceinte. Le grand-père de Xavier, Moulvin, naquit donc sur le bateau, durant les six mois de navigation entre Pondichéry et la Martinique.

Il est des images qui frappent. Et celle-ci est restée — à tort ou à raison — dans la famille : arrivés à quai en Martinique (à Saint-Pierre), les planteurs se partagèrent la cargaison, « des étrangers qui ne parlaient ni le français ni le patois des Antilles ». « Le père de mon aïeul a été emmené à Basse-Pointe », dans les nouvelles plantations du nord de l'île, « mais sa femme, elle, a été abandonnée au quai. À la dernière minute, un Blanc l'a recueillie. Il la prit comme femme de ménage au Marigot avec Moulvin. Et celui-ci fut le premier enfant indien baptisé en Martinique. Mais le mari et la femme furent définitivement séparés, et personne n'a su ce qu'il était devenu.

« Voilà comment ma famille est arrivée en Martinique. Un bal, et hop, vivement, nous voici martiniquais », dit Xavier en lançant une nouvelle poignée de grains de café dans la poêle.

Moulvin grandit. Sans aller à l'école. Mais il apprit vite à soigner les chevaux et à conduire l'attelage du béké. Il devint même son chauffeur, et épousa Louise, « qui lui fit 4 garçons — dont mon père, Victor — et 1 fille ». Louise mourut très tôt en les laissant orphelins. « Grand-père Moulvin était un bon employé ; alors son fils Victor, mon père, fut pris comme cocher à l'habitation Leyritz, au service de M. Desgrottes. Mon père ne savait ni lire ni écrire, mais il devint vite commandeur [contremaître] puis géreur [intendant] de la plantation. Il eut 14 enfants, 10 vivants, 3 filles et 7 garçons. Et j'étais l'aîné, né en 1914 ! »

Le café était grillé à point.

« À l'époque, c'était un drôle de travail d'être aîné. Ma mère travaillait comme les autres femmes à couper la canne pour 18 sous la journée. Alors pas question d'aller à l'école, il fallait que je reste à la maison pour garder les petits. » Mais même pauvre, le savoir restait une vraie valeur : lorsqu'il eut huit ans sa mère, qui était un peu allée à l'école, s'évertua à apprendre, à lui et à sa sœur cadette, « quelques petits chiffres » et à écrire phonétiquement. C'est déjà elle qui avait appris à compter à son mari Victor.

Iles à sucre, indolentes et insouciantes... En fait, les journées étaient à cette époque sans grande fantaisie : tout le monde en état de travailler partait aux champs à 6 heures du matin. Certains petits allant à l'école, Xavier les faisait donc manger et les accompagnait, à 2 kilomètres de là, à travers la campagne qui en hiver sentait le sucre, dans un quartier de Basse-Pointe. Il allait les rechercher le soir, quand il faisait noir. Son père ne rentrait lui aussi qu'une fois la nuit tombée : c'était donc à Xavier que revenait le soin de s'occuper des cochons dans la journée, d'attacher les moutons, et de « soigner les petites bêtes ».

Quand un jour il commença à travailler, à 14 ans seulement, après avoir élevé une bonne partie de la famille, la vie ne fut guère différente. Pour « 3 francs et 18 sous par jour, six jours par semaine, et de 7 heures du matin à 5 heures du soir ». Une longue journée juste coupée par le repos du midi.

Levée à 4 heures du matin, toute la famille commençait la journée par un bon plat de bananes et de patates douces. Le pain était trop cher, et le lait réservé à ceux qui avaient des vaches. Avant même le lever du soleil, on se mettait à faire le manger du midi : un bon fruit à pain et de la morue avec du piment et du saindoux, que l'on plaçait dans une calebasse pour le transport. Une calebasse pour le manger, une calebasse pour l'eau. Pour la viande, il ne fallait pas en parler pendant la semaine : trop chère, bien sûr, mais de toute façon les bouchers ne tuaient que le dimanche. La chaleur fait tourner les viandes sous les tropiques.

Avec le temps cependant, l'ordinaire s'améliora, à force d'économies : Xavier avait 16-17 ans quand son père put acheter bœuf et cheval et plusieurs moutons. Selon une bonne vieille coutume antillaise aussi, son père Victor prenait soin des animaux d'autres employés de la plantation, et n'hésitait pas à placer les siens quand il y avait des naissances. Grâce à cette forme d'entraide, on partageait le travail et les bénéfices.

Comment souvent, en Martinique et en Guadeloupe à cette époque, toute la famille était logée chez le patron : une petite case de trois pièces à toit de chaume de canne et aux murs de grosses pierres noires du volcan, à l'écart de la maison des békés, faisait l'affaire. « Une salle à manger, deux chambres, pas de toilettes. On s'éclairait avec du pétrole que l'on versait dans un morceau de bambou, et pour aller dehors, on enflammait des bouts de caoutchouc qu'on portait à bout de bras. On dirait maintenant que c'était la misère, dit Xavier, mais à cette époque-là... ».

Comme toute famille antillaise simple, les Velayoudon « achetaient la morue séchée kilo par kilo au débit de la régie du "quartier", avec une chopine d'huile », et ne mangeaient de pain que deux fois par semaine. De temps en temps, les enfants avaient droit à un « tit œuf » et le dimanche, parfois, on se régalait d'une poule... Difficile d'échapper au sucre tout-puissant en Martinique ; même au début du siècle, le « roseau de miel » était encore roi. Le premier travail de Xavier fut la préparation des plants de canne. Après quelques mois, il devint coupeur, ce qui était mieux payé : il touchait alors 16 centimes par pile, dont il rétrocédait la moitié à sa partenaire, qui attachait les cannes. Un coupeur de canne travaille en effet toujours avec une femme qui lie la canne qu'il coupe : « Il vaut donc mieux que mari et femme travaillent ensemble, pour que la totalité de la paie rentre à la maison... » Il fallait, 25 « paquets », comprenant eux-mêmes chacun 10 « bouts » de un mètre pour faire une « pile » de canne, et Xavier coupait normalement ses 20 piles dans une journée de travail.

Il le fit jusqu'à 19 ans, lorsqu'il partit pour Fonds-Saint-Denis, au-dessus de Saint-Pierre ; il planta là à nouveau la canne pendant un an, puis revint à l'habitation Leyritz, près de Basse-Pointe, planter la banane. Il est depuis « resté dans la banane », jusqu'à sa retraite.

Xavier travaillait dur mais avait quelques loisirs. Sa grande passion — qui n'a jamais faibli depuis l'âge de 14 ans —, était les combats de coqs. De cette époque, jusqu'à aujourd'hui, il n'a d'ailleurs cessé d'avoir des coqs chez lui. Dans un *pitt* enfumé, on pouvait voir ses yeux rouler, au milieu des cris, des doctes considérations sur les qualités respectives des volatiles, et des brassées de billets de banque qui changeaient rapidement de mains. Et lorsque la saison des combats était terminée, au moment où, entre mai et décembre, les coqs sont souvent malades et refont leur plumage, Xavier avait d'autres « vices » : une petite danse après la messe, puis le bal à Basse-Pointe, ou dans la campagne, le samedi soir, et même le dimanche soir (« Mais il fallait laisser à 2 heures du matin pour être frais le lendemain » : debout au *pipirit* [à l'aube] il fallait couper tôt la canne pour éviter la chaleur de la journée ») ; au son des tambours, clarinettes et accordéons, on dansait la biguine, des polkas, mazurkas ou des *ti-swings*. Parfois aussi, le curé de Basse-Pointe jouait du cinéma muet au presbytère.

Fils d'un ouvrier sérieux et ayant « travaillé sérieux », Xavier sera finalement commandeur sur la plantation dès l'âge de 22 ans. Il coupait à nouveau la canne en 1939 (la guerre avait suspendu l'importation de bananes en Europe), lorsqu'il fut nommé à 25 ans « géreur » (c'est-à-dire intendant, le bras droit du planteur) à l'Anse Latouche, où il resta 8 ans. En 1947, il s'installa, toujours comme géreur, sur l'habitation Assier, au-dessus du Lorrain. Là il « fit » à nouveau la canne jusqu'en 1952 : la création de la Sécurité sociale, en 1948, donna le signal de la liquidation de la canne, les planteurs ne pouvant — ou ne voulant — pas payer les charges sociales.

Être géreur n'est pas une sinécure et le petit Indien sans instruction mena sa barque avec vigueur : il faut chaque jour organiser la production et le travail des 150 à 160 employés de la plantation, assurer la comptabilité, chaque samedi faire la paie et livrer la canne à l'année aux « usines » d'Ajoupa Bouillon, de Sainte-Marie, de Basse-Pointe... avec 8 camions. Xavier était capable de tout garder dans sa tête jusqu'à ce qu'il consigne tout chaque jour sur un petit carnet, à 3 heures et demie de l'après-midi, après la sieste. « Pas un centime ne manquait », et, de fait, le béké le laissait faire totalement : il était le savoir et la mémoire de la plantation.

Seul à travailler même le samedi et le dimanche, il était d'ailleurs le seul à être payé au mois : 2 800 F par mois en 1980, à son départ en retraite, le plus haut salaire de l'habitation... Heureusement qu'à force d'économie, il avait pû acheter un camion, et sous-traiter le transport de la banane à son patron... ! Histoire de mettre de la viande et du poisson dans le fruit à pain. Sa femme, qu'il a épousée à 35 ans, a mis son compte de main à la pâte, en tenant un petit commerce de café et de sandwiches sur la plantation. Ensemble, ils ont fait grandir, entre Le Lorrain et Basse-Pointe, une grande famille antillaise : 14 enfants, dont 11 vivants, auxquels il donna une éducation digne de ce nom : deux instituteurs, une secrétaire, un agent EDF, une assistante maternelle, un distributeur de boisson gazeuse, une rectificatrice de films, un chauffeur de poids-lourds, une puéricultrice, une informaticienne et un architecte, qui se partagent entre la banlieue parisienne et la Martinique. Tous ont échappé à la canne et à la banane.

Aujourd'hui, Xavier vit tranquillement dans la maison qu'il a fait construire en 1976, après avoir acheté un hectare... de la plantation sur laquelle il travaillait, et sur laquelle il voulait rester. Sa maison, vaste, simple et aérée, domine la mer, Le Lorrain et son jardin d'abondance. Tout est là pour accueillir la famille et le visiteur avec la même chaleur : un *ti'punch*, un jus bien frais, un colombo savoureux arrosé de haricots rouges, et une partie de dominos sur la terrasse. Une vie antillaise, quoi !

Trois générations seulement le séparent du « rapt » de Pondichéry, et s'il a « réussi sa vie », sans jamais être riche une seule fois, c'est grâce à une formidable énergie, comme l'Européen n'imagine pas dans ces terres où lui semble fleurir l'indolence et l'insouciance. De son enfance d'aîné, il sait tout faire à la maison : la cuisine — qu'il faisait tout aussi bien pour les fêtes et les communions des békés —, la coupe des cheveux des enfants, les accouchements de sa femme, ou la maison, qu'il agrandissait à mesure que la famille prospérait. Rien que de commun. Mais rien que de vivant comme ce café brûlant fraîchement grillé. De cette vie toute de chaleur et de différence...

Plein est — le regard quotidien porté vers le Levant d'où arrivèrent ses ancêtres.

Nou ké rivé, nou ké toujou viv'. Bondié bon...

« Au Pitt »

DANIEL BASTIEN

YVES HARDY

LA TRIBU DES MÉTROS

LA PLUPART DES DÉLÉGUÉS DE L'HEXAGONE DANS LES TERRES FRANÇAISES DES CARAÏBES VIVENT À L'ÉCART. LEURS TÉMOIGNAGES — SOUVENT CATÉGORIQUES — LES RÉACTIONS QU'ILS SUSCITENT, REFLÈTENT UN DISCRET MAIS RÉEL BOUILLONNEMENT DE LA MARMITE ANTILLAISE.

Les cieux réputés cléments, les plages et les cocotiers font toujours recette auprès des touristes hexagonaux. En cette période pascale, les visages pâles en quête de soleil accaparent le vol Air-France-vacances. Quelques familles antillaises de retour au pays, avec force progéniture, détonnent dans la masse. Aéroport du Lamentin. La transhumance se poursuit à un rythme réduit — embouteillages obligent — jusqu'à Fort-de-France. L'apparence de prospérité donnée par les grosses cylindrées de mes compagnons martiniquais de surplace (BMW, 505, R 21...) n'est pas démentie par un premier tour dans le centre-ville. Magasins de prêt-à-porter et bijouteries rivalisent avec les boutiques de chaînes hi-fi et de magnétoscopes. Les objets de la modernité s'exposent ostensiblement. À 7 000 kilomètres de Paris, les enseignes lumineuses bien de chez nous, Bata, Interflora, les parc-mètres dans les rues Lamartine ou de la République, atténuent encore le dépaysement. Le pompon, si l'on peut dire, c'est le débarquement — très pacifique — d'une cohorte d'uniformes immaculés qui se répandent dans les avenues et les bars de la ville. La *Jeanne d'Arc* et son fidèle accompagnateur l'aviso-escorteur *Commandant Bourdais*, ancrés dans la rade, font relâche pour quelques jours.

Cet afflux intempestif de visiteurs en transit suscite quelques humeurs. « On n'est plus chez nous », lâche un autochtone désabusé. Version actualisée et modérée de l'hyperbolique menace, le « génocide par substitution », évoqué hier par le poète et député-maire Aimé Césaire. Certes, les nouveaux envahisseurs, permissionnaires et estivants, font parfois la jonction avec une « cinquième colonne » : les Blancs installés dans l'île. Curieusement surnommés « les métros », ils n'ont pourtant rien à voir avec les agents de la RATP. Ce ne sont que les envoyés de la métropole dans les lointains départements.

Au fait, combien sont-ils ici ? Indispensable interrogation pour mesurer l'ampleur du « danger ». Officiellement, impossible de savoir. Pas de statistiques fiables permettant de cerner le problème. À la préfecture comme au ministère des DOM-TOM, on argue qu'« heureusement chez nous, la carte d'identité n'oblige pas à mentionner la couleur de la peau ». Les Français ne se divisant pas, il faut, dès lors, s'en remettre aux estimations. Premier motif d'étonnement : le flou est de rigueur. Sur 340 000 résidents martiniquais, 10 000 à 35 000 Blancs sont dénombrés au gré des évaluations de nos interlocuteurs. Sans parler des békés, descendants des colons européens, mais en tenant compte des quelque 4 500 militaires en poste (7 500 sur l'ensemble de la région Antilles/Guyane), la réalité est sans doute proche du haut de la fourchette. Mais le doute subsiste.

Z'OREILLES ET VIÉ BLAN

Une certitude au moins. La colonie métro, pour homogène qu'elle soit, rassemble deux grandes espèces : les fonctionnaires et les autres. Ceux, employés de l'administration, enseignants ou gendarmes, qui généralement ne séjournent que 2 à 4 ans dans le territoire. Les autres, commerçants, importateurs (ce sont parfois les mêmes), professions libérales... tentés par l'installation en terre caraïbe. Le créole reprend d'ailleurs la distinction. Au *zorey* (ou « z'oreilles », celui sans doute qui les tend pour comprendre le parler local), français de passage, s'oppose le *vié blan*, celui qui finit par faire souche au pays.

Approchons la tribu. Direction le Mammouth, entendez le super ou hypermarché, l'un de ses points de passage obligé. À en juger par les panneaux publicitaires qui jalonnent le chemin, les adeptes de la civilisation du caddie, toutes couleurs confondues, sont légion. Et la guerre fait rage pour s'arracher leurs faveurs. « Victoire sur les prix » annonce martialement le Continent du coin, tandis que le Rond-point, plus romantique, déclare : « Une passion nommée promotion », et qu'à l'Escale ça déménage, puisque « tout doit disparaître ».

Cette âpre concurrence n'est pas pour déplaire aux consommateurs. Emplissant son chariot de victuailles, parmi lesquelles l'incontournable camembert, et les bouteilles de vin, Fabienne, arrivée neuf mois plus tôt de la région parisienne, assure : « La vie reste chère, mais pas dans les proportions qu'on m'avait décrites avant le départ. Si j'avais suivi les conseils, j'aurais emmené des kilos de lessive et des dizaines de paquets de couches. » Fabienne est femme de gendarme. Elle élève ses deux enfants, et s'adonne un peu à l'artisanat, « pour s'occuper ».

Je retrouve Fabienne quelque temps plus tard sur une plage des Trois-Îlets, haut-lieu de villégiature, à proximité des grands hôtels. Sur son stand, au milieu des tee-shirts, maillots de bain, et autres colliers garantis nacre et hématite, trônent quelques petites poupées noires. « La plupart des bibelots proviennent d'un importateur, mais ça, c'est moi qui les fais », dit-elle souriante, en empoignant une figurine en typique robe madras. « Entre épouses de collègues, on s'enseigne les procédés de fabrication. » Un monopole ? « Non, se défend Fabienne. Je n'enlève à personne le pain de la bouche. Tout le monde peut confectionner des poupées. Bizarrement, les Antillais n'en font pas. Pourtant, à 150 francs l'unité, elles partent bien. » Un peu plus loin, une dizaine de jeunes bronzent derrière leurs étalages en attendant la clientèle des vacanciers. Parmi eux, un seul Antillais, Moïse, 30 ans. Avant de vendre des vanneries « made in Taïwan », et des assiettes rehaussées d'une carte colorée de la Martinique « made in Korea », Moïse était peintre-carrossier. Seulement, les vapeurs d'alcool lui coupaient l'appétit. Allégé de 7 kilos, il s'expose au soleil depuis un an. « Ça marche pas mal. Je vends pour 1 200/1 500 francs en moyenne par jour. Mais les touristes de chez toi sont moins friqués que les Américains ou les Canadiens qu'on voit de moins en moins. » Et les métros ? Jetant un coup d'œil vers ses voisins, Moïse lance timidement : « Ce sont des concurrents, avant d'être des connaissances. »

PROCÈS-VERBAUX GRATINÉS

Le soleil déclinant invite à rejoindre le bercail. Autrement dit, pour Fabienne, la brigade locale. Un bloc de béton posé dans le paysage verdoyant, à peu de distance du bourg, abrite les bureaux et les logements familiaux de la maréchaussée. Ici, les secrets de polichinelle de la grande muette ne sont pas de mise. On ne se fait pas prier pour raconter sa vie au journaliste, même si on réclame la discrétion sur son identité. Allons-y pour Marcel.

« Nous sommes sollicités à tout propos, commence-t-il. Pour des problèmes de voisinage. À croire que pour eux on doit être avocat ou médecin. L'autre jour, un gars est passé avec de la grenaille dans les jambes, avant même d'aller à l'hôpital. Hier, un autre est venu nous trouver parce que sa femme ne voulait pas préparer le poisson ! » Une marque de confiance ? « Peut-être, poursuit Marcel, mais il faut qu'on y aille, sinon le gus va boire quelques punchs de plus, et à coup sûr, taper sur sa femme. » Et vos arbitrages sont bien acceptés ? « Entre deux Antillais, tout va bien. Les difficultés commencent quand le conflit oppose un Blanc et un Martiniquais. Là, le gendarme est *a priori* suspecté de favoriser le métro. Même pour des incidents bénins comme un froissage de tôles entre deux voitures, le racisme ressort alors très vite. » Vous avez dit racisme ? « Oui. Pas de la part des Anciens. Eux, ils nous respectent. Mais, avec les jeunes, les insultes pleuvent. Quand on passe dans le bourg avec la camionnette, ils nous huent régulièrement : "Petits cochons roses", "Babylone", vous savez le mot des rastas pour désigner l'Occident. La plupart de ces jeunes sont désœuvrés, et ont l'esprit chauffé par les indépendantistes. » Pourquoi cette hostilité ? La réponse de Marcel fuse, paternelle : « Ils se sentent brimés, opprimés par les Blancs, alors que nous sommes là pour les aider. » Et à quels délinquants avez-vous affaire ? « Oh ! Dans l'île, c'est assez tranquille, explique-t-il. Pas de grande criminalité, de braquages. Quelques meurtres passionnels, car ils sortent vite le coutelas pour des questions d'honneur, des viols, des incestes, des cambriolages, et des tas de petites infractions. »

« Les Antillais sont indisciplinés, généralise-t-il, une fois reposé son verre. Les motards ne mettent pas le casque. C'est vrai qu'il fait chaud, mais bon, les automobilistes ne portent pas non plus la ceinture de sécurité. Et virage ou pas, le gars s'arrête dès qu'il croise un copain. » La loi fait parfois le ménage dans les croyances locales. « Ils sont d'un superstitieux pas possible, reprend Marcel. Tenez, une fois, j'étais en service de nuit avec un auxiliaire antillais. A un croisement, on aperçoit une demi-calebasse avec je crois un poulet dedans. Je stoppe, et je dis à mon collègue : "Va enlever ça du milieu de la route." Il m'a dit : "Non, c'est un truc de quimbois, de sorcellerie, je ne peux pas y toucher." J'ai insisté, mais il n'y a pas eu moyen. J'ai dû aller moi-même jeter tout le bazar dans le fossé. »

Roger, un ami de Marcel, qui achève son service, entre dans l'appartement et se mêle à la discussion. Pas le genre à prendre des gants, Roger. Prolixe lui aussi, mais sur le mode du réquisitoire. « La Martinique, je la ressens mal. Le sourire ici, il doit coûter cher. Vous avez vu la tronche des serveuses dans les restau. L'administration, c'est une catastrophe. Les banques, pareil : une demi-heure d'attente au guichet à chaque fois. Quand ils ne sont pas en grève. Et dans la queue, si vous êtes Blanc, vous vous faites passer devant par les Noirs. Autre problème, que dis-je, un véritable fléau : le rhum. Le soir, la quasi-totalité de nos interventions, des coups et blessures aux accidents, est due à l'alcool. Encore heureux quand ça ne commence pas dès l'aube, après les petits verres de "décollage" et de "départ". » Le verdict tombe sans appel : « Ils sont imbibés. » Et lui, pourquoi est-il si remonté ? « Oh, c'est parce que Roger s'est fait arnaquer à son arrivée, en achetant des véhicules d'occasion », plaisante Marcel. Comme pour tempérer les propos acides de son collègue, il ajoute : « Tout de même, les Antillais ont l'air plus heureux que nous. Ils ne sont pas stressés, ils ne pensent qu'à rigoler. Au bout des trois ans, on se sera peut-être relaxés. Mais la réadaptation en métropole promet alors d'être dure. » Des amis martiniquais ? « Non ? répliquent-ils en chœur. Tu te lies avec un Antillais, trois jours après il vient te demander de faire sauter un PV. »

En dépit de ce feu nourri de critiques, le poste de gendarme outre-mer reste un privilège convoité. Trois ou quatre fois plus de volontaires pour l'« expatriation », comme ils disent, que d'affectations possibles. Paradoxale situation ? « Personnellement, ce qui m'a motivé, raconte Marcel, c'est d'abord de voir autre chose, puis l'argent et la retraite. Avec les salaires augmentés de 25 % plus les primes, on doit atteindre les 40 % supplémentaires, comme les autres fonctionnaires. Et 3 ans de service ici équivalent à 4 ans 1/2 pour la retraite. L'un dans l'autre, conclut-il, ça vaut la peine. »

« MÉTROS-PLANCHE-À-VOILE »

« Les loisirs ici, c'est super, confie d'emblée Christian Martel, professeur de gymnastique dans le secondaire. Depuis sept ans que je suis là, j'ai appris la planche à voile, la plongée, la pêche sous-marine, et le parapente, tu sais quand tu te lances avec le parachute dans le dos. » Avec qui tu fais tout ça ? « Avec des copains métros. Ces activités n'intéressent pas les Antillais. Il y a bien un Martiniquais dans la vingtaine de parapentistes ; mais lui, c'est un négropolitain comme on dit. Il a vécu très longtemps à Paris. » Christian Martel, propriétaire de son deux-pièces/confort dans une cité des environs de Fort-de-France, ne cultive pourtant pas l'idéologie du ghetto. « J'ai aussi suivi des cours de danse antillaise au centre culturel dépendant de la municipalité, et depuis l'an dernier je fais de la percussion. » Ça aide à établir des contacts ? « Oui et non, répond le sportif célibataire. Il y a bien les copines, mais avec les mecs c'est difficile. Je le vois au lycée. S'il y a un problème, pédagogique ou autre, j'en discute franchement avec mes collègues métros. Au besoin, on s'engueule. Mais je ne fais pas de remontrances aux profs martiniquais. J'ai toujours peur que ça soit mal interprété. Alors, forcément cette gêne, cette réserve limitent les relations. » À quoi tiennent ces différences de mentalité, selon toi ? Christian se risque : « Ce doit être lié à l'esclavage. Avant, ils étaient moins que rien. Alors, aujourd'hui, tout ce qui rabaisse, qui fait perdre la face, devient vite intolérable. Enfin, résume-t-il, on les sent mal dans leur peau. Tiraillés en permanence. Comme s'ils voulaient être indépendants tout en gardant les subsides de la métropole. »

Il est des enseignants qui tiennent un autre discours. Alain Hoff et Yves Cheminat sont de ceux-là. Conseillers d'orientation basés au Marin, la trentaine, 2 ans et demi de présence sur l'île, ils proclament à l'unisson : « Nous avons la volonté de nous intégrer. Les relations superficielles avec les Martiniquais sont aisées, assurent-ils. Pour aller au-delà, il faut connaître les codes locaux, et apprendre le créole. Bien sûr, ça demande des efforts. Mais au bout du compte, on s'est fait un bon groupe de copains et copines. On sort ensemble en bateau, on organise des zouks. On a l'impression d'être en phase avec le pays. »

Une bonne volonté parfois accueillie avec circonspection par les Martiniquais. À l'évocation de ce cas, Jeanne Zaccharie, enseignante elle aussi, hausse le ton : « Oh, je la connais, cette variété de métros qui joue au bon Blanc pour donner le change. Ils sont sur les plages aussi souvent que les autres, et parlent d'intégration le temps d'une liaison avec une belle doudou. » Condamnation sans appel ? « Si l'on veut. Moi, je préfère encore celui qui dit : "Je suis blanc. Ils sont noirs. Nous sommes différents", mais qui essaie concrètement, dans son travail, de dépasser les préjugés et surmonter les barrières. » Sans ressusciter le spectre de l'envahissement, Jeanne s'inquiète du nombre toujours plus grand de métros qui débarquent dans l'île. « J'ai un ami qui travaille dans une agence touristique. Eh bien, ils ont récemment recruté des guides métros. Vous vous rendez compte. Pour faire visiter notre pays ! »

LUMIÈRES SUR LE CLIVAGE BLANC/NOIR

Pierre Geisen, 47 ans, qui dirige une petite entreprise d'enseignes lumineuses et de néons, « Madilux », ne pêche pas par inexpérience : 23 ans de séjour dans l'île, et 25 ans de mariage avec une Martiniquaise rencontrée en Grèce. Patron éclairé ? Voire. Ses idées sont tranchées, et il les exprime sans détour : « Il faut savoir se faire respecter et connaître son travail. Ma main-d'œuvre, je l'ai formée », spécifie-t-il. Ça permet donc la délégation de responsabilités ? « Pas vraiment. S'il n'a pas un poil dans la main — une spécialité locale répandue —, le Martiniquais est un peu je-m'en-foutiste. *"ça ka maché kan mem"* vous dit-il, après un mauvais bricolage. Je gueule. Avec les complexes ou la susceptibilité locale, ça se transforme en problème de couleur. » Alors, le climat social ne doit pas être folichon ? « Les choses vont plutôt mieux pourtant, reprend Pierre Geisen. Avant 1981, je me souviens avoir vu Camille Darsières[1] à la télévision conseiller aux métros de faire leurs valises. Mais depuis que le PPM détient l'essentiel des leviers de commande, on n'en entend plus parler. » Et l'avenir du département ? « L'île est jolie. Quand j'ai débarqué, j'ai même cru au paradis. Il faut jouer la carte touristique. Mais intelligemment. Pas à coups de racket et de soupe à la grimace. J'ai réservé il y a peu une chambre pour un ami entrepreneur au grand hôtel Bakoua. Il a payé 1 500 francs la nuit, et il a dû monter lui-même ses bagages. Je ne vous parle pas du nombre de fois où, au restaurant, j'ai commandé en entrée une bouteille de vin ou de champagne, qui arrivait en fin de compte au dessert. »

De tels récits relatés à Marc Mavouzi, 31 ans, militant indépendantiste qui ne dissimule pas ses convictions, provoquent une verte réplique : « Les petits chefs à l'esprit colon, on supporte mal, c'est entendu. Mais s'il y a un tel malaise dans les services, l'industrie ou l'administration, c'est qu'il y a maldonne au départ. L'Antillais n'est ni responsabilisé, ni intéressé à la marche des affaires. Et il est souvent sous-payé. A l'ANPE où je travaille, on vient de traiter une offre d'emploi d'un hôtel du sud de l'île. La direction se propose de recruter un maître d'hôtel à 4 500 francs net. Vous croyez dans ces conditions qu'on peut dire merci à son patron avec des courbettes ? » Marc Mavouzi retourne ensuite à ses envoyeurs l'argument d'incompétence. « La situation de l'emploi se dégrade d'année en année. Début 1989, on comptait 42 600 chômeurs, soit 31 % de la population active. Et aucun des cadres métros que je côtoie ne montre un réel souci de faire avancer les dossiers. Aussi nous réclamons une antillanisation progressive des postes d'encadrement. Qu'on nous laisse relever ce défi. » Il ne cloue pas au pilori tous les métros, mais insiste pour « qu'ils sortent de leurs ghettos, et viennent discuter avec nous des problèmes. Après, on pourra zouker (danser) ensemble ».

VASES CLOS ET CRÉOLISATION

À en croire Jacques Meneau, le dialogue de sourds entre les communautés du microcosme martiniquais a toutes les chances de se poursuivre. « On a le sentiment que vivent ici en vase clos une succession de petits groupes békés ou métros. » L'homme a roulé sa bosse. Le temps d'une balade sur son bateau-aquarium, loupe indiscrète posée sur les fonds marins — vous voyez la tortue cachée derrière les gorgones —, le « capitaine » Meneau, 56 ans, sort de sa coquille et évoque sa vie aventureuse de chercheur d'or sur les rives de l'Oubangi-Chari puis en Guyane, ou de gérant de casino dans le sud de la France. Par contraste, ses dix ans d'abordage sur les côtes martiniquaises lui paraissent fades. « Le trait dominant, c'est l'absence de chaleur dans les relations. On est plus loin de l'Afrique que d'aucuns le disent. Moi, je n'ai pas réussi à me faire de véritables amis. » Déçu, il espère demain fausser compagnie aux bancs de poissons de l'anse d'Arlet, pour de nouvelles aventures vertes en Guyane, « où les esprits sont moins tordus ».

Garcin Malsa n'envisage pas, lui, de prendre le large. Et pour cause. Élu maire de Sainte-Anne, lors des dernières municipales, le militant écologiste révèle aussi sa fibre nationaliste : « On s'empare de notre foncier, accuse-t-il, pour des opérations immobilières spéculatives qui défigurent le paysage, et ne profitent pas à la population. C'est le cas dans notre commune. Tout cela à cause des avantages fiscaux octroyés par la loi Pons[2]. Et il faudrait se taire. Pas question. Je tire au contraire le signal d'alarme. Je dis aux métros, aux touristes : si vous souhaitez un accueil chaleureux de la part des Martiniquais, il faut que ceux-ci soient à l'aise chez eux. Ce n'est pas le cas. Beaucoup même se sentent en exil sur leur île. Alors, remédions d'abord à cela. » La crainte suscitée par la réalisation du grand marché européen de 1993, qui affleure dans tous les propos des dirigeants locaux, n'est pas oubliée. « Mieux vaut s'inquiéter aujourd'hui quand il est encore temps, souligne Garcin Malsa, que lorsque l'Europe aura créé une situation irréversible. » Et il avertit avec solennité : « On menace déjà de dépasser le seuil de tolérance avec les métros. Si demain, des maçons portugais ou italiens, des cadres, des ingénieurs allemands ou britanniques viennent occuper nos emplois, rancœurs et tensions s'exacerberont. Et la situation deviendra incontrôlable. »

On rencontre aussi des métros à part. Comme Pierre Pinalie. Il commence par récuser le qualificatif de métro : « Il s'applique aux gens de passage, proteste-t-il gentiment. Sans jouer les nègres-blancs, j'essaye de me créoliser, de vivre en adéquation avec les habitants de l'île. » Pas de la simple rhétorique puisqu'il a travaillé à la mise au point d'un dictionnaire français/créole, rejoint les rangs des chercheurs du GEREC[3], et participe au « combat culturel » en collaborant à l'hebdomadaire *Antilla*. « A ce propos, note-t-il je dois remercier l'équipe d'*Antilla* d'avoir fait une place à l'Autre, celui qui auparavant avait vécu à Rouen et Paris, et qui a malgré tout le regard de l'ailleurs. » Pour Pierre Pinalie, « un pays ça se mérite », et la Martinique réclame, elle aussi, du temps avant de délivrer ses secrets. « En raison peut-être des traumatismes de la colonisation et de la traite. Mais aussi, parce qu'il faut prendre en compte les dimensions magiques de l'île, dont sont dépositaires les séanciers ou quimboiseurs. » Tout à cette appétence des réalités martiniquaises, Pierre Pinalie, encouragé dans ce mouvement par son épouse, Suzanne Dracius, remarque également : « Il n'est pas de mon propos de dénigrer le Blanc et ses agissements ici. Mais je ne me sens aucune complicité de race avec ces métros-catastrophes qui ne manient que le "nous" et le "ils" ("Ils sont de grands enfants", "Ils sont incapables de...") sans s'intéresser à l'histoire et aux richesses de ce peuple. » Un motif de perplexité (ou de sourire) tout de même pour le couple : leur fils Germinal, qui passe son bac à Fort-de-France, interroge provocateur : « C'est où la Martinique ? » — en rêvant à de futures études de journalisme... à Paris, bien sûr.

HARO
SUR LES PETITS BLANCS

Pour soulager les tensions locales, rien de tel que quelques boucs émissaires. De nos jours, les « nouveaux petits Blancs » semblent tout désignés pour tenir le rôle. Rares sont nos interlocuteurs qui ne leur ont pas dédié un sévère couplet. Les petits Blancs d'hier, qui vivotaient dans le sillage des békés en occupant des postes subalternes, ne sont pas concernés. Les sus-visés appartiennent plutôt à une autre race, plus proche des « nouveaux pauvres ». La Martinique abritait déjà depuis quelques années des marginaux au pied marin. Gardiens de bateaux ou promeneurs au long cours, ils fumaient force joints, sans importuner grand monde. « J'en vois à intervalles réguliers, dit le docteur Nicole Yang Ting qui a ouvert une consultation près du pôle touristique des Trois-Ilets. Faute d'argent, ils veulent que je les soigne avec des échantillons. Pour des problèmes de peau ou des maladies vénériennes. Car ils ou elles vivent — il y a pas mal de filles — dans une promiscuité indescriptible avec les rastas de la région. » L'épidémie de SIDA avait dans un premier temps incité les Antillais à se défier un peu plus des travailleurs haïtiens, réputés séropositifs. Quelques cas de contagion signalés dans des cités balnéaires autorisent désormais la presse locale à dénoncer la « pollution touristique ».

Depuis 1986, la déréglementation des transports aériens qui a mis fin au monopole d'Air-France, et fait chuter les prix du voyage, a drainé vers les Antilles un public de routards et de jeunes exclus. « Chômage pour chômage, interprète Pierre Geisen, ils se disent qu'il fait meilleur vivre au soleil. J'ai un ami qui possède un terrain de camping. Il se ramasse de plus en plus tout le bas de gamme de la métropole. Des gars viennent maintenant le trouver pour qu'il délivre des certificats d'hébergement. Vous savez pourquoi ? Pour se faire virer ici les versements des ASSEDIC durant les mois d'hiver ! » Le phénomène social n'a pas échappé à la gendarmerie. « J'en ai contrôlé un avant-hier, précise Marcel. Il était venu par charter avec un aller simple. Trois jours après son arrivée, il ne lui restait que 50 francs en poche. » Et de pronostiquer : « C'est un gars qui pour survivre va, d'ici peu, toucher au trafic de drogue, ou écouler les produits de larcins dans les îles voisines de Sainte-Lucie ou de la Dominique. »

Dernière engeance, selon les témoins locaux — en compétition avec les petits Blancs pour la palme de la répulsion — les « semi-métros » : des juifs pieds-noirs originaires du Maroc ou de Tunisie. « Des affairistes qui ont fondu sur la Martinique comme des vautours, confirme Pierre Pinalie. Attention, ils n'ont rien à voir avec les Syriens, comme disent les gens d'ici, qui sont en fait le plus souvent des commerçants palestiniens ou libanais, installés depuis des lustres, et créolisés. Non, les derniers arrivants sont venus faire du fric sur le dos du nègre. En ouvrant des discothèques, en vendant du bois aggloméré qui pourrit dans les deux ans. Encore d'éphémères visiteurs qui, au besoin, feront des faillites frauduleuses, et repartiront avec l'argent. »

Pas évident de dégager la tonalité dominante de ce tableau très contrasté. D'autant que des esprits avertis se plaisent à rajouter des touches confusionnistes. Tel cet universitaire guadeloupéen, croisé à Fort-de-France, qui lâche sans vergogne : « Méfiez-vous de nos discours. Nous autres Antillais savont jouer avec les phrases. Et prendre la pose face aux caméras. » Il est vrai qu'en humant le fond de l'air, en consultant l'abondante page « faits divers » de l'insipide

France-Antilles, en discutant avec les confrères, l'évidence s'impose : les incidents de caractère racial ont plutôt régressé ces derniers temps. La décrispation des relations serait à l'ordre du jour. Alors ? Déconnexion radicale entre un discours revendicatif et un mode de vie confortable, plébiscité ? Difficile à soutenir. La Martinique ne se délecte pas, épanouie, de tous les charmes de l'assimilation, et ses habitants ne sont pas atteints de totale schizophrénie. L'impression prévaut d'un fossé se creusant entre métros et Antillais, d'une profonde incompréhension entre les deux communautés. Au-delà des mots, perdurent les attitudes racistes ou les comportements arrogants d'un côté, les frustrations accumulées et l'agressivité rentrée de l'autre. Jusqu'à quand ? Ici, les grandes colères, révélant le tréfonds populaire, sont souvent parties de peccadilles.

Les antennes paraboliques, nouvelles intruses du paysage urbain, peuvent bien essaimer dans les mornes, l'île semble rester cette terre tourmentée, écorchée, où le feu couve toujours sous la cendre. Et toujours largement étrangère aux métros.

YVES HARDY

1. Secrétaire général du Parti progressiste martiniquais (PPM), et bras droit d'Aimé Césaire.
2. La loi dite de *défiscalisation*, adoptée le 12 juillet 1986, à l'initiative de Bernard Pons, alors ministre des DOM-TOM, autorise des réductions d'impôts durant cinq ans pour des investissements outre-mer. Dans l'immobilier, l'économie réalisée peut au total atteindre 40 %. D'où l'actuel « boom » de la construction. Et la multiplication de lotissements vite conçus.
3. Groupe d'études et de recherches en espace créolophone, animé par Jean Bernabé.

WILLIAM ROLLE

GENS DES MORNES, GENS DES VILLES

MORNE-VENT, MORNE-CHAPEAU-NÈGRE, MORNE-BEAUJOLAIS, MORNE-PLATINE, MORNE-BALAI... LES MORNES MARTINIQUAIS — LE MORNE EST UNE COLLINE — SONT INNOMBRABLES. LEURS NOMS, À LA LIMITE DE L'IMPROBABLE, SONT INVITATION À LA SENSATION ET À L'ILLUSION DE LA DÉCOUVERTE. SAIT-ON QU'UN VIEUX BONHOMME DE BOIS-LÉZARDS, UN QUARTIER DE GROS-MORNE, N'AVAIT ENCORE RÉCEMMENT JAMAIS VU LA MER ?... TOUS LES MORNES NE SONT PAS ÉGAUX ; LE NORD, LE SUD, LE CENTRE ONT LEURS MORNES. MAIS SI L'ON VIT SUR CERTAINS, D'AUTRES, FAUSSES MONTAGNES, NE VALENT QUE PAR UNE BONNE ESCALADE POUR SE METTRE EN JAMBES. ENFIN LA RÉUSSITE SOCIALE POUR UN MORNE EST DE DONNER SON NOM À UNE COMMUNE : MORNE-ROUGE, MORNE-VERT, GROS-MORNE.

Longtemps considérés d'accès difficile, incultivables, les « mornes fâcheux » qu'évoque un chroniqueur du XVIIe siècle ne sont pas encore réellement à l'abri de la mauvaise réputation. Il faut dire que, lors des années glorieuses de la colonisation, ces bosses qui parsèment un relief accidenté sont déjà le lieu d'élection des esclaves fugitifs. Cela marque les mentalités. D'autant plus que la pièce se rejoue avec quelques variantes à l'abolition de l'esclavage. Les nouveaux libres, oublieux des recommandations des colons, n'ont qu'une idée ; investir les mornes pour marquer la rupture avec les plantations d'en bas.

Après avoir écumé Morne-des-Esses à Sainte-Marie les ethnologues en savent peut-être quelque chose. Pendant longtemps il n'y eut pas plus authentique, avec les vestiges de la vannerie caraïbe.

À l'opposé, au sud, près du Diamant, on murmure que personne ne sait où se situe Morne-Afrique et surtout pas ses habitants.

Comment souvent dans ce pays à deux vitesses un paradoxe n'élimine pas l'autre : les mornes modèlent le paysage, ceci n'empêchant pas que l'on puisse sillonner l'île sans y accéder. Et l'inattendu, c'est cette sensation d'être au plus loin, de la ville par exemple, après quelques heures en compagnie de ces passeurs que peuvent être les gens du morne.

Exotisme facile, nous rétorquera-t-on, surtout si l'on s'exerce à opposer les gens des mornes aux gens de la ville, à l'instar d'une certaine fable...

La ville, c'est Fort-de-France, une ville coloniale, celle qui se trouve justement au bout du morne du petit matin du poète-maire. Dans les années 90 elle sera l'archétype d'un urbanisme du tiers monde réussi. En dix ans, la transformation est impressionnante. Il ne reste qu'à supprimer les dernières poches d'insalubrité trop intempestives. Par la force (le Morne-Pichevin, dominant l'entrée est de la ville, devenu les Hauts-du-Port, quartier fréquentable d'HLM roses) ou par la douceur sociale (Texaco, à l'ouest, l'un des quartiers squatterisés dans les années 60, en voie de réhabilitation). Fort-de-France, après avoir englobé les quartiers des hauteurs avoisinantes, a maintenant ses banlieues-dortoirs (le Lamentin, Shoelcher) qui n'en peuvent mais... Dans l'euphorie, les magasins du centre-ville sont conçus en vitrines-miroirs, à l'image des boutiques parisiennes. Les nouveaux bâtiments administratifs donneront une figure définitive, en lettres capitales, dans laquelle on cherchera en vain la structure initiale de la case créole.

Si certains partent le week-end, peu s'en retournent régulièrement dans leur commune d'origine. Voilà le principal bouleversement de l'époque ; des citadins existent désormais en Martinique. Des gens qui, toutes proportions gardées, sont plus aptes à fonctionner dans une véritable métropole (celle de la future migration ?) que dans une campagne.

SMALL IS BEAUTIFUL

Retour à la case départ du *nég-soubarou*, approximativement le péquenot. D'une certaine manière les mornes s'opposent à l'« habitation », cette réplique sur le mode mineur des plantations du sud des États-Unis, des Grandes Antilles ; regroupement autour de la maison du maître des terres, des usines, de la main-d'œuvre servile. Les mornes sont le lieu de l'agriculture vivrière, des petites exploitations familiales, du jardin-nègre ou caraïbe comme symbole de l'autosubsistance, ce « fouillis de végétation » qui échappe à un regard non averti.

Lorsqu'on se trouve à mi-chemin des versants, arc-bouté, et que l'on songe à la culture de la terre dans de telles conditions on ne peut que constater la remarquable adaptation à un environnement naturel pour le moins ingrat.

Cette recréation d'un écosystème domestique, veillant à s'accorder à la compréhension du monde (difficile, prodigue, magique), fait du paysan le dépositaire malgré lui d'un équilibre écologique, économique et social. L'époque est encore récente des servitudes quotidiennes tissant un lien entre ces gens isolés, une société dans la société. La viabilisation des quartiers les plus éloignés s'achève mais ces largesses de la modernité, obtenues après le reste de la population, n'atteint guère l'esprit des mornes. Lieu d'échange, de communication, l'habitat des mornes institue une relation particulière à la technicité.

Les contraintes du temps n'y sont pas exactement les mêmes que dans le reste du pays pourtant passablement indolent. L'expression « chimen dékoupé » redouble de sens : tous les chemins, toutes les voies de traverse sont exploitables pour ces gens de là-haut. D'où l'impression fugace d'être étranger qui peut exister lors d'une rencontre avec un vieux (systématiquement on lui attribue dix ans de moins), que l'on vienne du bourg, de la ville ou d'ailleurs.

Définirait-on les gens des mornes qu'il faudrait commencer par remarquer qu'étant les plus inscrits dans l'écologie du pays ils sont les moins aptes à céder à la profusion tropicale du végétal.

Les mornes, les campagnes continuent à alimenter directement la ville. Les questions de nourriture sont des histoires à régler avant l'aube, à des 3-4 heures du matin. Pour saisir exactement le rythme du travail de la terre il suffit d'assister aux prémices de l'organisation des marchés foyalais. Avant que les étalages ne se montent, c'est l'heure sacrée où se font les tractations entre les producteurs et les revendeuses qui occuperont plus tard le marché. Ces moments sont comme une transposition des lopins de jardin caraïbe avec toutes leurs cultures — couleurs des vivres, de la parole créole, du négoce. Une fois les derniers lots dispersés en clamant « On solde, on solde ! », certaines revendeuses vont se défaire de leur monnaie en s'approvisionnant dans les libres-services qui quadrillent la ville. Qui est l'intrus ?

La ville se souvient des mornes de mille manières quand « ses » mornes avoisinants ne sont plus que des vestiges, des lieux-dits : Morne-Tartenson, refuge des archives départementales ; Morne-Morissot devenu espace minéral de logements où coexistent comme en un gâteau des strates de catégories sociales. La survivance dans les quartiers populaires de la « périphérie » foyalaise d'activités d'autosubsistance est une de ces façons. Qu'importe qu'elles soient le plus souvent symbolique ; quelques mètres carrés pour un appoint en maraîcher. Et encore, bienheureux quand le petit élevage n'est pas considéré comme source de nuisance... *Small is beautiful.* Le trop petit jardin de la ville rend d'autant plus remarquable le renversement des proportions qu'affectionne la culture des mornes. Dans les cas les plus typiques l'habitat semble disparaître dans la végétation, sans doute pour mieux faire corps avec celle-ci.

Quoi qu'il en soit, en milieu urbain ou rural, les découvertes à faire se situent toujours en retrait, derrière. D'où l'intérêt de franchir la frontière de l'espace du devant.

Il ne s'agit pas exactement d'un contentieux.

Il y a dix ans, descendre en ville avec les habits que l'on portait près de chez soi était impensable, même s'ils étaient corrects. Les contraires ne se mélangeaient pas. La grande époque « aristocratique » de Fort-de-France est terminée, elle n'est plus impressionnante à ce point. Mais les citadins ne le savent pas : ils ont pour les ruraux une singulière estime. Il semblerait même que joue ici une certaine croyance : le niveau intellectuel s'améliorerait en approchant de la « capitale ». Fanfaronnade de parvenu dissimulant mal un péché mignon, l'envie. Les gens des villes font la dure expérience de la soumission à un type de relation univoque à l'espace, à la communication. Pour paraphraser l'expression d'un autre poète, Glissant, il n'y a plus pour ceux-là d'arrière-pays. Et voici comment nous découvrîmes l'existence des fuseaux horaires.

Inéluctablement la terre intervient dans la micro-répartition de ceux-ci. Contrairement à l'opinion admise elle ne cesse d'occuper une position génératrice de grands regrets dans l'imaginaire martiniquais. Plus d'un la rêve séductrice et comblée, encore faudrait-il ne l'avoir qu'à soi (on la dit trop longtemps partagée avec les Blancs créoles...). Ce mythe a peut-être encore plus de prégnance que celui du paysan français face à l'échelle européenne. Car, sans nul doute, le retour à la terre pour ceux qui n'en sont plus est impossible dans le contexte actuel.

Qui dit terre pense parenté et l'on ne s'étonnera pas que ces relations ambiguës entre ville et mornes y sacrifient. La confrontation s'achève ainsi : d'un côté, ceux que l'énoncé de leur patronyme désigne comme du morne Untel, de l'autre ceux qui veulent être l'alpha et l'oméga de leur généalogie urbaine.

Comme de droit cela se termine en musique.

Il y a quelques années toute une population recommença à écouter et à jouer de la musique, *mizik chouval bwa* ou mizik des mornes. C'était l'unanimité autour de Pakatak et d'autres. Des jeunes gens très bien, parlant français, revivifiant le créole. La simplicité des instruments d'antan (flûte en bambou, tambou d'bas, syak, etc.) qu'ils sonorisèrent et marièrent à des instruments modernes. C'était l'accalmie entre la fin de l'époque des bals et le déferlement de la machine-zouk. En bref, un espace de pause pour un style de vie simplifié, de la convivialité. Cela tenait de la fête et de la veillée sans tomber dans la commémoration.

On essaya à nouveau de vivre sur deux univers, se souvenant qu'en Martinique les meilleurs des équilibres s'organisent autour de la précarité ; le meilleur moyen pour différer les empoignades à propos de l'héritage du grand-père des mornes et de la grand-mère des villes.

───────── *WILLIAM ROLLE* ─────────
Anthropologue et enseignant. Membre du comité de rédaction de la revue *Carbet* **(Martinique).**

La montagne Pelée « veille » toujours sur le marché de St-Pierre...

P.-F. BAISNÉE

4
POUSSIÈRES D'ÎLES

SAINT-BARTHÉLEMY

Aux alentours de 1960, le petit avion qui se posait à Saint-Barthélemy sur le pâturage récemment ouvert à l'atterrissage abordait une terre d'un autre temps. Les passagers voyaient au long des baies et sur quelques crêtes de petites cases propres et colorées ; de longs murets de pierres sèches cloisonnaient les pentes ; la seule agglomération, Gustavia, paraissait à demi ruinée. Elle était en réalité devenue trop vaste depuis un siècle, quand les Suédois, dont cette île avait été la seule colonie, l'avaient rendue à la France...

Alors que les grandes îles de l'archipel antillais avaient connu les ravages de l'esclavage sur les plantations, alors que les descendants des premiers colons venus d'Europe, à l'époque où les Amérindiens vivaient encore dans les îles, avaient disparu ou étaient devenus très minoritaires, Saint-Barthélemy présentait un visage unique, celui d'une île que ces événements semblaient avoir laissée en marge. Une île peuplée des descendants des anciens colons « normands » installés au XVIIe siècle, dont la vie rurale se poursuivait sur un sol pauvre, en apparence semblable en bien des points à ce qu'elle pouvait être avant 1764, lorsque le roi de France avait cédé l'île au roi de Suède. On se mariait entre cousins, entre gens du même quartier ; on ne fréquentait guère l'autre paroisse de l'île. On vivait surtout dans le réseau de la parenté et on se méfiait des étrangers. Les gens de couleur étaient tenus à l'écart d'une communauté qui trouvait son identité dans ses origines, son parler, sa religion catholique et la couleur de sa peau...

Depuis des siècles cependant, la vie antillaise, l'espace américain avaient fait des Saint-Barts bien plus que des paysans. Beaucoup d'hommes émigraient pour longtemps, voire pour toujours, tandis que les femmes les attendaient, dans des foyers propets, sous le regard vigilant du curé, gardien des mœurs. Avec un peu plus d'attention on pouvait déceler ainsi les prodromes de changements. Les émigrants s'étaient créé un réseau de relations, aux îles Vierges américaines, à Porto Rico, à New York, à Montréal. Certains, profitant de la situation unique de leur île, port-franc bien situé au cœur de la Caraïbe, avaient fait de ce réseau le support d'activités commerciales et financières sans commune mesure avec la modeste apparence de leur demeure et la simplicité de leur vie quotidienne. Certains jeunes étudiaient à l'université des Antilles. Devenus enseignants, fonctionnaires, ils revenaient occuper les postes que multipliait la nouvelle structure administrative.

Les changements qui s'amorçaient au cours des années 60 sous l'influence du monde extérieur, de la Guadeloupe, de la France, des États-Unis se sont précipités au milieu des années 70. Ce sont d'abord quelques Américains, puis de riches Français qui ont acheté des terres. Ils ont choisi celles que les Saint-Barts n'aimaient pas : des sommets de mornes, des bords de baie torrides, des plages à proximité de marécages. Le prix de la terre a monté en flèche. Les plus pauvres se sont trouvés soudain riches ; les plus isolés ont vu venir des Américains, des Canadiens, des Français de la « jet society » qui les ont embauchés pour construire leurs villas puis pour les entretenir. Certains ont saisi l'occasion pour spéculer, d'autres pour ouvrir des commerces. On a construit des hôtels, des restaurants, des boutiques. On a développé les infrastructures. Un certain affairisme a envahi l'île, accompagné de son cortège de nouveaux venus, dont quelques-uns avaient un passé assez lourd. Le port que ne fréquentaient plus les goélettes naguère encore chargées de bétail venu d'Amérique centrale en transit vers la Martinique, a accueilli des yachts. Il a commencé aussi à recevoir la visite de ces paquebots qui proposent au départ de Miami une île par jour à travers la Caraïbe. Et sur l'étroit quai de Gustavia on voit désormais s'aligner la procession des taxis pour les touristes d'un jour.

Les Saint-Barts n'entendent pourtant pas lâcher les rênes aux mains des étrangers, fussent-ils venus de France. La jeune génération, issue des écoles de la départementalisation, a su prendre en charge les affaires publiques comme ses intérêts privés, et elle s'est efforcée d'infléchir dans un sens favorable à la population de l'île l'afflux qui aurait pu la submerger. Les archaïsmes qui avaient, peu auparavant, charmé les touristes se sont effacés bien vite, sauf ceux que l'on a maintenus artificiellement... Grâce aux capitaux accumulés depuis longtemps, grâce à la valeur prise par les terres les plus arides, il a été possible aux Saint-Barts de participer de façon très importante aux nouveaux investissements et de prendre le contrôle de l'évolution du tourisme. Disposant des leviers politiques locaux, ils sont parvenus à réussir le virage de la modernité, mieux peut-être que d'autres îles où les capitaux extérieurs ont imposé leur loi et fait du tourisme une dépossession.

JEAN BENOIST
Anthropologue, professeur à l'université d'Aix-Marseille ; auteur de L'Archipel inachevé, culture et société aux Antilles françaises, **Presses de l'université de Montréal, 1972.**

ET JEAN-LUC BONNIOL
Anthropologue, maître de conférences à l'université d'Aix-Marseille III ; auteur de Terre de Haut des Saintes ; contraintes insulaires et particularités ethniques dans la Caraïbe, **éditions Caribéennes, Paris, 1980.**

LA DÉSIRADE

Il y a encore peu de temps, la Désirade — 2 kilomètres de large, 11 kilomètres de long — apparaissait hors du temps, vivant isolée dans un état de dérélication que symbolisaient les bâtiments délabrés, ouverts à tous les vents, de l'ancienne léproserie.

Par suite de conditions écologiques défavorables (exiguïté des espaces pour la grande culture, maigreur des sols, sécheresse affirmée), la Désirade a échappé à l'extension des canneraies et à la domination impitoyable de l'économie sucrière. Le vœu officiel des pouvoirs était d'ailleurs d'en faire une terre de relégation : implantation d'une léproserie en 1728, bien vite destinée à accueillir les lépreux de toutes les Antilles ; épisode de la déportation des « mauvais sujets » de 1763 à 1767, lorsqu'on décida d'y exiler les jeunes gens de métropole « tombés dans des cas de dérangement et de conduite capables d'exposer l'honneur et la tranquillité des familles ». Les premiers « habitants » commencèrent cependant à s'installer à cette époque (pratiquement un siècle plus tard que dans les autres îles de l'archipel guadeloupéen), se livrant à la culture du coton, relativement adaptée à la sécheresse, avec l'aide de quelques esclaves. Les conditions de production étaient cependant trop précaires pour que ces micro-plantations qu'étaient les habitations cotonnières résistent à l'impact de l'Émancipation... À cette date beaucoup de planteurs blancs préférèrent partir, alors que se mettait en place une économie traditionnelle fondée sur la navigation commerciale (et accessoirement la pêche). Ces départs n'ont pas affecté l'isolement de l'île, qui n'a au contraire reçu que peu d'arrivants de l'extérieur.

Si l'île est donc périphérique par rapport à la formation économique et sociale dominante de la région, elle peut cependant être considérée comme un véritable laboratoire pour tout ce qui touche en particulier aux problèmes de l'histoire du peuplement et des relations raciales. L'évolution de la Désirade est en ce domaine remarquable. La structure économique mise en place à partir de 1848 plaçait sur un pied d'égalité le Blanc et le descendant d'esclave. Mais, à l'évidence, un groupe blanc a perduré jusqu'à nos jours, sauvegardé de tout mélange, alors qu'un *continuum* remarquable caractérise la population de couleur, depuis les teintes les plus claires et les traits largement européens jusqu'aux teintes plus sombres et aux traits plus africains ; rares par ailleurs sont les individus qui semblent issus d'une ascendance africaine homogène. Au niveau résidentiel, les familles blanches se concentrent dans certains secteurs précis de l'île, à savoir les Galets, le Désert et le Souffleur. Il est possible également de remarquer une concentration de population plus foncée dans le quartier de l'ancienne léproserie, celui de la Baie-Mahault.

Il faut voir là, comme dans le cas général des îles à sucre, l'effet de l'intervention dans l'histoire biologique du groupe, à travers les pratiques sociales, de l'idéologie raciale. Ce qui frappe est la persistance de cette idéologie, et des pratiques qu'elle implique, longtemps après la disparition du critère juridique avec lequel elle coïncidait, dans un contexte où les divisions socio-économiques premières semblent s'être progressivement évanouies... Tout le monde en effet, quelle que soit sa couleur, s'est alors situé sur un pied d'égalité et a partagé le même mode de vie : l'ordre socio-racial classique a donc été mis à bas, mais en revanche s'est maintenu un simple ordre racial par suite de la persistance de l'orgueil du petit groupe blanc qui, pour sauver cet ordre qui seul enregistrait sa prééminence, a pratiqué un strict contrôle des alliances, s'enfermant dans un comportement endogame qui lui a permis de se préserver en tant que tel. Et ce petit groupe a conservé pendant longtemps une certaine prééminence sociale.

Pour finir, cette barrière interne, qu'aucune supériorité économique ne justifiait, a été battue en brèche au bout d'un siècle, avec la multiplication de mariages « mixtes », parallèlement aux bouleversements qui se sont emparés de l'île lors de la période départementale, malgré son isolement. Depuis l'origine, la progression du métissage se faisait par le canal des unions illégitimes. Le fait nouveau réside dans le fait que ces unions inter-raciales officielles se sont multipliées depuis une vingtaine d'années, et qu'elles sont maintenant tout à fait acceptées. L'idéologie raciale semble, à la Désirade-mourir de sa belle mort... Toutes les relations sociales transcendent désormais la ligne de couleur. Tout se passe comme si l'idéologie raciale avait pu persister pendant un siècle malgré l'absence d'un support objectif, par un effet d'inertie superstructurelle, disparaissant pour finir sous les effets conjugués d'une maturation interne et de l'impulsion externe du nouveau contexte départemental... La Désirade offre ainsi un exemple, pratiquement unique dans ce type de sociétés, de disparition du schème idéologique majeur qui avait contribué à façonner son paysage humain.

Mais c'est l'ensemble du paysage désiradien qui est en train de changer. Restée pendant des siècles l'« île aux Lépreux », la Désirade sort de son isolement et tente d'imposer une autre image d'elle-même. Sous l'impulsion de son jeune maire, un programme de développement et d'aménagement a été mis sur pied, qui essaie de réussir la gageure de promouvoir une forme de tourisme qui ne soit pas destructrice de l'identité locale et des activités traditionnelles, auxquelles on tente dans le même temps de donner un second souffle : pêche, élevage... La Désirade, surmontant le poids de son passé, saura-t-elle également en ce domaine tracer une voie d'avenir ?

JEAN BENOIST
ET JEAN-LUC BONNIOL

LES SAINTES

Les deux îles qui constituent le petit archipel des Saintes et sont environnées d'un certain nombre d'îlots déserts diffèrent de la Guadeloupe voisine, climatiquement et socialement, beaucoup plus que leur proximité ne le laisserait supposer. Certes, les habitants des deux îles portent le même nom de Saintois et une même population les a investies aux premiers temps de la colonisation. Mais à partir du XVIIIe siècle, leurs destins divergent. Des histoires économiques dissemblables entraînent pour chacune une histoire du peuplement particulière : pour l'une — Terre-de-Bas — une plus grande pluviosité, et des contacts plus difficiles avec la mer par suite de la massivité de l'île, impliquent une plus grande spécialistion agricole, donc une arrivée d'esclaves relativement importante ; pour l'autre — Terre-de-Haut — une remarquable ouverture vers la mer, qui compensait une plus grande sécheresse et maigreur des sols, a orienté l'île vers une spécialisation maritime presque exclusive. Et aujourd'hui, alors que les deux villages de Terre-de-Bas, Petites-Anses et Grande-Anse, sommeillent doucement comme ils l'ont toujours fait, Terre-de-Haut est à l'heure de la flambée touristique : les visiteurs affluent, par bateau ou par avion, les résidences se multiplient : tout le visage de l'île s'en trouve transformé... Et la pêche, qui pendant des siècles a constitué l'activité principale de l'île, devient de plus en plus marginale au niveau des emplois...

L'évolution de Terre-de-Bas rappelle beaucoup celle de la Désirade. Par contre l'île de Terre-de-Haut des Saintes représente un cas très particulier d'évolution dans la Caraïbe. Sa morphologie lui valut, en effet, d'être surnommée la « Gibraltar des Indes occidentales » et d'accueillir pendant toute une part de son histoire une garnison. On y construisit pendant des décennies de nombreuses fortifications contre l'ennemi anglais, dont la plus importante est celle du Fort Napoléon — qui ne servit en fait que de prison aux autorités vichystes durant la Deuxième Guerre mondiale... Dernière trace de cette sollicitude militaire : les visites régulières du bateau-école *Jeanne-d'Arc*, qu'on a voulu parfois relier à la blancheur des habitants de l'île...

L'île se distingue ensuite des autres « Antilles sans sucre » par une orientation essentiellement halieutique, qui se manifeste dès l'origine. Il en résulte que les esclaves n'y ont jamais été très nombreux : ceci explique que l'île ait conservé une population plus claire qu'à Terre-de-Bas et à la Désirade (à l'inverse, son isolement par rapport à la Guadeloupe n'était pas tel qu'elle ait pu préserver, à l'instar de la paysannerie de Saint-Barthélemy, une population strictement blanche) et d'autre part que son histoire sociale ait été très peu marquée, à la différence des autres îles, par des structures hiérarchiques. Les activités étaient ici trop fragmentaires ou rétrécies pour opposer valablement des groupes constitués : la terre n'avait souvent pas de valeur agricole réelle et la pêche a alors représenté le moyen essentiel d'existence ; elle a favorisé l'émergence d'un certain égalitarisme qui, par rapport à un territoire maritime non approprié, a mis l'accent sur les chances et les qualités individuelles...

Il est possible de constater dans un tel contexte une certaine atténuation de la pratique raciale, dans la mesure où l'absence de domination économique a empêché la constitution d'une véritable hiérarchie socio-raciale. Aussi le métissage a-t-il connu sur l'île une dynamique particulière : le groupe blanc ne s'est pas entouré de barrières qui lui auraient permis de s'isoler du groupe noir minoritaire, ce qui débouche aujourd'hui sur une certaine hétérogénéité des types physiques au niveau familial, quoique la variance phénotypique au sein de l'ensemble de la population soit assez faible, n'allant que du « blanc » au « clair », si bien qu'on peut parler d'un « type » saintois, caractérisé par une faible coloration de peau et la prééminence des traits européens.

C'est là l'un des supports majeurs de l'identité saintoise : les habitants de l'île sont désignés comme « Blancs » par les gens des autres îles et se désignent, eux-mêmes comme tels. Et c'est l'un des contrastes majeurs qui est le plus souvent allégué pour installer une différence avec la voisine Terre-de-Bas... De telles représentations débouchent sur l'idée d'une communauté de départ pour la région, rationalisée par le mythe d'une identité bretonne. Comme ailleurs les traits culturels pris en compte dans la construction de l'identité sont ceux que les acteurs eux-mêmes regardent comme signifiants : les Saintois insistent ainsi beaucoup sur la spécificité de leur créole et de leurs techniques de pêche... Ce particularisme affirmé a permis jusqu'à ces dernières années le maintien de la cohésion du groupe.

Mais que peut-il advenir aujourd'hui de cette identité traditionnelle ? La littérature touristique joue à partir d'un certain nombre de mythes et d'images censés illustrer une histoire originale (les corsaires bretons, la belle créole Caroline morte d'amour...) alors que dans le même temps les boutiques et les restaurants, souvent entre des mains étrangères à l'île, envahissent le bourg, et que fleurissent sur les pentes sauvages les résidences secondaires. Les Saintois sont-ils condamnés à n'être, dans le meilleur des cas, que les figurants d'un spectacle qui ne les met en scène que pour mieux les déposséder ?

*JEAN BENOIST
ET JEAN-LUC BONNIOL*

MARIE-GALANTE

C'est le 3 novembre 1493 que Marie-Galante — île presque circulaire de 157 kilomètres carrés — reçoit la visite de la flotte de Christophe Colomb, mais ce n'est qu'en 1648 que le premier groupe d'Européens s'installe dans la région qui portera peu après le nom de Vieux-Fort. Le voisinage avec les Caraïbes permet aux nouveaux colons d'acquérir quelques techniques, mais les échanges ne furent pas toujours pacifiques : en 1653, en représailles d'une attaque contre un village caraïbe de la Dominique, la petite colonie européenne de Marie-Galante est massacrée.

La résistance des Caraïbes, la relative sécheresse de l'île et les rivalités entre la France et les autres puissances européennes n'encouragent guère l'implantation des colons. Jusqu'au milieu du XVIIIe siècle, les attaques répétées des Anglais (1675, 1690, 1691, 1702) ou des Hollandais (1676) ne permettent que la survie de petites habitations dévouées essentiellement à la culture de l'indigo, du tabac, du coton et des vivres.

Il faudra donc attendre la deuxième moitié du XVIIIe siècle pour que Marie-Galante connaisse un véritable essor économique, et les grands bouleversements qui accompagnent l'expansion coloniale aux Antilles. Les terres sont défrichées, les habitations s'étendent, des milliers d'esclaves sont amenés dans l'île, le café et le sucre deviennent rois. Après la Révolution française de 1789, durant laquelle les propriétaires s'opposent au soutien apporté par la Guadeloupe à la Monarchie et décident d'ériger l'île en « colonie indépendante », la monoculture de la canne à sucre se met véritablement en place.

Le XIXe siècle est à Marie-Galante celui d'une histoire riche et mouvementée, qui façonnera le terroir. Durant la première moitié du siècle, les habitations sucrières s'implantent sur l'ensemble du territoire, et les dizaines de tours de moulin qui aujourd'hui marquent le paysage sont le témoignage de cette implantation. Le milieu du siècle est celui de nouveaux bouleversements, au niveau social (abolition de l'esclavage en 1848), technologique (machine à vapeur et nouvelles techniques de transformation de la canne) et économique (concentration foncière et industrielle, avec l'apparition des usines centrales). Le sucre est roi, mais pour peu de temps, et la grande crise du sucre de 1880-1885 frappe l'île de plein fouet. Le processus de concentration se poursuit, tandis que les petites unités de production ne peuvent résister aux impacts de la crise, de la guerre de 1914-1918 et du terrible cyclone de 1928.

Tandis que de nombreux propriétaires quittent l'île et que la production sucrière se concentre sur les meilleures terres, les Marie-Galantais organisent une économie autonome. Les jardins vivriers et le petit élevage se mêlent aux cannes. En quelques décennies une paysannerie se constitue. Sur les terres des usines, les travailleurs s'organisent, avec la création de syndicats qui, en 1916, sous la conduite de l'Union des planteurs de Pirogue, engagent une longue lutte contre la direction des usines. Marie-Galante reste fière de ces traditions paysannes et syndicales.

Voici l'île armée pour s'adapter aux conditions particulières créées par la Deuxième Guerre mondiale, époque durant laquelle l'isolement des Antilles nécessite une mobilisation de toutes les ressources et de tous les savoir-faire. Pour Marie-Galante, c'est aussi l'occasion du resserrement des liens avec la Dominique voisine, par laquelle transitèrent les volontaires de la « dissidence », et où se trouvaient certaines denrées. Au lendemain de la guerre, Marie-Galante reste une terre isolée, sans infrastructures, à l'économie chancelante, mais forte du génie de son peuple, après trois siècles de résistance, de bouleversements et d'adaptation.

Les trois dernières décennies sont celles des grandes transformations : lotissement agricole, développement des infrastructures, ouverture de l'aéroport, installation de lignes maritimes... Marie-Galante entre, tard mais vite, dans une ère nouvelle. Elle y entre avec la richesse de ses traditions, avec l'énergie de ses paysans, avec la fierté de son histoire. Elle y entre avec un peuple dispersé, à Pointe-à-Pitre ou en banlieue parisienne, mais accroché à sa terre et fier de son histoire. Elle y entre avec la volonté de préserver une identité dont la force et la richesse caractériseront pour longtemps encore une île qui ne mérite guère la triste appellation de « dépendance ».

YVES RENARD
Directeur d'un organisme d'aménagement du territoire à Sainte Lucie, il intervient dans le domaine de l'environnement de plusieurs pays caribéens. Président de l'Association caraïbe pour l'environnement (Barbade).

SAINT-MARTIN

C'est le 23 mars 1648, après le départ des Espagnols, que l'île de Saint-Martin, réputée pour ses salines, grande de 87 kilomètres carrés et située à 230 kilomètres au nord de la Guadeloupe, fut partagée entre la France et la Hollande. Les Français se fixèrent dans les deux tiers septentrionaux du pays. Les Hollandais colonisèrent le sud.

Longtemps délaissée par la colonie et le pouvoir central, la population saint-martinoise dut affronter des conditions de vie très éprouvantes. Une agriculture peu productive, en raison notamment d'un climat marqué par la sécheresse et d'autres activités économiques limitées, représentées par la pêche, l'extraction du sel, le commerce, poussèrent les habitants à l'émigration. L'exode se fit vers Curaçao et Aruba, Antilles néerlandaises spécialisées dans l'industrie du raffinage du pétrole, vers les États-Unis, les îles Vierges, ou vers les plantations de canne à sucre de Saint-Domingue.

Le peu de dynamisme insufflé par Basse-Terre et Paris à Saint-Martin, après la Seconde Guerre mondiale, l'état de relatif abandon ressenti par la population face à une administration lointaine, l'insuffisance des moyens attendus de la Guadeloupe, département qui, confronté aux rigueurs du sous-développement, pouvait difficilement aider la petite dépendance du nord, poussèrent les Saint-Martinois à multiplier les échanges avec le monde anglo-saxon. L'absence de frontière matérialisée entre la partie hollandaise et la partie française de l'île facilita l'émergence d'une culture originale. Très vite, le bilinguisme s'imposa. La langue maternelle devint l'anglais pour les nouvelles générations. Le français demeure la seconde langue.

Les relations sont parfois difficiles dans les écoles, lorsque les élèves ont pour instituteur un formateur métropolitain, guadeloupéen ou martiniquais fraîchement débarqué à Marigot, la ville principale, ou dans les quartiers de l'île. L'école française, telle qu'elle est conçue, constitue pour de nombreux enfants un handicap. Les jeunes générations, surtout les salariés travaillant dans le commerce, l'hôtellerie, la restauration, sur place ou à Sint-Maarten — partie hollandaise de l'île — parlent facilement l'anglais, relativement bien le français et parfois l'espagnol. La multiplicité des chaînes de radio et de télévision captées en langues étrangères, et surtout en anglais, font que les jeunes Saint-Martinois sont beaucoup plus ouverts aux civilisations anglo-saxonnes qu'à la culture française.

L'américanisation rapide de Sint-Maarten, au fil des années, la multiplication des échanges entre les deux parties de l'île et avec le monde anglo-saxon, l'augmentation du nombre de ressortissants français travaillant de l'autre côté de la frontière fictive, la faiblesse des flux financiers privés permanents en francs, entre l'île et les territoires français de la région, ont eu pour résultat de favoriser la libre circulation du dollar. La monnaie américaine est rapidement devenue la monnaie courante dans le territoire. L'usage quotidien du franc est plus restreint.

Lors de sa visite à Saint-Martin et à Saint-Barthélemy, les 8 et 9 mai 1985, le secrétaire d'État aux Départements et Territoires d'outre-mer M. Georges Lemoine, a dû faire face au mécontentement des syndicats de la fonction publique dont les adhérents se plaignaient de la dégradation de leur niveau de vie. En quatre ans, la valeur du franc s'était dépréciée de 85 % par rapport à celle du dollar. Les salaires et autres prestations versés en francs ne pouvaient suffire à assurer les achats des ménages, opérés en dollars. L'insuffisance du contrôle des prix, le coût prohibitif des loyers et celui élevé des liaisons téléphoniques avec les territoires français, furent d'autres griefs exposés au représentant du pouvoir central.

Dans la Caraïbe orientale, la construction, en 1943, c'est-à-dire en pleine guerre, de l'aérodrome militaire de Juliana, a contribué à désenclaver l'île de Saint-Martin. Jusqu'à la fin du conflit mondial et dans l'après-guerre, les États-Unis constituaient le fournisseur unique du pays. Les Français se ravitaillaient le plus souvent dans la zone hollandaise où sont installés le port principal et l'aéroport international. La médiocrité des relations avec la Guadeloupe, la Martinique et la métropole française favorisa l'ouverture sur les USA, sur les pays anglophones et les autres territoires du bassin caraïbe. Saint-Martin se trouve à 30 minutes d'avion de Porto Rico, à 2 heures 30 de Miami, à 3 heures 15 de New York, à 8 heures de Paris. Ce n'est qu'en 1987 que la Compagnie Air-France a ouvert une ligne Paris-Saint-Martin-Pointre-à-Pitre. Les relations avec le nord (Porto Rico, Miami) s'avéraient jusque-là plus faciles et plus nombreuses qu'avec le sud (Basse-Terre, Pointe-à-Pitre, Fort-de-France ou Cayenne). La marginalisation de l'île l'a ancrée dans la mouvance américaine, comme l'écrit si bien Yves Monnier dans *L'immuable et le changeant, étude de la partie française de Saint-Martin* (éditions CRET-LEGET, 1983).

Les Américains — hommes d'affaires, retraités ou simples oisifs — s'installent de plus en plus nombreux. À la fin des années 70, ils se concentraient principalement dans la péninsule occidentale des Terres-Basses, où, selon Y. Monnier, ils contrôleraient près de 93 % des propriétés. Les plus riches vivent temporairement ou en permanence dans leurs belles résidences.

Saint-Martin, appendice de Sint-Maarten, pour des raisons historiques et économiques, connaît donc une américanisation rapide. Cette évolution se manifeste aussi bien au niveau linguistique que dans les nouvelles habitudes alimentaires, dans l'équipement du parc automobile, dans l'habillement, dans les importations diverses, ou dans la consommation d'émissions télévisées. Près de 60 à 70 % des produits consommés proviennent des USA. L'alimentation type fast-food tend à se généraliser. Venus du continent ou de Porto Rico, des articles de plus en plus variés sont proposés à la consommation des Saint-Martinois.

Les avantages fiscaux offerts par le statut de port franc dont bénéfice l'île, l'essor du tourisme et du commerce, la proximité de Sint-Maarten et des autres Antilles néerlandaises, véritables paradis fiscaux dont la réputation internationale est grande, la facilité des échanges avec les États-Unis et le monde entier, ont provoqué un afflux de population de toutes nationalités à Saint-Martin. Vieille terre d'accueil de commerçants, de trafiquants divers, spécialisés dans la vente de cigarettes, de tissus, de boissons alcoolisées, de bijoux, aussi bien dans les Antilles anglophones, qu'à la Guadeloupe ou à la Martinique, la petite dépendance a vu arriver aussi bien des Français que des immigrants étrangers. La création de la sous-préfecture des îles du nord (Saint-Martin, Tintamarre, Saint-Barthélemy), avec Marigot pour siège, l'extension de la fonction publique, l'implantation de nouvelles entreprises spécialisées dans le bâtiment ou les travaux publics ont été à l'origine de l'augmentation du nombre de métropolitains. Certains sont venus principalement attirés par le climat, le commerce, la restauration, les affaires de toutes sortes, ou par l'aventure.

La population a fortement augmenté au cours de ces dernières années. Sur une population estimée à plus de 12 000 personnes, les étrangers, dont une partie entrés clandestinement, sont fortement représentés. On les retrouve, pour la plupart, employés occasionnels, personnels de service, déclarés ou non à la Sécurité sociale. Ils vivent dans des conditions relativement précaires, dans les quartiers insalubres de la périphérie de Marigot. Cette population cosmopolite, à majorité noire, culturellement diversifiée, a été à l'origine de l'introduction de nouvelles sectes et religions très vivaces dans les pays voisins.

Cet accroissement du nombre d'étrangers, dans une conjoncture de concurrence dans l'emploi, est de plus en plus mal perçu par la population et le pouvoir politique local. La spécialisation des activités nécessite souvent l'appel d'entreprises ou de main-d'œuvre extérieures, mieux armées financièrement ou techniquement. Au cours de ces dernières années, les responsables de la municipalité de Marigot ont mis l'accent sur l'urgence de la mise en place d'une formation professionnelle adaptée aux besoins de la population, et de la réservation des emplois en priorité aux natifs du pays.

La suppression des droits de douane sur l'ensemble du territoire (partie hollandaise et partie française), en 1939, a constitué le point de départ du renouveau économique. Saint-Martin, ainsi que l'autre dépendance qu'est Saint-Barthélemy, bénéficient d'une situation particulière dans le département de la Guadeloupe en tant que ports francs. Leur régime douanier les coupe économiquement du reste des territoires français et d'ailleurs de l'ensemble des pays de la CEE. Les deux îles entretiennent des relations commerciales privilégiées avec l'étranger. Les produits originaires de la CEE et vendus à Saint-Martin, par exemple, transitent généralement par Anvers ou Rotterdam, puis par Curaçao ou Sint-Maarten, et non par Fort-de-France, Basse-Terre ou Pointe-à-Pitre. Les importations en provenance de la zone franc représentent un volume très faible. Les premiers fournisseurs de cette commune française demeurent incontestablement les USA. Le Royaume-Uni, l'Amérique du Sud, les Grandes Antilles, les Pays-Bas et les Antilles néerlandaises, ainsi que le Japon constituent les autres principaux clients.

À cet égard, Sint-Maarten fonctionne comme la locomotive qui tire Saint-Martin. Sa capitale, Philipsburg, avec sa grande artère commerciale, Fronstreet, est une ville-boutique, un centre de shopping réputé, où sont offerts à la clientèle, des articles aussi diversifiés que des montres, des caméras, des appareils-photo, des radios, des chaînes hi-fi, des calculatrices, du matériel électrique, des cigarettes, des articles de confection, des alcools, des produits de beauté. Ces produits, d'origine internationale, sont en plus détaxés. Le commerce attire de plus en plus de touristes de séjour et de touristes de croisière.

Sint-Maarten, l'une des premières destinations touristiques des Petites Antilles avec, en 1986, une clientèle de 385 054 touristes de séjour, dont 253 573 Américains (66 %), et 313 353 touristes de croisière, représente un véritable atout économique pour la partie française. Cette dernière, avec deux tiers du territoire insulaire, apparaît comme une grande réserve pour l'urbanisation future. Déjà la pression foncière sur les meilleurs sites naturels se fait de plus en plus sentir.

La construction hôtelière s'est rapidement développée, entraînant l'essor de l'activité du bâtiment et des travaux publics. Longtemps circonscrite à la zone hollandaise, la fièvre de la construction s'étend à Saint-Martin. L'île est devenue la dépendance guadeloupéenne où l'essor touristique demeure le plus marqué. Les difficultés de maîtrise de l'urbanisation de la part des autorités locales, les problèmes posés par l'établissement d'un plan d'occupation des sols, outil d'aménagement et d'urbanisme indispensable pour gérer au mieux l'espace insulaire, témoignent des multiples pressions émanant des propriétaires publics et privés.

Les projets très divers, l'insuffisance de la prise de conscience par la population des priorités en matière de protection de l'environnement, le développement de la spéculation foncière, l'expérience négative de l'urbanisation du littoral en zone hollandaise, la petitesse de l'île font craindre les pires dérapages dans les années à venir, en matière d'aménagement du territoire et de sauvegarde des sites. Coincées entre, d'une part, la nécessité de mettre en valeur toutes les potentialités économiques du pays, dont le tourisme et le commerce, afin de répondre aux besoins de la population en matière d'emploi, et d'autre part, la volonté des promoteurs immobiliers et des propriétaires terriens de rentabiliser au maximum leurs affaires, les autorités locales disposent d'une marge de manœuvre limitée pour garantir au tourisme une échelle humaine.

Depuis l'élévation de Saint-Martin au rang de sous-préfecture, en 1963, afin de faciliter la modernisation du pays, de nombreux progrès ont été réalisés. L'électrification, l'adduction d'eau, la mise en place de réseaux divers, l'amélioration de la voirie, la lutte contre l'habitat insalubre ont permis de faire progresser les conditions de vie des Saint-Martinois. L'ouverture, en juillet 1972, de l'aéroport Espérance, construit au milieu de l'ancienne saline de Grand'Case, a entraîné l'établissement de relations aériennes directes avec Pointe-à-Pitre.

Les disparités sociales demeurent très fortes. Une minorité riche et puissante, constituée de Français de toutes origines et d'étrangers, dispose de l'essentiel des revenus. La majorité de la population vit dans des conditions modestes, y compris les salariés travaillant quotidiennement en zone hollandaise. Si le chômage frappe aussi bien les originaires de l'île que les étrangers, c'est parmi ces derniers que l'on rencontre les plus démunis.

Dans une conjoncture difficile, liée à la crise économique mondiale et à l'aide publique plutôt limitée, Saint-Martin essaie de surmonter progressivement ses contradictions économiques et sociales. L'environnement physique et humain a été très vite transformé avec l'occupation de nouveaux sites et le poids de l'immigration.

L'insuffisance de coopération avec la Guadeloupe continue à être dénoncée par une partie de la population désireuse de resserrer les liens avec les autres territoires français du sud et de voir augmenter les interventions de la métropole en vue de répondre au défi économique de Sint-Maarten. Les contradictions existant entre la municipalité et le gouvernement central conduisent parallèlement les responsables politiques locaux à réclamer plus d'autonomie en matière économique, en matière d'aménagement du territoire ou de formation professionnelle. Les erreurs du pouvoir métropolitain — ce dernier ne prenant pas suffisamment en compte les particularités de la personnalité saint-martinoise — ont contribué, par exemple lors d'affaires judiciaires récentes, à affaiblir les relations traditionnellement difficiles entre la dépendance guadeloupéenne et Paris.

La condamnation par la population de Saint-Barthélemy de la politique fiscale française, jugée contraire, en 1985 notamment, aux engagements pris par la métropole lors de la rétrocession du territoire à la France par la Suède, en 1878, a rapproché dans la contestation les deux dépendances du nord. Il est vrai que ces îles maintiennent depuis longtemps des relations étroites, Saint-Barthélemy apparaissant de plus en plus, économiquement, comme un appendice de Saint-Martin. Avec l'affirmation du mouvement indépendantiste à la Guadeloupe, la revendication au cours de ces dernières années d'un nouveau statut administratif pour Saint-Barthélemy, l'octroi à Aruba, depuis janvier 1986, d'un statut d'autonomie interne séparé, à l'intérieur du royaume des Pays-Bas, et face à l'américanisation croissante du pays, les Saint-Martinois s'interrogent de plus en plus sur leur avenir politique.

MAURICE BURAC
Maître de conférence à l'université Antilles-Guyane ; thèse de doctorat d'État à paraître aux Presses Universitaire de Bordeaux : *Les Petites Antilles, étude géographique des diversités régionales de développement.*

C. CARRIÉ

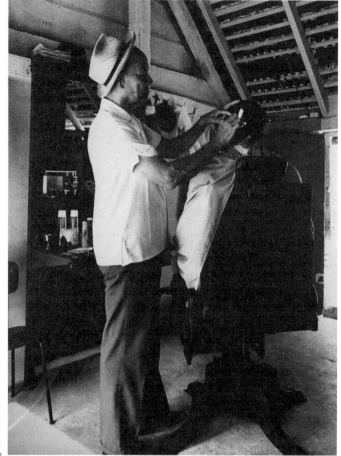
J. POPINCOURT © ASS. RACINES

5
LES SOURCES TOUJOURS

GEORGES HARDY

LA VIE ANTILLAISE

Il s'est développé là une vie fort curieuse, qui ne ressemble nullement à celle des autres colonies françaises. Ce qui caractérise avant tout les Antilles, quant au peuplement, c'est qu'elles sont des colonies sans indigènes, partant, sans civilisation locale ; elles sont occupées par des éléments importés et fort divers, dont l'un, l'élément noir, fut longtemps asservi à l'autre, l'élément blanc, et qui, pourtant se sont mélangés au point de former un troisième élément, les mulâtres, dénommés avant la Révolution, les « hommes libres de couleur ». Aujourd'hui, tous les Antillais, noirs, mulâtres, blancs, jouissent des mêmes droits, et la loi ne fait plus entre eux la moindre distinction ; mais les vieilles rancunes n'ont pas tout à fait disparu et les luttes politiques sont particulièrement vives.

C'est la civilisation française qui, avec quelques adaptations locales, donne sa couleur à la vie locale : alimentation, vêtement, habitation, ne présentent rien de bien particulier, et c'est tout juste si l'on peut citer, comme appartenant au pays, le goût des plats très épicés et des sucreries, le madras aux tons vifs des femmes, les cases ou chaumières des petits cultivateurs. Le français est la langue courante, un français créole, zézayant, sensé, un peu puéril, mais charmant. La vie religieuse, artistique, intellectuelle, sociale, c'est la vie de France, simplement « régionalisée ».

Extrait de la Géographie de la France
extérieure, par Georges Hardy, Collection : Les
Manuels Coloniaux ; Librairie Maisonneuve et
Larose.

DISCOURS : 5 AVRIL 1914

C'est avec une auréole de bonheur que je viens vous souhaiter la bienvenue parmi le milieu de cette cité dont je suis le chef. Inutile de vous préciser notre grand patriotisme à vous recevoir dans ce milieu précisé vous qui avez tout fait pour mériter les grades éminents dont vous êtes précairement investi, mais nous savons aussi sous quel creuset de douleur vous avez passé pour mériter ces hauts grades hiérarchiques, malgré l'animosité de vos chefs avant même que vous fussiez dans la démagogie, est preuve convaincante de votre présence anormale ici.
Aussi avons-nous gémis quand nous avons appris le long passé d'exil quand la république était en danger.
Dans l'immensité des ornières nous avons senti se combler ce vide immense dont la rancune serait innombrable et aurait produit la gêne la plus cruelle funeste et douloureusement émue.
Cette commune qui vient de s'extirper nouvellement est dans la gêne la plus mordante et l'égoïsme féroce ne saurait remédier. Dans sa déclinaison funeste, dans son ascencion rapide et dans sa propension intolérable, le Char du Pays monte toujours, mais hélas !
Monsieur le Gouverneur, c'est pour s'effondrer plus profondément dans un labyrinthe obscur dont les sinuosités ne saurait le dégager.
Aussi désirons-nous ardemment voir se réaliser ce beau rêve d'ambition dont vous vous nourrissez et que nous souhaitons car, indépendamment des accueils frigorifiques que vous avez rencontrés dans les communes voisines ultérieurement, vous trouverez ici, Monsieur le Gouverneur, cordialement invétérés franchise fortuite et abstraction de notre entière sagacité à vous recevoir « Je ne me fais ni illusion ni conformité, il ne faut pas s'asseoir dans des considérations indues ».
Dans ces légitimes espérances nous nous écrions verbalement :
  « VIVE MONSIEUR LE GOUVERNEUR »

Discours intégral d'un des premiers maires de
l'Ajoupa Bouillon (Martinique) prononcé à
l'occasion de la réception d'un nouveau
gouverneur de la Martinique (1914).

J. POPINCOURT © ASS. RACINES

MYRIAM COTTIAS

MAMAN

DOUDOU

LE RÔLE DE LA FEMME ANTILLAISE A ÉTÉ DÉCIDÉ DÈS LES PREMIERS TEMPS DE LA COLONISATION. LES VOYAGEURS DES XVIIIe ET XIXe SIÈCLES LOUAIENT SA FÉCONDITÉ NATURELLE : ILS LUI ATTRIBUAIENT DES DESCENDANCES DE DIX, DOUZE OU QUINZE ENFANTS ET ASSURAIENT QUE MÊME LES FEMMES DE PLUS DE QUATRE-VINGTS ANS POUVAIENT DEVENIR GROSSES... DÈS LORS, COMMENT ÉCHAPPER À CE DESTIN ? L'IMAGE DE LA MÈRE ANTILLAISE S'EST AINSI ÉTABLIE, LES FEMMES ONT REVENDIQUÉ CET EMBLÈME, LES HOMMES L'ONT CULTIVÉ RESPECTUEUSEMENT ET TOUT EST DEVENU UNE INEXTRICABLE HISTOIRE DE FAMILLE !

Aux Antilles, la famille justifie les solidarités ou les conflits individuels, modèle les relations sociales. La première question posée est d'ailleurs toujours la même : « De quelle famille êtes-vous ? » Il s'engage ensuite un dialogue classique aux insulaires ou aux petites communautés : « La famille X, du Marin ? — Non, du Robert. — J'ai bien connu votre père [ou votre grand-mère...]. Puis, au choix : « J'étais en classe avec lui », « Nous étions dans la même équipe de football » ou « J'habite en face de votre tante. » Seulement alors peuvent commencer les échanges avec chaleur ou réticence, quand la généalogie familiale a été déclinée. Pourtant quel paradoxe, car la définition de la famille, multiple et souple, n'est pas toujours très claire ! Pour la sceller, le mariage n'est pas nécessaire : une mère, ses enfants, sa parentèle suffisent : ajoutez un père, même marié ailleurs ou absent (mais toujours connu), et le modèle traditionnel est presque parfait. Qu'importe, la famille existe jusqu'à constituer une philosophie de vie : les relations véritables sont familiales ou ne sont pas. Elle est le seul refuge, le seul soutien face à l'adversité. Ainsi différencie-t-on la famille et les Autres.

Pour les femmes, cela s'est souvent traduit par une grande solitude puisque, on l'aura compris, ce sont elles avant tout, élément essentiel de cohésion du « groupe » familial, qui ne doivent pas avoir d'amies. La méfiance est de règle, on la justifie bien évidemment par la jalousie ou la menace de voir l'Homme séduit par une autre (et c'est si dur d'en trouver un). Comme le soulignait un thérapeute antillais, « une des aspirations de la femme martiniquaise est d'avoir un mâle à elle ». Cette société souffrirait-elle d'un mal (!) particulier, d'une raréfaction de la gent masculine. On le dit. Certains (j'en témoigne) vont même jusqu'à prétendre qu'il y a 5 femmes pour 1 homme. Précisons cependant que ce sentiment est surtout répandu dans les couches supérieures de la société (et qu'il s'est transformé en axiome incontesté par la suite), peut-être à cause du déséquilibre bien réel d'instruction entre femmes et hommes. Les femmes de plus de 25 ans plus diplômées que les hommes se trouvent perdues dans un désert matrimonial : il leur faut soit renoncer à se marier avec un homme de même niveau culturel et social ; soit accepter une union parallèle (avec un homme déjà marié) ; soit vivre la solitude. Alors les Antilles seraient un véritable paradis pour séducteurs ? Les tableaux, naïvement précis, de l'INSEE le contredisent, malheureusement, puisqu'en 1984, la Martinique comptait, aux âges féconds (entre 15 et 49 ans), un peu plus d'une femme par homme ! C'est peu ; c'est normal, même.

Les chiffres, cependant, ne servent à rien quand les règles sociales acceptent que l'homme soit « vagabond » et que, réciproquement, celui qui n'a pas plusieurs femmes passe pour un *ababa*, un *macoumé*, un homme sans qualité d'homme. Aussi bien aux yeux des hommes qu'à ceux des femmes. Les préceptes féminins donnés aux jeunes filles tendent à perpétuer cette attitude ambiguë et contradictoire vis-à-vis des hommes. On apprend très jeune qu'il faut servir son « mari » et tout accepter (même les coups, même les maîtresses) sans faire de désordre, sans rien dire. À cause du Bon Dieu, puisqu'il faut bien se justifier et que, après tout, il est responsable de beaucoup de malheurs en Martinique. Une très vieille dame que j'ai bien connue, racontait cette histoire : « Je ne sortais pas souvent de chez moi, je devais m'occuper de mes enfants, de la maison. Pourtant, mon mari me proposa un jour d'aller en ville avec lui, j'acceptai. Nous sommes donc partis en tilbury. Mais, sur le chemin, le cheval s'arrêta devant une maison. Têtu, il refusait d'aller plus avant. On tira sur son mors, il finit par repartir. La scène se répéta plusieurs fois par la suite à tel point que j'allai demander au cocher ce qui se passait. "Eh, bien, Madame, me dit-il, chaque matin, Monsieur m'envoie apporter une bouteille de lait dans cette maison-là." Je compris ainsi que mon mari avait un enfant avec la femme qui y habitait. Mais, je ne dis rien. »

VISAGE DOUX ET LANGUE AMÈRE

Le code d'honneur des îles imposant le silence, les femmes ont, là-bas, un visage doux et une langue amère. Les valeurs partagées par les femmes comme par les hommes et qui leur donnent cet air altier et supérieur cachent cependant une incompréhension et une déception mutuelles. Les hommes courent après une image chimérique de puissance (en ayant plusieurs compagnes) tandis que les femmes espèrent le mariage, vain symbole de réussite et de reconnaissance sociale. Les femmes mariées comme les autres doivent, en effet, gérer les difficultés économiques et attendre un soutien matériel qui vient selon le bon plaisir de l'homme. J'ai entendu des femmes se plaindre mais je les ai aussi souvent entendues dire : « Moi-même, aller lui demander de l'argent ? Jamais. Je préfère faire mes affaires toute seule. » De qui attendent-elles de la reconnaissance ? Plus des hommes, j'en ai bien peur. D'ailleurs, toutes finissent par comprendre qu'il vaut mieux se débrouiller seules. Même les femmes les plus pauvres qui, plus souvent, ont cherché auprès d'un nouveau partenaire un appui financier et qui résument leur parcours ainsi : « *Mwen alé cherché pin m'en rivini épi viand* » (« Je suis allée chercher du pain, je suis revenue avec de la viande », c'est-à-dire « Je suis allée chercher un peu d'aide et j'ai eu un enfant »). Laissons-là ceux qui prétendent que les femmes ont ces enfants car ils leur fournissent un moyen de subsistance : il est difficile de démêler ce qui tient de la poule ou de l'œuf ! Il est certain que l'allocation de parent isolé (API) qui était touchée, en 1983, par 3 237 Martiniquaises, célibataires pour la plupart, donne un revenu régulier à des femmes qui n'en avaient aucun (dans les DOM, en effet, le régime des prestations familiales ne s'applique qu'aux salariés ou aux femmes qui ont au moins deux enfants). Il est aussi juste que dans une société où existe un réseau de solidarités familiales solide et des sources de revenus vagues et non mesurables — comme le jardin qui produit fruits et légumes, le cochon qui donne le ragoût et le boudin — cette allocation représente un apport en numéraire, mais qui ne sert pas obligatoirement à l'indépendance de la femme. Elle retrouve le même engrenage que sa mère ou que sa grand-mère. Un contrôleur de la Caisse d'allocations familiales résume bien la situation : « Plutôt que d'avorter quand la naissance n'a pas été désirée, la femme préfère garder l'enfant car elle sait qu'elle va toucher de l'argent jusqu'à son troisième anniversaire. J'ai souvent vu des femmes qui avec l'allocation nourrissaient toute leur famille : pas seulement leurs enfants mais aussi leur père, leur mère, leurs frères au chômage... Et parfois même, elles entretiennent "leur homme" qui ne vit pas avec elle (et qui a d'autres femmes) : elles lui donnent de l'argent pour l'essence de sa mobylette ; et leur fierté, c'est de pouvoir sortir avec lui, c'est de montrer qu'il est à elles. Ce qui revient à dire qu'il y a beaucoup d'hommes qui vivent de l'API touchée par leurs différentes compagnes. » De ce jeu du plus dupe, et bien qu'y participant, les femmes disent leur mépris : une vieille dame touchante, le chapelet entre les doigts, résumait son opinion en affirmant, mon Dieu Seigneur, que « *nonm sé disétyem ras apré krapolad* » (« Les hommes sont la dix-septième race après les crapauds »).

Il demeure que les femmes gèrent une situation qui n'a pas toujours été désirée. La contraception, qui est largement diffusée sur l'île, parfois n'est pas bien utilisée. Le stérilet fait peur ; la pilule, oui, on la connaît mais comme on n'a pas de partenaire régulier, on ne la prend pas en permanence. Alors le rôle de maman-couveuse arrive vite. Sans éducation sexuelle véritable, sauf celle constituée des remarques, des allusions glanées par-ci, par-là — dans la cuisine où les femmes parlent en préparant la fricassée de poule et les gros légumes ; dans les blagues « données » par les hommes à l'heure du punch ou quand ils « frappent » le domino — la femme se retrouve mère un peu par hasard. Et quelques fois à cause du « dorliss », de « l'homme au bâton » ou encore de « l'homme sans tête » qui passe à travers la serrure pour engrosser les filles et qui demeure l'épouvantail que l'on agite pour qu'elles restent sages.

Certes, comme accusent certains hommes, les femmes jouent un rôle important dans l'organisation de la vie mais elles ne font qu'occuper une place laissée vacante. C'est pour cela qu'il me semble inexact de parler de matriarcat au sujet des sociétés antillaises car il n'est qu'apparent, tout le monde le sait. Pour 43,5 % des unions (concubinage ou relations éphémères) l'homme est absent des actes officiels. Mais la vie se joue en d'autres endroits et en d'autres temps, au réel et au quotidien. Là, les hommes sont bien présents et exercent un pouvoir, non pas sur les enfants — car peu d'entre eux prennent cette charge — mais sur les femmes. L'ordre historique de la société et son cloisonnement sexuel est dès lors perpétué. D'un côté, les hommes, de l'autre, les femmes. Ne touchez plus à rien ! Les hommes ont l'apparence du pouvoir sans l'avoir tout à fait ; les femmes sont mères avant tout, respectées pour cela par les hommes mais soumises à eux : les rôles sont figés, « passé figé ».

PAROLE ET REGARD

*L*a mythologie antillaise a fait de la mère, pardonnez, de la maman (il est de mauvais ton d'employer « mère » aux îles à cause de la dureté du mot) une figure qui détient un pouvoir presque magique. Il lui permet de déceler la tromperie et d'avoir un discours de l'ordre de la vérité. Sa parole vaut plus qu'aucune autre. Il est inutile d'essayer d'échapper à son regard qui devine un désarroi ou un secret, qui juge, car le lien maternel est indélébile : c'est comme un langage qui se passe de mots, de formulations. Par cette force et par son dévouement entier à ses enfants, son abnégation totale, elle est le roc sur lequel la famille s'amarre. Elle lui donne sa définition, sa stabilité, sa protection tout au long de la vie. Et l'âge des enfants ne change rien au droit de regard maternel sur leur vie. Certains appellent cela de la douceur attentive ; d'autres, de la tyrannie : les deux sont indéniablement mêlés ! Pourtant, comment se plaindre quand, avec peu de gestes d'affection par terrible pudeur, la maman dispense généreusement sa chaleur réconfortante, quand sa fonction première est de soigner les blessures, de prendre en charge les problèmes et de nourrir les enfants, tous ceux qui ont faim. C'est pourquoi la société antillaise accepte la circulation des enfants d'un foyer pauvre à un autre plus aisé ou sans enfant — généralement celui de la marraine ou du parrain. Plus que la fonction économique de cette coutume (chez les plus défavorisés, l'enfant apporte un surplus de main-d'œuvre à la famille d'accueil en échange de son entretien), elle est révélatrice des valeurs antillaises : on ne laisse pas un enfant avoir de la peine.

La société a intériorisé cette fonction maternelle et il me semble que ce schéma marque les rapports entre individus. Le premier geste pour guérir, pour rassurer, pour soigner les angoisses ou tout simplement pour accueillir est le plus archaïque : il consiste à nourrir. En ce sens l'on peut dire que la société antillaise produit du familial. Un familial qui va peut-être trembler sur ses fondations car on peut se demander si cette institution charpentée par les femmes n'est pas menacée par elles-mêmes, si le familial n'est pas battu en brèche par la remise en question — légitime, il va sans dire — de leur rôle ? Comme pour les femmes européennes, cette étape historique arrive en même temps que le contrôle des naissances et l'indépendance financière. En Martinique, aujourd'hui, les femmes représentent plus de 45 % de la population active et, signe des temps urbains, le nombre de divorces augmente chaque année, dans toutes les classes d'âge. Les femmes préfèrent de plus en plus leur indépendance à la soumission passive. Pourtant, cette solitude préférée est parfois un peu triste. Signe des temps paradoxaux. Une femme antillaise, tout en affirmant son désir de vivre dans la reconnaissance mutuelle et dans l'attente d'un compagnon prêt à sortir des cadres traditionnels, résumait bien les contradictions : « *Fout man sé fè an ti kafé ba an nonm* » (« Qu'est-ce que je donnerais pour préparer le café d'un homme »)...

MYRIAM COTTIAS

Historienne et démographe. Thèse de doctorat sur les structures familiales antillaises du XVIIe au XIXe siècle. (École des Hautes Études en Sciences Sociales).

SIMONNE HENRY-VALMORE

MAGIE

DES ESPOIRS

ON ASSISTE UN PEU PARTOUT À UN RETOUR DU RELIGIEUX ET DU MAGIQUE. LE MARCHÉ DE L'OCCULTE ENVAHIT LES GRANDES CITÉS, LONDRES COMME NEW YORK, NEW YORK COMME PARIS. DE PLUS EN PLUS NOMBREUX SONT CEUX QUI, FATIGUÉS DE LOGIQUE ET DE RAISON, CHERCHENT DANS LA MULTITUDE DES BIENS SYMBOLIQUES OFFERTS UN NOUVEL ART DE VIVRE. PARTANT, LA MAGIE LEUR PARAÎT ÊTRE LA DERNIÈRE AVENTURE ROMANTIQUE DU SIÈCLE. POUR CE QUI EST DES SOCIÉTÉS ANTILLAISES, ON NE SAURAIT PARLER DE RETOUR MAIS DE PERMANENCE.

> « Gardez-vous de ce chien, ce n'est pas un chien c'est un diable ; ce cheval c'est mon voisin qui est quimboiseur ; ce bananier pourrait bien être une sorcière. »
> René MENIL

Voyageur du dehors, vous pouvez passer votre chemin sans crainte. L'inquiétante étrangeté est partout, mais le monde martiniquais, le monde guadeloupéen sont eux aussi entrés dans la modernité. Et si vous interrogez le premier venu sur la réalité du magique antillais, il vous répondra en riant que cela n'existe pas. Tant il est vrai qu'on ne pénètre pas plus aisément dans le château intérieur de l'homme noir que dans celui d'un paysan français — pour reprendre l'expresion de Roger Bastide dans les Amériques noires. Mais pour peu que vous soyez attentif, que vous ayez appris à écouter, à regarder, alors vous verrez, vous entendrez. Magie quotidienne du soir.

Voyez ce couvert dressé pour le Diable à même la terre en haut d'un morne ou ce chaudron ou encore ce petit cercueil de bois (prototype même du « quimbois ») entouré de bougies allumées et placé au milieu d'un « quatre chemin » (carrefour).

Voyez ce morceau d'étoffe qui flotte au bout d'un bambou, ou cette poule noire attachée par les pattes à une branche de fromager, l'arbre reposoir des esprits de la nuit.

Magie quotidienne présente dans l'arrière-pays. Les vierges encastrées dans des troncs d'arbres, des mares, des baies, des chapelles et des temples indiens sont réputées pour leurs bons services[1].

Magie du jour présente au bord de la mer. Les marins-pêcheurs baptisent couramment leur embarcation *Les Trois Dons, Maître après Dieu, Saint-Michel Archange*, les font « monter » par un « quimboiseur » qui les protège de Mamand'lo, la redoutable sirène des grands fonds.

Magie présente au cœur des villes, sur les trottoirs de Fort-de-France et de Pointe-à-Pitre. À l'étal des marchandes-pays, rêves et remèdes à tous maux, paquets d'épices, livres de colportage (clé des songes, recueil des quarante-quatre prières de l'Abbé Julio...) voisinent avec des sachets et des fioles aux étiquettes évocatrices : « Plus fort que l'homme », « Qui aura voudra », « Vinaigre des quatre voleurs », « Succès »...

Magie occasionnelle qui surgit lors d'un match, d'une réunion électorale ou syndicale, d'un examen scolaire.

Magie de l'accusé qui aura fait déposer devant le palais de justice un crapaud cadenassé et déguisé en avocat pour réduire au silence quiconque voudrait parler contre lui.

Magie présente dans les confidences et les lamentations pour excuser le chagrin, la défaite et le malheur ordinaire.

Si l'enfant ne réussit pas en classe c'est que le Diable l'aura attaché au tableau noir. Le mal existe ! Si un tel quitte une telle, c'est qu'il aura été travaillé, quimboisé.

Si celui-là boit comme un arc-en-ciel, c'est qu'on l'aura « mis dans le rhum » (on lui aura jeté un sort).

Si le poisson boude, c'est qu'on lui a donné l'appât de la mauvaise main...

Présente dans les gestes, les attitudes corporelles, liant toutes les sauces, intervenant dans tous les discours, la magie imprègne de sa poétique le quotidien antillais. Le réel et l'imaginaire se côtoient pour en faire une sorte de gothique flamboyant. On en joue. Le gamin thaumaturge met des bougies aux pattes d'un crabe pour faire peur aux adultes superstitieux.

On en est joué aussi et parfois tragiquement. Telle jeune fille devenue star n'en finit pas de payer sa dette à son pays et à son milieu social (par quimboiseur interposé) pour avoir si bien réussi. Tel garagiste dépense toute sa fortune en aller et retour Pointe-à-Pitre-Haïti pour consulter les sorciers de là-bas. Tel autre mobilise son énergie en pratiques d'évitement pour ne plus être persécuté, victime, travaillé, quimboisé... D'autres, encore moins chanceux, échouent dans les chambres d'hôpitaux psychiatriques.

Hommes et femmes se disent vendus au Diable, changés en monstre animal ; les femmes abusées sexuellement par un « dorliss »[2], l'homme au bâton, ce malhonnête qui visite la nuit les belles endormies, l'esprit diabolique « qui prend sans demander ».

Le réel et l'imaginaire se confondent. Les mythes sont réactualisés dans les rêves, le cauchemar de l'enfant, le délire des malades et font aussi la une des journaux à grand tirage. Le quotidien *France-Antilles* publiait le 16 janvier 1976 : « Un prétendu soucougnan[3] vient de mourir, deux autres viennent d'être arrêtés. Depuis près de trois mois, dans un hôpital de la région de Pointe-à-Pitre, le défilé de curieux se poursuit devant les lits des soi-disants "volants". »

OÙ FINIT LA CROYANCE ?
OÙ COMMENCE LE DÉLIRE ?

Ici ou plutôt là-bas dans ces petits pays de la Caraïbe, la théorie démonologique qui repose sur deux présupposés : « Le mal existe » et « Jalousie est sœur du sorcier », résiste à toute autre lecture — psychanalytique par exemple, expliquant en terme de pulsions, de refoulement ces présences étranges qui hantent, habitent, possèdent. « Je ne serais pas... étonné d'apprendre, disait Freud, que la psychanalyse qui s'occupe de découvrir ces forces secrètes ne soit devenue elle-même, de par cela, étrangement inquiétante aux yeux de bien des gens. » Parole ô combien prophétique ! Mais face à la foi sauvage du sorcier, face à trois siècles de traditions inlassablement révisées, que peut une science révolutionnaire qui *n'a que cent ans d'âge ?*

Le monde est moderne, on va voir le médecin et le psychiatre. Après tout, ils ont au moins l'avantage de délivrer des feuilles de Sécurité sociale. Mais en même temps, ou avant, ou après, on consulte son « docteur-feuilles », son séancier. Il y a des secrets qu'on ne saurait confier à qui ne parle pas la même langue que vous.

On reste fidèle à l'ancienne règle de vie. On s'agenouille devant le Ti Bon Dieu et son autel domestique, on soigne la plante ornementale qui a des vertus occultes. On garde le peu qui reste du passé. Avec tous ces débris de mythes, de rites, de culte on se fabrique un panthéon natif-natal de puissances surnaturelles. On négocie les choses de la mer avec Mamand'lo. Tant pis si elle n'a pas le prestige de Dôna Jemanja sa cousine brésilienne. Dans la dérision on s'invente des saint Homard, des saint Chatrou, des saint Corne-Lambi. Et pour se défendre d'un ennemi, faute de pouvoir invoquer le redoutable loa haïtien Eshou, on s'en remet à un Saint Bouleversé aussi peu catholique.

Ici comme ailleurs la magie ignore le racisme. Sans discrimination aucune on accueille toute religion qui promet, sans effort de soi sur soi, amour, fortune ou guérison.

Comme l'Alexandrie de Laurence Durell, Fort-de-France, Pointe-à-Pitre, sont villes de sectes et d'évangiles. On attrape la nouvelle prêche comme on attrape le rêve qui passe. Comme on court après le taxi-pays qui va partir sans vous.

Ces praticiens de la chose occulte, arrière-petits-fils de nègres sorciers — grands experts en pharmacopée locale, maîtres du poison et du feu — ne sont pas de purs esprits cantonnés dans le maniement de symboles et de métaphores. Si le quimbois est ce morceau de rêve projeté chez l'autre, c'est aussi une lettre anonyme que l'autre trouvera devant sa porte, mot matérialisé sous forme d'objet maléfique qui lui prouvera qu'il n'a pas rêvé. À charge pour lui d'aller faire identifier la chose par l'expert. Ici, dire c'est faire. La fabrication des quimbois nécessite une certaine adresse manuelle.

Ces vieux psychologues charmeurs de serpents[4], ces prophètes sans temple en quête de pouvoir et de reconnaissance, et dits experts dans l'art de déchiffrer les messages divinatoires des rêves, ne sont pas de purs rêveurs. S'ils savent regarder dans les affaires des gens, ils savent aussi attraper celles qui passent. Pas rêveurs, pas chômeurs non plus les autres maillons de la chaîne économique : le fossoyeur, le graveur de médaille, les marchands de talismans, les fabricants de flacons aux étiquettes créoles.

Défiant l'Histoire et ses ruptures, défiant ses détracteurs successifs et simultanés — le politique, le médical, le religieux envieux de son espace, de son impact —, la magie antillaise résiste à l'acculturation. Continue d'imprégner (irrémédiablement ?) les mentalités de ses croyances, de sa vision persécutive du monde. Offrant ainsi, en double de la vie sociale, à l'oppression et à la libération, à la violence, à la logique du désir un lieu imaginaire. Si elle n'entend pas jouer en plein jour les insurgées, elle n'en imprègne pas moins inlassablement le réel de sa poétique, de sa terreur sorcière. Comme si elle entendait sauvegarder ainsi coûte que coûte l'âme de l'Afrique perdue. L'Afrique, ce grand zombi[5] de l'histoire antillaise pour reprendre l'expression de l'écrivain martiniquais René Menil.

Aussi indéracinable que le zouk et le carnaval, elle se tient comme eux prête au Voyage.

SIMONNE HENRY-VALMORE

Écrivain, psychanalyste. Auteur de *Les Dieux en exil : voyage dans la magie antillaise*, Gallimard, 1988 ; Prix Frantz Fanon 1988.

---

1. Une revue humoristique, *Fouyaya* a noté consciencieusement tous les lieux magiques pour une petite géographie sorcière des Antilles.
2. Dorliss : esprit de la nuit qui vient visiter les femmes dans leur lit, endort d'un sommeil lisse et repart toutes jouissances accomplies — Mythe sexuel.
3. Soucougnan : Vampire qui communie avec le diable au pied d'un fromager.
4. L'expression est de Nietzsche dans *Le Crépuscule des idoles*.
5. Zombi : Fantôme qui revient hanter les vivants — À ne pas confondre avec le zombi haïtien être de chair et d'os et dont la mort a été constatée et qui réapparaît dans un état de torpeur et sert de main-d'œuvre à bon marché aux bôkos (sorciers haïtiens).

SIMONNE HENRY-VALMORE

LA FILLE
DE MORNE-À-L'EAU

BIENHEUREUSE, BIEN COMMODE MYTHOLOGIE QUI VIENT À LA RESCOUSSE DU DÉSIR. L'EXIL N'EST POINT D'HIER, ET AUJOURD'HUI COMME HIER, L'INJONCTION « *FOT OU JAMBÉ D'LO* »[1] « IL FAUT ENJAMBER L'EAU » — APPARAÎT COMME UN JEU DE RÔLES PROCÉDANT DE PLUSIEURS REGISTRES : LE RELIGIEUX, LE POLITIQUE, LE PSYCHOLOGIQUE.

Vous nous dites
Que nos dieux ne sont pas vrais
C'est une parole nouvelle
Que vous nous dites,
Elle nous trouble,
Elle nous chagrine
Car nos ancêtres
Ceux qui ont été, ceux qui ont vécu sur cette terre
N'avaient pas coutume de parler ainsi[2].

Cinq heures du matin. Les coqs ont chanté. Les chiens aboient. Les marchands passent à toute allure avec leur *trays* de légumes et fruits-pays. Le jour est levé sur le petit bourg de Morne-à-l'Eau en Grand-Terre en Guadeloupe.

Cinq heures du matin et la salle d'attente est déjà comble. Hommes et femmes du voisinage occupent les chaises en paille placées le long des murs nus.

Dehors, debout sur la première marche d'un escalier en terre battue, une jeune fille serre contre elle son sac à main noir. Elle attend aussi son tour.

Fille aînée d'une famille pauvre et très croyante, Albertine est venue de bon matin à la consultation de Ti Paul, l'homme fort de Morne-à-l'Eau, personnage connu pour ses dons de voyance et de guérison.

Albertine le connaît bien, elle le connaît depuis toujours. C'est lui qui s'occupe des affaires de sa famille, c'est lui qui a soigné ses petits *malkadies* d'enfant et d'adolescente (crise de vers, crise d'asthme, étourdissements...) Monsieur Ti Paul a bonne réputation. C'est un homme de science et de connaissance qui tient son pouvoir de Dieu. Rien à voir avec les vulgaires menti menteur faiseurs de rien, rien à voir avec ces quimboiseurs malfaiteurs qui travaillent des deux mains.

Dans la famille d'Albertine, chacun bricole sa magie domestique, consultant les astres et les plantes, négociant au mieux avec les esprits bénéfiques ou maléfiques pour interpréter les songes de la nuit et on sait distinguer la plante qui guérit tout de l'autre. Mais quand les choses deviennent graves, quand le malheur ordinaire s'acharne et se présente en série, on va consulter l'expert, le *gadé zafé*, celui qui, comme son nom l'indique, sait regarder dans les affaires des gens.

Albertine est songeuse. Aujourd'hui elle ne vient pas interroger le guérisseur mais le voyant. Interroger, c'est beaucoup dire. Cet homme qui pénètre dans votre âme et dans votre cœur n'aime pas les questions. C'est lui qui vous dit, après avoir consulté les puissances de l'au-delà, pourquoi vous êtes venu le voir.

Saura-t-il deviner ce qui l'amène en ce petit matin de l'année 1969. Verra-t-il qu'elle a envie de faire comme tout le monde, de tenter sa chance dans l'Autre Bord et qu'elle ne peut pas le faire à cause de sa santé qu'on dit fragile, à cause de sa mère qui trime pour élever, sans mari, une famille nombreuse, à cause de ses plus jeunes frères et sœurs dont elle a la garde...

« C'est à vous. »

L'assistante de Ti Paul l'arrache à sa rêverie et la conduit jusqu'à la pièce, petite et sombre, aménagée en chapelle où officie l'homme de Morne-à-l'Eau qui inspire terreur et respect.

« Approche, ma fille. »

Un vieil homme maigre, assis derrière une table en bois, fait signe à la jeune fille de prendre place en face de lui. Elle entre, s'assied tête baissée, mains croisées sur son sac. L'homme ne semble plus se soucier d'elle, il a déjà fermé les yeux pour communiquer avec le monde des esprits et des ancêtres morts.

Albertine promène alors timidement ses regards autour d'elle. Elle retrouve les parfums et les objets familiers.

Forte odeur d'encens, de benjoin et de myrrhe destinés à chasser les forces impures, brin de rameau fixé aux pieds d'un Christ en croix, statues de vierges et de saints catholiques, posées sur les mêmes étagères. Derrière la porte d'entrée, l'*Angélus* de Millet n'a pas quitté son ovale et sur la table, comme d'habitude, une Bible de Jérusalem ouverte au chapitre des psaumes, trois bougies allumées et un verre d'eau en guise de boule de cristal.

— *Fot ou jambé d'lo, ma fi.*

Revenu de son voyage astral, Ti Paul a ouvert les yeux. L'oracle a parlé : il faut enjamber l'Atlantique. Elle a entendu mais elle attend la suite. Comme à l'accoutumée, il va probablement lui prescrire des prières à réciter, des plantes et des parfums à mélanger pour un « bain de chance » ou « de démarrage », il va sans doute lui dire qu'il va « travailler » pour elle et qu'elle devra en conséquence revenir la semaine prochaine à la même heure chercher ce travail, objet qu'il aura « plombé » pour la protéger.

Aujourd'hui, rien de tout cela. Ti Paul ne sort pas son cahier d'écolier pour écrire une ordonnance, il ne consulte pas son Vidal, il ne recommande ni neuvaine, ni bain de relaxation. Il se lève pour signifier que la séance est terminée et la raccompagne à la porte, hochant la tête : « Il faut partir ma fille, c'est la volonté de Dieu. Là-bas vous serez tranquille, les zombis ont peur de l'eau. »

Forte de cette parole divine qui n'appelle aucune réplique, la fille de Morne-à-l'Eau pourra partir.

> *L'exil n'est point d'hier !*
> *L'exil n'est point d'hier*
> *O vestige, ô prémisses*
> *Dit l'Étranger parmi les sables...*
>
> Saint-John Perse

La médiation magique n'est pas d'aujourd'hui. Parmi les Anciens, les migrants des premiers âges, ceux du voyage individuel, ceux d'avant la grande orchestration des années 1963-1970, il y avait déjà des hommes et des femmes désireux de larguer leurs amarres natales — soit pour fuir une situation (ou une non-situation) sociale, soit pour s'éloigner d'un drame personnel mais tout aussi incapables de trouver en eux-mêmes la force psychique d'assumer ce désir de rupture.

« Partez, puisqu'il n'y a pas de travail au pays. »

« Partez, parce que c'est la volonté de Dieu. »

« Partez, enfin et surtout parce que tel est votre désir. »

Hier comme aujourd'hui, ces Janus créoles que sont les guérisseurs/sorciers (*gadézafé*, séanciers/quimboiseurs) se présentent comme des dieux passeurs proches de la figure de Legba, le plus grand loa du Panthéon vaudou, le dieu du destin, le maître du carrefour.

Partant, la prière du voyageur futur migrant pourrait bien être celle du vaudouisant.

> *Papa Legba, ouvre-moi la barrière*
> *Pour que je passe*
> *Quand je retournerai, je saluerai les loas.*

Grâce au passeur de Morne-à-l'Eau une jeune fille du bourg a réalisé son rêve. La voici dans l'Autre Bord.

Mais comme il n'est pas dans les attributions d'un passeur de suivre le voyageur sur des rives inconnues, de l'accompagner le long du chemin dans ses difficultés au quotidien, la fille de Morne-à-l'Eau se retrouve très vite poursuivie par son vieux démon qui a nom angoisse. Et les grandes cités sont sans pitié. Chaque jour la ville refoule vers la périphérie, les provinces, les pays, ceux qui ne trouvent pas son mode d'emploi. Albertine ne trouve pas. Ni le rythme. Ni la cadence. Ni la France exotique qui avait charmé son enfance outre-mer. Elle voit Paris tout en grisaille et en manques. Elle se sent agressée partout. Au travail, dans le métro, dans les trains de banlieue. La fille de Morne-à-l'Eau a le mal du pays.

Pour la distraire de sa nostalgie, la cousine très croyante qui l'héberge lui fait visiter les lieux saints de la capitale : Notre-Dame, le Sacré-Cœur, la chapelle miraculeuse de la rue du Bac. Elle l'emmène aussi prier dans d'autres lieux moins catholiques mais tout aussi spirituels et réputés pour leur courant vibratoire : la tombe d'Allan Kardec, le grand spirite du Père-Lachaise, l'église Saint Merri, la paroisse d'un père recteur... En vain. La fille de Morne-à-l'Eau ne va pas mieux, se dit malade, comme habitée par une présence étrange. Elle va consulter un médecin. Le praticien l'écoute, l'ausculte, ne lui trouve rien et lui donne l'adresse d'un psychiatre. Ce dernier prescrit un traitement médicamenteux. La cousine qui a son propre réseau ne voit pas cela d'un bon œil. Elle jette les médicaments et en deux mots quatre paroles dit « qu'il faut se méfier de ces gens-là, ils peuvent posséder votre esprit », et la traîne chez un séancier antillais installé dans le nord de Paris.

L'homme reçoit les deux femmes, comprend tout de suite la situation et dit à la jeune fille : « il faut rentrer *bo kaï*, rentre au pays ma fille. » Comme il ne manque pas d'humour, il ajoute : « Au jour d'aujourd'hui tout le monde émigre, les zombis aussi ! »

Morne-à-l'Eau. Un soir de l'année 1986. Le gadézafé du bourg a terminé sa journée. Il médite. Sa salle d'attente n'est pas comble comme autrefois. Ce n'est pas à cause de son âge avancé. C'est à cause de tous ces sorciers émigrés qui se sont installés dans le pays. Les Haïtiens et les Africains surtout. On les dit très forts. Il y a aussi les sectes : les Témoins de Jéhovah, les adventistes du Septième Jour, les Apôtres de l'amour infini ! Ils recrutent de plus en plus et prêchent contre l'Église et la magie.

Ti Paul soupire. Il a tout de même quelques fidèles. Il y a Albertine et sa famille. Oui, il y a Albertine.

La fille de Morne-à-l'Eau est aujourd'hui mère de famille nombreuse. Mais son équilibre est resté fragile. Elle consulte souvent le médecin du bourg. Quand elle entend des voix elle préfère se confier au curé de la paroisse et à Ti Paul. Elle dit qu'elle prend aussi des « cours de Bible » pour avoir la lumière. Disponible à toutes les croyances qui lui promettent soulagement et guérison, la fille de Morne-à-l'Eau dérive de guérisseur en prédicateur.

────── SIMONNE HENRY-VALMORE ──────

1. *Jambe D'lo* : enjamber l'eau — Voulait peut être dire à l'origine regagner l'Afrique, la case départ.
2. *Libros de los Coloquios de los Doce*, cité dans *La Vision des vaincus* de Nathan Wachtel.

SIMONE SCHWARTZ-BART

DU FOND
DES CASSEROLES

ALLOCUTION DE BIENVENUE AUX CUISINIÈRES DE GUADELOUPE
(PARIS, 1986).

On a dit que la cuisine est un fait de civilisation. Personnellement, j'aime assez cette idée de l'âme des peuples s'exhalant du fond des casseroles. Mais mon approche de la cuisine est bien plus modeste et ne relève pas de la philosophie, pas même à vrai dire de la gastronomie. Je voudrais seulement vous parler de ce que nous appelons en Guadeloupe, avec une pointe de créole, le « manger », c'est-à-dire le repas quotidien, la nourriture de tous les jours, de tout le monde et de n'importe qui ; l'humble repas traditionnel sur lequel se fondent, en définitive, chez nous comme ailleurs dans le monde, les plus hauts accomplissements de l'art culinaire.

Mon grand-père appartenait à une époque où l'art de vivre à l'antillaise était encore intact dans le peuple. Sa journée commençait avec le soleil et s'achevait avec lui. Tous les matins, il faisait griller son café dans la poêle, et l'arôme se répandait dans l'air, autour de sa petite case aux portes et fenêtres ouvertes sur les voisins. Et c'était comme s'il avait délivré un message : message de vie, de reprise en main du corps, qui chanterait la victoire d'être debout, une fois de plus, dans la lumière du jour. Autour de lui c'était la même chose, la même chanson. D'une case à l'autre, d'une fenêtre à l'autre, c'était comme une cérémonie des bruits et des odeurs. Les gens grondaient leur cafetière trop rapide ou trop lente. Ils racontaient leurs rêves de la nuit et s'en étonnaient à voix haute afin que nul n'en ignore. Et l'on aurait pu suivre à distance chacun des gestes de mon grand-père, car il les ponctuait tous d'une parole, disant par exemple : « Ce grain est un peu amer, demain il faudra que j'ajoute un peu plus de Libéria. » Ou bien encore, par exemple : « Cette cassave est bien dure, mon Dieu, peut-être me faudra-t-il prendre un marteau pour la casser. » Sur le coup de 10 heures, quand il avait bien travaillé dans son jardin, mon grand-père prenait alors ce que l'on appelait un *didico* c'est-à-dire : bananes vertes cuites à l'eau, morue accommodée à l'oignon et salade de concombre. Vers les 2 heures, il déjeunait le plus souvent de viande salée ou de poisson, voire de ouassous qu'il était allé lever en rivière, où elles abondaient. Le menu suivait la saison. Quand les arbres à pain croulaient par toute la Guadeloupe, c'était chaque jour fruit à pain accommodé à toutes les sauces, gros sel, migan, colombo aux crabes, en potage, croquettes et frites, rôtis, mûrs et verts. La saison des fruits à pain coïncidait avec celle des porcs, qui, eux aussi, profitant de la manne tombée des arbres, grossissaient à vue d'œil. On les tuait, on les salait, on en faisait boudins et andouillettes, jambons qui devenaient à leur manière des avatars, des éléments de la métamorphose du fruit à pain. Que ce soit viande ou poisson, il n'entrait que des ingrédients naturels dans le repas de mon grand-père, c'est-à-dire citron vert, piment, ail, thym, cives, à l'occasion un soupçon de persil et c'est tout. C'était un bouillon de santé avant la lettre. Le soir, vers les 5 heures, il garnissait son estomac d'une soupe ou d'un simple thé pays, car il fallait être léger pour bien dormir, c'était bien connu à l'époque. Là-dessus, une petite promenade digestive, voire même bien souvent méditative, au cours de laquelle il s'interrogeait à haute voix sur sa journée d'homme, comme on disait alors.

Mon grand-père était un homme tout à fait ordinaire, et sa journée était celle de beaucoup de bonnes gens de la Guadeloupe. Manger, pour lui, était une opération qui n'avait rien de scientifique. C'était un petit emprunt qu'il faisait à la nature et il en était parfaitement conscient. Ainsi, quelle que soit la récolte, concombres, ignames, madères, il avait coutume d'en laisser une partie au bord de la route, afin d'en faire profiter ceux qui viendraient à passer par là. Ce geste avait une double signification : restituer à la nature une partie de son dû, et partager à l'avance tous les repas de sa récolte. C'était ça, manger, et ça l'est encore bien souvent aujourd'hui, en dépit des apparences : un acte de communion avec la nature et avec les hommes. Il y avait même, dans certains cas, des liens extraordinairement profonds entre une personne et ses goûts en matière de nourriture. Par exemple, si vous étiez particulièrement friand de mangues, certaines personnes murmuraient que votre ombilic avait été enterré au pied d'un manguier ; ou bien si vous étiez avide de tel plat, quel qu'il soit, humble ou recherché, si vous manifestiez pour ce plat un acharnement anormal, on n'avait de cesse qu'on n'ait trouvé l'un de vos ancêtres aussi avide que vous de ce plat et l'on disait alors : « Naturellement, un tel c'est son grand-père, c'est bien naturel qu'il ait les mêmes goûts que lui. »

Les liens, les influences secrètes, les communications invisibles qui s'établissaient par la nourriture étaient si profonds qu'ils en devenaient une hantise permanente pour la femme enceinte. Un thème créole traduit parfaitement cet état de choses. On désigne en créole sous le nom d'« envie » toute tache particulière de la peau. Et l'on pense que c'est l'effet, précisément, chez la future mère, d'une envie qui n'a pas été satisfaite à temps et qui s'est répercutée sur la peau de l'enfant. Le plus souvent, on insiste beaucoup sur la responsabilité majeure du père, dont le rôle est d'être jour et nuit aux aguets, à l'affût, afin que la maman ne puisse dire un jour à l'enfant :

« Cette petite tache, c'est une envie de concombre, ou bien, ce petit poil, c'est une envie de cochon dont ton père s'est désintéressé, ce qui m'a fait te marquer pour la vie, mon pauvre enfant. »

Je voudrais maintenant reprendre et souligner un point auquel j'ai déjà fait allusion. La cuisine créole est avant tout une cuisine du partage. On considère que le fait de manger seul est une punition. C'est pourquoi, même célibataire, on ne prépare jamais de repas pour une seule personne. On attend toujours, on espère, on compte toujours que quelqu'un viendra, s'arrêtera, goûtera. Non, manger seul n'est pas manger, dit-on, et l'on ne prend vraiment le goût de la nourriture qu'en compagnie. Ainsi, il y avait dans mon village une bonne femme si vorace, si extraordinairement vorace qu'elle mangeait dans son coin la porte fermée, ne soulevant pas même le couvercle de sa marmite, de crainte que quelqu'un ne sente la bonne odeur et ne s'en vienne auprès d'elle, réclamer sa part. À la fin, disait-on, révolté par son attitude, un esprit malin s'était installé dans sa case et renversait tout le contenu de sa marmite, ce qui fit que la vorace termina ses jours en se nourrissant de pain sec. Je ne peux pas garantir la véracité de cette histoire, mais elle dit bien, à sa manière, ce qui se passe d'une case à l'autre quand vient l'heure du repas, les odeurs qui s'échangent et les plats que l'on goûte, les parents, les amis, les voisins qui entrent et sortent, la communion humaine.

Nous avons vu que la cuisine créole, à son niveau le plus quotidien, est un acte de communion avec la nature et avec les hommes. D'où peut-être l'extraordinaire prolifération de points de vente de nos produits en diaspora.

Car dans l'exil, manger n'est pas manger, c'est se souvenir des fleurs, des fruits, des herbes, de la montagne et de la mer, c'est consommer le pays, en quelque sorte, et c'est faire surgir tout un monde absent, c'est faire lever des visages et des rires, des gestes, des paroles sans lesquelles on se dissoudrait, on cesserait d'être, on perdrait, comme on dit aujourd'hui dans un langage presque administratif, son identité.

―――――― *SIMONE SCHWARTZ-BART* ――――――

Simone Schwartz-Bart a publié, entre autres : *Pluie et Vent sur Télumée Miracle*, 1972 ; *Ti-Jean l'horizon*, 1979 ; *Ton beau Capitaine*, (théâtre), 1987, tous titres aux éditions du Seuil.

J. POPINCOURT © ASS. RACINES

ARY EBROÏN

LES ORIGINES
DE LA CUISINE CRÉOLE

PENDANT ENVIRON DEUX CENTS ANS, LES ÎLES DE LA CARAÏBE SONT DEVE-
NUES ET SONT RESTÉES DES CHAMPS DE BATAILLE OÙ RÉGNAIENT LA
GUERRE, LA PIRATERIE, L'ESCLAVAGE ET LA PAUVRETÉ. MAIS CES INVA-
SIONS ONT LENTEMENT MODELÉ UNE CUISINE FOLKLORIQUE NÉE, D'UNE
PART, DU MARIAGE D'INFLUENCES CULINAIRES DIFFÉRENTES ET D'AUTRE
PART, DE LA CONJONCTION DE LA GÉOGRAPHIE ET DE L'HISTOIRE.

Les Indiens, à cause de leurs mœurs culinaires par trop primiti-
ves n'ont pas laissé à la postérité beaucoup de recettes de plats cui-
sinés. Toutefois, les Antilles ont hérité des Caraïbes le « matoutou
de crabes » ou « d'écrevisses », succulent mélange de ces crustacés
et de farine de manioc très apprécié des connaisseurs. Ils ont encore
légué aux Antilles, la cassave (pain de manioc) que certains Guadeloupéens dégustent encore de nos jours avec leur café ou leur chocolat au lait au petit déjeuner.

Le comanioc ou manioc doux, légume à saveur agréable, est préparé aujourd'hui comme du temps des Caraïbes. On le sert surtout
en Grande-Terre (Guadeloupe) avec de la viande saupoudrée de sel
et de poivre, frottée de piment, arrosée d'un jus de citron vert.

Quant au barbecue, méthode de cuisine au gril au grand air, de
si haute réputation et actuellement à la mode, il est d'origine arawak. Les Indiens, en effet, utilisaient cette méthode pour faire cuire
leur viande qu'ils coupaient en minces lanières et qu'ils faisaient bou-
caner à la fumée de bois en les exposant sur le feu d'un *barbacoa*
arawak, sorte de gril fait de fines baguettes de bois vert. Cuite ainsi,
à petit feu, boucanée, dégageant un fumet plaisant, la viande et surtout les côtes à la carapace sombre et au contour harmonieux de
guitare étaient juteuses, savoureuses, un délice de gourmets. Au
XVIe siècle, les boucaniers installés sur les rives antillaises avaient
adopté le mode de vie de ces Indiens et cette méthode de cuisson
de leur viande. Ils sont devenus les spécialistes de la viande de
chasse « boucanée » dont ils se régalaient avec des bananes vertes
bouillies en guise de pain.

Les Caraïbes et leurs prédécesseurs les Arawaks étaient passés
maîtres dans l'art de confectionner des assaisonnements pimentés.
Aussi ont-ils insufflé aux Antillais le goût de la sauce au piment qui
était le caractère distinctif des plats caraïbes.

Ils étaient très friands de mollusques (lambis et burgaux), d'huîtres de palétuviers, de crustacés (langoustes, ouassous ou z'habitants, « écrevisses géantes », et crabes) dont ils suçaient les pinces comme des sucres d'orge, à longueur de journée, raffolaient de l'ananas, qui représentait pour eux le véritable symbole de l'hospitalité. Et les *ates*, expression d'origine indienne, désignent encore dans certaines îles, les gelées de fruits comme celles de la goyave et de la pomme ou prune de Cythère, qui sont bien en vue dans le répertoire des desserts antillais.

Le monde d'aujourd'hui doit aux Indiens le maïs, les haricots, la pomme de terre, la banane, le topinambour, la dinde, le cobaye, la courge, le potiron, le piment, la patate douce, le tabac, les tomates, les arachides, le cacao, la noix de d'acajou, la vanille, l'avocat, l'ananas, qu'ils étaient les premiers à cultiver.

Les Antilles françaises, notamment la Guadeloupe qui fut espagnole et anglaise avant d'être française, ont hérité de l'Espagne le *matété* (plat de riz aux crabes ou écrevisses très épicé) qui est une variante exotique de la paëlla et le *jambalaya* (plat de riz très relevé composé de poulet désossé et de jambon coupé en dé, de saucisses, de crustacés) à la saveur délectable auquel l'or du safran et le sang du piment, couleur du drapeau espagnol, donnent ses lettres de noblesse.

En Guadeloupe et en Martinique, la cuisson des pisquettes ou *titiris* (larves de gobéïdes), mets très apprécié dans ces pays, ressemble à la préparation des angulas (civelles), larves d'anguilles, une spécialité régionale de la province basque de Biscaye. Les Espagnols les font cuire dans un poêlon en grès avec de l'huile d'olive, du laurier et de petits piments verts très piquants. C'est un plat savoureux très relevé et la recette est à peu près la même qu'aux Antilles.

Ces « consquistadors » qui jetaient l'ancre de leurs galions dans la rade de Basse-Terre, pour faire leur plein d'eau dans la rivière du Galion qui porte le nom de leurs navires, raffolaient de « crabes blancs » de terre qu'ils préparaient comme les centolles (gros crabes de Galice), qu'ils mangeaient en court-bouillon ou la chair finement hachée nappée d'une sauce piquante et servie dans les coquilles de crabes. Perfectionnés par nos cordons-bleus, les crabes farcis de la Guadeloupe, épicés sans violence excessive, gratinés en carapace au four, font un plat succulent désormais inscrit sur le registre de la gastronomie quasi internationale.

L'influence du patrimoine culinaire anglais s'assure en Guadeloupe une réputation gourmande avec la succulente soupe de tortue très appréciée des touristes mais qui devient, hélas ! de plus en plus rare, à cause de la destruction massive des chéloniens.

Le « Johnny Cake », *dan'quit* en créole, doré, de dimension imposante, est une version anglaise des acras (beignets de morue, de malanga et de giromon, de pisquettes ou titiris). Mais, contrairement à ces hors-d'œuvre pimentés, le dan'quit, de goût agréable, se complaît aux préparations tranquilles en bannissant le piment et les épices relevées.

Le snow-ball, ou *sinobol* en créole, rafraîchissement composé de glace pilée imbibée de sirop de grenadine, d'orgeat ou de menthe très goûté des enfants et même des adultes, que les marchands ambulants vendent dans des timbales en matière plastique en Guadeloupe et en Martinique est un apport anglais qu'on trouve dans d'autres îles environnantes.

Les apports hollandais donnent aussi le bon ton à la cuisine créole. Ainsi le *blaf* de poissons a été introduit aux Antilles par les Hollandais juifs chassés du Brésil par les Portugais et réfugiés en Guadeloupe et en Martinique vers 1634. Ce plat dénommé blaf par les Martiniquais et « poisson au bleu » par les Guadeloupéens, est tout simplement du poisson à la hollandaise, c'est-à-dire poché dans un court-bouillon aromatisé, servi en Europe avec du beurre et des pommes à l'anglaise (cuites à l'eau). Le blaf tire son nom par onomatopée du son que produit le poisson lorsqu'on le plonge dans l'eau bouillante. Ce nom lui vient aussi de sa sauce qui est de couleur blafarde. Le poisson tout parfumé des senteurs des clous de girofle, de feuilles de bois d'Inde, d'ail, de persil, de cives, de fragrances du piment rouge servi dans sa sauce blafarde escorté de tubercules locaux, ressuscite magiquement la chaude langueur, la transparence de la lumière antillaise.

Les knèfes des juifs hollandais ont perdu leur appellation d'origine. Ils sont devenus les *domboués* (ou *dombrés*) des Antillais ou *dombouèye* des Haïtiens. C'est une préparation juive remontant à la plus haute antiquité de l'histoire humaine. On mange les knèfes ou dombrés non seulement aux Antilles mais encore en Alsace, en Allemagne, en Pologne, en Hongrie, en Tchécoslovaquie, où la recette est identique (farine de froment, œufs, eau ou lait).

Le boudin, lui, nous vient du brouet noir de la Grèce antique. Introduit en France par les Phocéens, en Guadeloupe et en Martinique par les premiers colons, perfectionné par nos cuisinières, relevé comme il sied avec nos épices odorantes, tendre, fondant, délectable, servi brûlant, il est devenu la gloire de la cuisine créole et l'un des boudins les plus fameux que l'on déguste, instant délicieux, les yeux fermés avec des frémissements de plaisir.

MOTHER AFRICA

Avec l'arrivée des esclaves africains dont le génie s'est donné libre cours dans la cuisine, les goûts culinaires gagnent une teinte nouvelle, avec une certaine recherche artistique dans la présentation des plats hauts en couleur, pleins de saveurs, variés dans leurs compositions.

L'*acra*, ce beignet doré, appétissant, croustillant, appelé « marinade » aux Antilles françaises nous vient d'Accra, capitale du Ghana, État de l'Afrique occidentale. « Jacobin » aux Antilles, original autant que savoureux, l'acra a réussi à se faire adopter en Europe où il est élevé au rang de gentilhomme quand il est présenté dans les cocktails parisiens, accompagnant avec élégance et distinction l'aristocrate champagne.

Parmi les plats d'origine africaine que l'on a souvent l'habitude de déguster en Guadeloupe et en Martinique, une purée rustique de légumes que caractérise sa couleur verte, mérite une mention spéciale. Cette teinte lui est donnée par les feuilles tendres de madère d'eau et de siguine (plantes comestibles du pays) qui entrent dans sa composition avec les gombos (les okras des Américains, légumes fraîchement cueillis riches en mucilage) et qui donnent à cette spécialité une consistance glissante particulière. Le *calalou*, nom local de ce mets, est originaire du Dahomey et il a traversé l'Atlantique sud pour atteindre la Louisiane. Pour bien le savourer et apprécier la subtilité et le raffinement de sa préparation, il faut être comme au temps jadis sur les bords ombragés d'une de nos belles rivières... assis sur une pierre, les pieds dans l'eau ou plongé jusqu'aux épaules dans un bassin bleu, l'assiette à la main et l'âme imprégnée de soleil et d'euphorie.

Une autre spécialité préparée avec des légumes divers et du porc salé, la « soupe à congo », est robuste et réconfortante. C'est plus une potée qu'une soupe et les esclaves congolais la préparaient pour compenser la rigueur de leurs travaux et réparer leurs forces.

À ces deux soupes viennent s'ajouter la « soupe z'habitants », un potage campagnard de légumes frais et le « patte en pot » ou pâté en pot, qui relève du genre « cuisine méditée », en l'occurrence un potage substantiel de légumes aux abats de mouton.

On a coutume de dire que le pâté en pot est d'origine martiniquaise. Après bien des recherches, je crois pouvoir affirmer que le pâté en pot d'origine française est, en réalité, une rougne sénégalaise épicée, apport négro-africain intégré à la cuisine martiniquaise. Mais ce qui est certain, c'est que l'Afrique a légué à la Martinique le « trempage » (mélange de pain trempé pressé, de pois rouges, de morue rôtie pimentée, de ragoût de viande, de bananes mûres coupées en rondelles) qu'on mange avec les doigts, et le « féroce » (mélange de farine de manioc, de morue rôtie déchiquetée, et d'avocat finement écrasé arrosé d'huile et de vinaigre « férocement pimenté »).

Si ces plats populaires aux Antilles en provenance du continent noir n'ont pas d'appellations africaines distinctes, par contre d'autres mets créoles ont des noms à consonance tout à fait africaine. Comme, par exemple, le *didiko* d'un petit déjeuner substantiel des

Guadeloupéens, le *doucoune* ou *docoune* (pâte de maïs cuite à la vapeur enveloppée dans un fragment de feuille de bananier). À Terre-de-Bas (Saintes), la seule commune de Guadeloupe où l'on prépare le docoune qui est resté une spécialité de l'île, celui-ci est enveloppé dans une gaine d'épis de maïs selon la méthode traditionnelle purement indienne héritée par les Africains après avoir observé les Caraïbes, lesquels tenaient peut-être cette recette de leurs frères de race mexicaine. Citons encore, le *kanki* (mélange de farine de manioc et de sirop de canne à sucre brun foncé dit de « batterie »), cuit comme le docoune, aujourd'hui presque oublié en Guadeloupe, et, toujours en Guadeloupe, le *langou* (pâte obtenue par le mélange de la farine de manioc avec du chocolat bouillant) et le *grignogo*, obtenu avec le mélange de la farine de manioc et du café également bouillant. Le *migan* (légumes coupés en morceaux cuits avec du cochon salé, des herbes aromatiques et du piment) est également d'origine africaine. Le *bébélé*, savoureux mélange très épicé de tripes ou d'andouillette, de bananes vertes dites figues ou *poyos*, a aussi une incontestable consonance africaine.

En 1850, après l'abolition de l'esclavage dans les colonies anglaises et françaises, les planteurs de cannes à sucre, à cause de la pénurie de la main-d'œuvre, ont été dans l'obligation de faire venir des travailleurs de Chine et surtout de l'Inde. Ces Asiatiques ont laissé la marque profonde de leur influence aux Antilles en apportant des spécialités nouvelles dans l'art culinaire de ces îles. Certains plats traditionnels se sont intégrés, peu à peu, dans le répertoire de la cuisine des Antilles.

Les soins apportés à la confection des plats indiens et la croissante consommation du riz et de sa préparation dus à l'influence orientale ont mis en vedette des mets comme le *colombo*, nom local du curry dont les Antilles ont fait une spécialité réputée, et le *moltani*, excellent bouillon très relevé de pattes de cabri, de lentilles, d'oignon et d'ail rissolés, à la belle couleur dorée qui lui est donnée par le safran qui l'enrichit et l'ensoleille.

Avant 1830, on réalisait déjà des plats au curry dans la cuisine antillaise : les Anglais ayant séjourné aux Indes avaient apporté avec eux cette fameuse poudre (mélange savant d'herbes aromatiques, de condiments, d'épices et d'ingrédients divers). Mais ce n'est qu'entre 1852 et 1865 que les « coolies » en provenance des comptoirs français de l'Inde l'introduisirent à leur tour dans toutes les îles de la Caraïbe.

Les Chinois pour lesquels la cuisine est considérée comme un art à l'égal de la musique, ont aussi beaucoup influencé la cuisine antillaise.

Le cochon de lait rôti entier, les tripes et le gras-double, le petit salé aux lentilles sont des délices antillaises dérivant des cuisines bourguignonne, lyonnaise et auvergnate. « La morue raccommodée antillaise » s'apparente à la brandade de morue provençale (morue pochée, pilée avec ail, mélangée avec huile, lait tiède et épices), mais elle est parée de pommes de terre qui lui font une joyeuse escorte dans la crème onctueuse et parfumée.

La soupe de poisson à l'antillaise haute en couleur, de parfum persistant et de goût prononcé est une parente créole de la bouillabaisse de Marseille, de la chaudrée de La Rochelle, de la pochouse de Verdun-sur-le-Doubs, du ttoro de Saint-Jean-de-Luz et de la cotriade de Bretagne. Seuls, à la dégustation, le baiser brûlant du piment fait oublier la chaude caresse du poivre.

Quant aux savoureuses écrevisses géantes, qui peuvent atteindre la longueur d'une petite langouste, appelées ouassous en Guadeloupe et z'habitants en Martinique, préparées à la créole, elles trouvent dans la sauce piquante un linceul royal. Je me complais à saluer ce mets de haut goût, la riche simplicité de sa préparation, la somptueuse innocence de la chair délicate de ce crustacé qui fleure la fête distinguée et avec lequel le muscadet élégant, fin et fruité, fit mariage d'amour.

Le court-bouillon de poissons à la créole dont raffolent les Antillais est en réalité une réplique du poisson à la provençale, mais avec des touches et rappels créoles très marqués. Les cuisinières locales ont banni l'oignon, le poivre, et l'ont remplacé par les cives ou ciboulettes, le persil, le piment qui le parfument agréablement. Elles ont encore préféré au parfum persistant du laurier les furtives effluves du thym. Mais il faut savoir aussi que le court-bouillon de poisson à la créole n'est pas une complainte collective, c'est le sonnet d'un esthète. On peut, en effet, déguster mille « court-bouillons de poissons », jamais on n'en trouvera deux exactement identiques, car la réussite de ce chef-d'œuvre porte la marque du cuistot, du cordon-bleu, de la cuisinière qui l'a créé. Et chacun a son style. C'est si vrai que certains gastronomes parlent de ces sublimes « court-bouillons » faits sur la pierre en plein air, sur un feu de bois, et de plantes aromatiques qui ont l'odeur divine de la mer, du vent et de la montagne. Nulle salle à manger, si magnifique soit-elle, ne saurait égaler, en ce moment d'ineffables plaisirs, ce décor naturel.

Le savoureux « pain doux » avec les fines dentelles de ses décorations est en réalité le cousin germain du biscuit de Savoie ; le délicieux « gâteau maïs » et le délectable riz au lait à la croûte dorée et parfumée, et la suavité de leur vanille givrée sont les descendants directs du millas des Landes et de la tergoule normande.

Le gâteau traditionnel de mariage de la Martinique n'est autre que le croquembouche de la métropole composé de petits choux profiteroles garnis de crème, glacés au sucre et montés les uns sur les autres.

Le « Tourment d'Amour » (pâte sucrée garnie de crème pâtissière recouverte de confiture de coco râpée et de pâte à biscuit) est une spécialité des Saintes (Terre-de-Haut et Terre-de-Bas) dont l'origine est française mais nuancée d'apports créoles. Pour moi, le nom de tourment d'amour donné à ce dessert, dans ce monde joyeux de gâteaux, de pâtisseries, de friandises et de confiseries, ne manque pas d'ironie car il rappelle trop les tourments du cœur et les délires de l'âme. On aurait dû l'appeler « lune de miel » puisqu'il reste pour nous un symbole de douceur, un intense plaisir et une charmante évasion.

Par ailleurs, les premiers ceps de raisin muscat furent introduits et plantés aux Antilles par les premiers colons venus de France et les raisins donnaient trois récoltes par an avec 100 kilos de raisin par treille. Mais Colbert en limita la production, s'opposant ainsi à une culture de la vigne concurrentielle, et par une ordonnance encore en vigueur, puisque non abrogée à ce jour, interdisit la vinification en Guadeloupe. Quoi qu'il en soit, beaucoup de gens seront étonnés d'apprendre qu'un curé des Saintes (Terre-de-Bas), feu le père Lassalle, produisait lui-même son vin de messe avec les raisins noirs de sa tonnelle.

Pour nous Antillais, de quelques noms romantiques ou baroques dont ils soient parés, les mets gardent toujours le prestige du passé, la poésie de nos terroirs et la douceur de nos plus lointains souvenirs.

ARY EBROÏN

Chroniqueur gastronomique, journaliste et écrivain. Docteur honoris causa en littérature de la Fondation universitaire internationale du Missouri. Rédacteur en chef de la collection « Les Délices de la cuisine créole. »

VINCENT PLACOLY

SOCIOLOGIE À PEINE SCIENTIFIQUE DU FEU

L'ORIGINE DU RHUM EST MAL DÉFINIE. DÈS LA MOITIÉ DU XVIIᵉ SIÈCLE, LES VOYAGEURS REVENANT DES ANTILLES PARLENT D'UNE « LIQUEUR SAUVAGE TIRÉE DU JUS DE LA CANNE ET QUI DONNE DE LA FORCE ET DU COURAGE AUX ESCLAVES ». ON CROIT SAVOIR QUE LA CANNE À SUCRE FUT INTRODUITE EN MARTINIQUE PAR JEAN AUBERT EN 1640, ET LA DISTILLATION DE CELLE-CI EN ALCOOL PAR LA MÉTHODE « COGNACAISE » EST ATTRIBUÉE AU PÈRE LABAT.

Abordez un amateur de rhum (comment le reconnaît-on ? Nous en verrons les signes caractéristiques plus loin), et plaignez-vous : « Je ne comprends pas, le moindre punch me rend malade ; pensez-vous que le rhum ne m'aille pas ? » Légèrement apitoyé, il posera sur votre personne l'œil embrumé du marin ; immanquablement il vous répondra : « C'est parce que vous n'en buvez pas assez. » Vous serez pour ainsi dire saisi par tant d'assurance philosophique et de sagesse médicale. Et c'est alors que vous allez vous mettre à ingurgiter des quantités de plus en plus impressionnantes d'alcool, contrairement à Mithridate qui, lui, voulait se préserver des poisons. Cette volonté touchante d'immunisation vous mènera tout droit à l'hospice ; ou bien, comme on dit de ceux que l'alcool a perdus, il vous mènera au « daleau ». Et si, d'aventure, vous rencontrez alors notre philosophe des boissons, il vous condamnera, du même air imperturbable : « C'est parce que vous en avez abusé ; il vous faudra faire pénitence et demander pardon au rhum. »

J'ai connu des amitiés anciennes et viriles brisées net parce que le compagnon d'hôtel, compagnon depuis nani-nanan, a refusé, pour des raisons spécieuses (traitement médical strict, je-suis-en-cale-sèche, il-se-fait-tard, ma-femme-m'attend), a refusé donc d'accepter une tournée. Sans parler forcément d'injure suprême, disons que l'autre pouvait considérer cette dérobade comme la rupture définitive d'un pacte communautaire signé, de manière immémoriale, contre la vie, contre la mort, contre l'incompréhensible acharnement à vivre la vie, futilité dans le sens où un rien peut faire changer la vie de route, contre les processions pesantes, inconfortables, qui accompagnent l'enterrement du corps humain.

Le foie chargée, la tête lourde, le teint brouillé, l'œil vide n'enlèvent rien à la conscience du fait que le liquide, dont la teneur en alcool est la plus forte du monde, en passant dans le sang, fortifie non seulement le corps mais l'âme. Dans les concours de rhum, le meilleur gagne ; on lui porte ce respect terrifié qu'imposent les êtres possédés, possesseurs d'une forme de vigueur immortelle. « Le rhum conserve, a-t-on coutume de dire. Observez tous ces octogénaires musclés comme des cordages et plus forts que des boeufs ! Que pensez-vous que soit le secret de leur féconde longévité ? »

Seulement, entre cette féconde longévité et la cale sèche, le radoub, le daleau, ultime déchéance, et l'hospice honteux où, derrière le dos de l'infirmière, l'ami compatissant mélange à l'eau de régime une ou deux « musses » du liquide incolore, il existe un équilibre, une posologie, transmise par coutume, apprise par habitude et retenue au travers du tissu immuable des conventions sociales.

Ne retenons pas la manière soft de consommer le rhum : cocktails, long-drinks, planteurs, daïquiris, cuba libre... Il s'agit de compositions nocturnes, adoucies aux saveurs de fruits, très sucrées et poisseuses. Leur confection se contente du rhum industriel de mélasse.

Ne retenons pas non plus la manière *hard* qui consiste à consommer le rhum à n'importe quel moment, n'importe où, avec n'importe qui, avec n'importe quoi, parce qu'il paraîtrait que le rhum possède la vertu de faire planer sans être ivre. Erreur ! On connaît des officiers de la marine nationale partis, avec une constance forcenée, à la recherche de la « cuite céleste », réembarqués comme des forçats à bord de leur vaisseau, aux fers, pour avoir souillé et dégradé le bel uniforme blanc de la présence française outre-mer.

QUAND LE RHUM S'APPELAIT TAFIA

La jeunesse d'aujourd'hui a saisi le problème. Plus cosmopolite, plus diluée dans les courants du goût international, plus sensible aux injonctions à peine dissimulées des placards publicitaires, moins robuste et plus efféminée, prétendent certains, elle se rabat (quand elle boit) sur des alcools plus comme il faut : la bière, essentiellement, et le champagne, quand il lui est donné l'occasion d'en consommer.

Je fais partie de cette génération intermédaire où le cérémonial du punch a presque disparu, où se désagrègent ces lieux de convivialité qui rassemblaient, en un seul moment fait de multiples instants, des buveurs conscients de leur bien-être et de la supériorité du meilleur sur le bon.

« Nous sommes tous mortels. » J'étais attablé devant une assiettée de morue rôtie servie sans sauce, et je recevais ma leçon d'éter-

J. DECOSSE

nité de la bouche d'un amateur de rhum. Avec des gestes mesurés et précis dans leur organisation, il dressait la table à punch et parlait. Il avait été gestionnaire d'habitation ; il avait accepté de m'entretenir des traditions d'hier. Il gardait de ses fonctions l'impeccable ensemble de coton brun-kaki, légèrement effiloché cependant par endroits à cause de trop d'empesages, trop de passages au bleu, ainsi que des innombrables repassages au fer trop chaud. « Beaucoup trop de gens prêtent au rhum des vertus qu'il n'a pas. » Sa voix sourde s'éraillait ; mais la lenteur de son débit de paroles lui conférait une sorte d'autorité magistrale que l'on se passionne d'entendre, de la même façon que s'il se fût agi du parler, sur un magnétophone, des archives du temps.

« Cela me fait plaisir que vous soyez venu me rendre une visite ; vous ne pouvez pas refuser l'invitation que je vous fais de rester à manger. » Il se lève pour aller pousser les braises dormantes du tesson. « On m'a apporté ce matin du Vauclin une belle sarde. Comment les préférez-vous ? Depuis la mort de mon épouse, je vis seul ; mais la cuisine locale me connaît, tant qu'il ne s'agit pas de ces médicaments surgelés que l'on vous sert dans les libres-services. »

De stature, il n'était pas très grand. Mais il possédait un équilibre de mouvements et de déplacements dignes du meilleur danseur.

« Si je vous dis que j'ai vu des gens boire plus que de raison, dépasser la ligne de flottaison, comme nous disons. Mais ils l'ont fait par dépit de leur vie. Leur vie ne les laissait pas boire comme il faut. S'asseoir à une table les gênait, de la même façon qu'est gêné le marié qui, lors du repas de noces, se rend compte qu'il n'aime plus son épouse. »

Nous nous étions assis dans une courette de terre battue, qu'ombrageait un manguier gigantesque dont les branches, taillées avec soin, s'étendaient à l'horizontale, figurant dans l'ensemble le couvert d'un parapluie cossu. À deux pas se trouvait la cuisine ; de larges tranches de sarde avaient été mises à tremper ; une brise légère nous apportait, par effluves imperceptibles, les émanations corsées du bois d'Inde en saumure, mélangées à celles, un peu douceâtres, de la sarde créole.

« Tout tient, non seulement de la bonne connaissance des produits de la terre, de la mer et de l'air, mais aussi de l'apprentissage assidu du fonctionnement de votre corps. Le foie et le rein sont des organes régulateurs. L'écorce de certains bois, la feuille de certains arbres possèdent d'incontestables vertus de régulation. Vous ne pouvez pas faire macérer n'importe quoi dans du rhum, sans provoquer dans votre corps des déséquilibres irréversibles. Pour cette raison, la feuille d'absinthe, l'écorce de mabi, la pelure du petit citron vert, la branche d'oranger, le jujube, la surette, la quenette, le raisin du bord de mer, la groseille doivent être absolument connus dans leurs vertus propres et mesurés selon le goût de chacun. Aussi, chacun doit-il doser ce qu'il mange avec ce qu'il boit. La mode des compositions salées sous vide n'enlèvera jamais la saveur apéritive des salaisons naturelles, le museau de cochon coupé en petits dés dans de la sauce au chien, la sardine de filet, le hareng sauré, cette morue sèche, déraidie dans du sel, et puis, le fin des fins, un confit d'habitants préservé dans la glace. »

Nous avions déjà pris un premier punch, ledit cinquante pour cent. Il m'avait laissé me servir moi-même, devant les ingrédients et ustensiles nécessaires : le plateau à anses larges, orné en son fond d'une reproduction de la Diane chasseresse, le verre fleuri, acheté à la douzaine au bazar, la cuillère à long manche, le sucre de canne, le sirop (il me laissait le choix de l'un ou l'autre), la carafe d'eau fraîche, la petite soucoupe fleurie de la même façon que les verres, contenant un petit citron vert, non coupé, et un couteau très effilé à bout pointu.

« N'écoutez pas toutes les histoires qu'on a pu vous raconter sur le rituel du punch. Certains essaient de le calquer sur les us et coutumes des planteurs qui tenaient, en grands seigneurs, à ce que soit apprécié, avec le maximum de décorum possible, le produit de leurs distilleries, pour égaler en saveur sociale la renommée des grands crus du sol français de France. Il est vrai que la qualité des sols, l'ensoleillement, la haute teneur en sucre de la canne, les vertus renommées de nos eaux, la tradition du vieillissement dans des fûts de chêne, et, ne l'oublions pas, le génie inventif du père Jean-Baptiste Labat, missionnaire, ont produit certaines années des crus de loin supérieurs aux meilleurs cognacs. Mais on ne vous servira pas facilement de ces rhums-là. Ils sont rares et chers ; ils se réservent dans des flacons de cristal. (Un temps.) Mais qui possède encore des flacons de cristal dans ce pays ? »

Le double sens de sa remarque ne me surprit pas. Je savais qu'il se remémorait l'époque où l'on servait encore le rhum à la mesure (chopine, roquille, musse, demi-musse) dans les débits de la Régie, de la même façon que le pétrole lampant. Le punch alors ne se sirotait pas ; il s'ingurgitait sec, à la grimace. Sa mémoire repassait le souvenir de l'épicerie enfumée, les rondes sauvages où le rhum brûlait comme un feu, les énormes cuves de fermentation (dont on dit qu'elles ont abrité dans le temps bien des cadavres gênants), l'intenable brasier des chaudières, l'alambic où l'alcool, dans sa clarté sans tache, titrait dans les 75 à 80 degrés.

« D'ailleurs, ce ne sont pas les punchs de guéridon qui ont laissé les termes les plus parlants de notre culture. Le *tafiatè* procède de l'époque où le rhum s'appelait tafia ou guildive ; il était le produit d'alambics rudimentaires, une eau-de-vie primaire qui servait aussi bien d'embrocation pour les chevaux. Et puis, vous avez des termes et expressions qui varient, à l'image de notre langue créole, langue jeune et portée sur les sensations de l'instant : le *décollage* à l'absinthe du petit matin, le *pété-pieds*, le *sec*, le *feu*, le *pétard*, qui sont devenues des dénominations communes du punch, la *crase*, la *par-*

tante, le *départ*, le *cocoiage*, le *mabiage*, le *madou*, auxiliaires obligés du punch du matin, je ne parle pas du *blanchard*, qu'on ne fait plus que rarement. Et puis parlons des termes qui signalent le degré de l'ivresse, le *mal macaque*, que l'on pourrait traduire en français par la gueule-de-bois, la *boulaison*... Notez la faculté d'observation poétique de notre langue ; on dit *ivre comme une grive*, aussi bien qu'*ivre comme une sarde*. Si vous étiez poète, est-ce que vous auriez eu ce coup de génie de rapporter la métaphore de la grive des bois à celle, moins lumineuse, de la sarde des eaux ? »

GÉNÉRATION WHISKY

Il avait mis en route la confection de son court-bouillon de poisson, et plongé dans le canari d'eau bouillante salée des morceaux de patate, d'igname et de fruit-à-pain. Tout en dressant la table avec sa nappe, ses verres et ses assiettes fleuries, il entretient la conversation. « Nous allons prendre notre second pour cent. Ce rhum-là, est-il à votre goût ? » Devant mon hésitation, il poursuit : « Je vois, vous n'êtes pas encore prêt à entrer dans la confrérie des amateurs. Vous appartenez à la génération-whisky ; vous avez voyagé, votre goût s'est déplacé ; on vous ferait boire aussi bien du Old Nick que du J.M. À mon âge, je ne peux m'en tenir qu'à un seul... Est-ce qu'on boit du rhum autre part qu'en Martinique ? »

Je lui parle du fameux barbancourt d'Haïti. Il me répond sans sourciller que pour le faire vieillir on y met à tremper des morceaux de chair humaine. Et avec cette même force de conviction que partagent ceux chez qui les vérités s'arrêtent à ce qu'ils savent, il m'assure que le goût des Anglais se résume à l'absorption d'énormes quantités de bière, et que les Guadeloupéens savent tellement que leur rhum n'est pas bon qu'ils le noient dans des mixtures fruitées.

« Tout vient de la variété de nos terres, qui est unique, et de la canne que nous élevons, selon le lieu. Nos palais sont de véritables distilleries. Le sol, le climat, l'alimentation des hommes, les habitudes de table déterminent notre goût quand il s'agit de punch. Du Sud sec au Nord humide, de la côte atlantique battue par les vents constants, à la côte sous le vent, abritée, paisible à l'image de leurs habitants, le goût, qu'il soit d'alcool ou d'autre chose, correspond à l'alchimie interne des humeurs. Je connais de bons buveurs rendus malades parce qu'on leur avait servi une marque qui n'allait pas avec leur santé. Et vous ririez si je vous disais que le problème de l'alcoolisme vient en grande partie du fait que bon nombre de commerçants, appâtés par le gain, sous le comptoir, font deux pleines chopines avec de vieux restes de rhum de marques différentes. Vous riez ! Alors demandez-vous pourquoi l'amateur de rhum ne boit que rarement dans les hôtels qu'il ne connaît pas, et pourquoi dans les bars, à chaque tablée, l'on vous apporte votre bouteille cachetée. L'un expliquant l'autre, au fond de chacune des bouteilles aux huit dixièmes vidées, il restera toujours de quoi faire le mélange du tord-boyaux des pauvres. »

Fugitivement je vois passer devant ses yeux assombris le cortège des laissés-pour-compte de l'alcool, pauvres hères remontant, rue après rue, le compte à rebours de leur état de cendres et de poudres poussiéreuses ; il leur arrive d'oublier le lieu de leur domicile et leur état-civil, jetés dehors à la rue par des rancœurs anonymes dans un monde où la morale ne représente plus la royauté des choses de la vie. Mais le ton reste enjoué, comme si, pendant qu'il parle, des souvenirs cocasses lui remplissaient l'esprit. En effet moi aussi je m'amuse. Le repas se sert ; et tranquillement nous mangeons.

« On dit qu'un conseiller municipal, dont je tairai le nom, a pu payer sa villa de vacances avec l'argent de la consigne des litres de rhum ingurgités en l'espace de trois années. J'aime voir rire les jeunes au cours de ces temps moroses que nous vivons. La prochaine fois, amenez-moi davantage de vos amis, au moins pour que nous puissions organiser un tournoi de dominos. Combien de vos camarades peuvent venir dans ma maison ? L'amitié ne se compte pas, vous aurez de la place pour tous. Je vous raconterai de vraies histoires de cuite. »

―――――― VINCENT PLACOLY ――――――
Professeur de lettres modernes à Fort-de-France ; écrivain, auteur notamment de : *Vie et mort de Marcel Gonstran*, Denoël, 1971 ; *L'Eau de mort Guildive*, Denoël, 1973 ; *Frères Volcans*, La Brèche, 1983 ; *Jean-Jacques Dessalines ou la passion de l'indépendance* (théâtre), Éditions Casa de las Americas — La Havane.

UN MOYEN D'ÉTENDRE LA CONSOMMATION DU RHUM

« *Le rhum des Antilles doit ses vertus extraordinaires au climat et au terroir de ces îles enchantées. Mûri sous le soleil tropical et sous le feu des volcans, il emmagasine avec son bouquet incomparablement exquis, le maximum de radiations et de calories que puisse absorber une liqueur, et les dispense avec une généreuse prodigalité, pendant les rigueurs de l'hiver, aux organismes livrés à toutes les offensives du froid. Les sommités médicales sont unanimes à reconnaître l'action tonique et stimulante du rhum des Antilles sur les bronches menacées ou atteintes. Elles sont unanimes à le recommander comme un facteur de résistance de premier ordre aux causes d'infection ou de dépression que multiplient les basses températures, les neiges et l'humidité de l'hiver.*
« *Qu'on n'oublie pas qu'aux États-Unis et dans d'autres pays naguère* « *secs* » *une exception était faite, même aux périodes les plus sévères de la prohibition, en faveur du rhum qu'on prescrivait contre la grippe. Autre fait à considérer: lors de l'épidémie si terriblement meurtrière de grippe espagnole, les Antilles ont été pratiquement épargnées:*
L'HABITUDE QU'ON Y A DE PRENDRE CHAQUE JOUR UN PEU DE RHUM SOUS FORME DE PUNCH AVAIT DRESSÉ CONTRE LE FLÉAU LA PLUS EFFICACE DES BARRIÈRES ».
Voilà des faits qu'il faudrait répéter sans se lasser. Et à la TSF il faudrait joindre le Cinéma. Avant la fin de chaque spectacle l'écran pourrait résumer les mêmes considérations.
D'ailleurs, pourquoi ne pas pousser la propagande jusqu'à proposer des recettes que chacun essayerait de réaliser? Pour l'été, par exemple, quelle boisson plus agréable et plus rafraîchissante qu'un mélange de rhum, de glace, de sucre et d'eau de Seltz?
Rien ne désaltère autant.
Autre recette: lorsque, l'hiver, le froid vous pénètre jusqu'aux moelles, essayez d'un mélange de lait chaud, de sucre et de rhum des Antilles arômatisé à votre goût: vous aurez là un aliment énergétique d'une puissance impossible à obtenir autrement: c'est la déroute du frisson, de la torpeur et de la mélancolie.

Qu'on ne croie pas, qu'on ne dise pas que, dans ces breuvages, le rhum des Antilles puisse être remplacé par du cognac, du genièvre, du kirsch, etc. NON : tous ces alcools ont leurs vertus, mais ce qu'ils n'auront jamais, c'est le potentiel d'énergie concentrée, le privilège intrinsèque d'exciter, de réveiller, d'accroître les forces vitales que, seuls, peuvent conférer le terroir des Antilles et le soleil des Tropiques.

Que de choses à faire valoir encore ! Que de domaines ne peut-on annexer à notre rhum des Antilles !

Toutefois, nous sommes convaincus que l'un des meilleurs moyens de seconder une telle propagande serait de s'arrêter à quelques types de rhum, de qualité invariable, que l'on offrirait à la clientèle. La technique de la fabrication est arrivée à un tel degré de perfection que cette mesure est désormais possible. Inutile, croyons-nous, d'insister sur les avantages de cette uniformisation des types.

En résumé, nous préconisons une forme de propagande qui a des chances, en se conjuguant avec la poursuite et la répression de la fraude, de conduire au résultat qui est notre principal objectif : augmenter considérablement la consommation du vrai rhum ; et, par là, lutter contre la crise qui nous préoccupe si vivement. Mais nous ne parviendrons à ce résultat que si cette action par la TSF est menée avec méthode et persévérance, et dotée de ressources suffisantes.

Chambre de Commerce et d'Industrie de la
Martinique (Belle époque !)

J. POPINCOURT © ASS. RACINES

6
L'AVENIR SANS COMPLEXES

MARC VAN MOERE

SI T'ES FOOT,

T'ES ANTILLES

LÀ-BAS, LE FOOT EST CHAUD, EXUBÉRANT, ÉLÉGANT. MAIS FANTASQUE. IL N'A PAS VRAIMENT D'HISTOIRE, MAIS LES HISTOIRES NE MANQUENT PAS. IL N'A PAS DE PROFIL DÉTERMINÉ, MAIS DE MULTIPLES FACES AUSSI EXPRESSIVES LES UNES QUE LES AUTRES. CELLE QU'ON CONNAÎT AU TRAVERS DES PROFESSIONNELS QUI, DE EDOM À MARIUS TRÉSOR, ONT FAIT CARRIÈRE EN MÉTROPOLE, N'EST PAS LA PLUS RÉPANDUE. EN GUADELOUPE, LE FOOT EST UNE FOLIE ORDINAIRE. ET LA FOLIE A MILLE VISAGES.

Camille Albert Julius Champion se hâte lentement. Il se force à flâner, le nez en l'air et un sac sur le dos. À l'intérieur, un vieux short, un maillot propre et ses crampons. Cela fait bien une minute qu'il a aperçu son pote Germain qui, indolent, savoure l'ombre d'un palmier assis sur sa mobylette. « Doucement, tranquille », se répète Camille en comptant les voitures qui le doublent sur la nationale qui relie Pointe-à-Pitre à Gosier. Gosier où, sur le stade municipal, Henri Augustine, l'entraîneur de l'équipe première compte les minutes de retard. Bientôt trente. Camille et Germain se saluent d'une grande tape dans la main, paume contre paume. Eux aussi comptent les minutes. Ils sourient. Le temps d'arriver au terrain, d'essuyer l'engueulade du coach, de se changer mollement dans la cabane de planches et de tôle ondulée qui tient lieu de vestiaires, les autres seront revenus du footing obligatoire. Alors Augustine libérera les ballons des filets et l'entraînement, le *vrai*, commencera. Jonglages, dribbles, feintes, talonnades, petits ponts, ailes de pigeon, caresses, frappe. Le pied !

« Tous les mêmes. Des qualités naturelles extraordinaires, le physique, la technique, le sens du jeu mais la haine de l'effort. On n'y peut rien : ce pays, c'est le paradis. Il fait chaud, il y a la mer, du ti'punch, de belles filles et de la musique à tous les coins de rue. Le foot ? Un plaisir parmi d'autres. » Henri Augustine n'est même pas furieux. Il est navré. Simplement navré. Désolé de constater que les clichés qui entourent le football guadeloupéen ont la carapace aussi dure que celle d'une noix de coco. Et il sait de quoi il parle : il est d'ici. Revenu au pays depuis 1982 après des années passées à bourlinguer dans le monde, il a retrouvé son football tel qu'il l'avait quitté. Miroir à peine déformant des qualités et des défauts de son peuple. De sa terre.

Aujourd'hui, il y a 52 000 licenciés sur l'île pour 330 000 habitants.

Calculez le pourcentage : c'est énorme. Tout le monde joue, du *tiot'* au pépé. Dans les clubs qui constituent la division d'honneur[1], il est courant de voir jusqu'à 40 joueurs se disputer les 13 places de la feuille de match. Le foot déborde. Même des terrains. Avant le lancement des grands programmes d'urbanisation, dans les années 70, l'île étalait ses terrains vagues sous les pieds des gamins. Désormais, la moindre parcelle est construite ou cultivée et le foot s'est replié sur les terrains balisés. Pauvres terrains ! Peu nombreux, ils supportent presque sept jours sur sept les assauts de milliers de crampons. Le mercredi, jour des enfants, ils sont piétinés de 9 heures du matin à 9 heures du soir. Et plus tard encore s'ils sont éclairés. Le week-end, on joue des matches du vendredi soir au dimanche après-midi. L'herbe agonise en silence, et les supporters communient dans la sueur.

Félix Farasmane, directeur technique régional est formel : il est impossible de faire de réels progrès sur ces surfaces pelées. Voilà pourquoi la natation et l'athlétisme fournissent, en données comparées, plus de champions que le foot. Sur les pistes ou dans les piscines il n'y a jamais d'embouteillage. Et ceux qui les fréquentent savent qu'ils sont là pour en baver.

Pour le Guadeloupéen, le foot est une respiration naturelle. Il ne voit pas l'intérêt d'affoler ses pulsations si ce n'est pas pour affoler un adversaire. La préparation physique, les longueurs de fractionné, s'époumonner contre une aiguille qui, de toute façon, trotte plus vite que lui, ça ne l'intéresse pas. Le Guadeloupéen respire pour vivre et non l'inverse, inutile de lui imposer un rythme qui n'est pas le sien. Par exemple, savez-vous pourquoi le Sirocco des Abymes est devenu champion de Guadeloupe en 1986 ? Parce que son entraîneur s'était arrangé pour jouer tous les matches compris entre janvier et mars le vendredi soir plutôt que le samedi ou le dimanche. Explication : en cette période de carnaval, les clubs qui ont le malheur de jouer le dimanche voient débarquer au stade 11 zombis aux yeux vitreux, épuisés par deux jours et autant de nuits d'une fête entretenue grâce à un cocktail explosif : danse, ti'punch et filles. À l'heure du coup d'envoi les joueurs ressemblent à des légumes qui se dessèchent à courir derrière un ballon sous un soleil de plomb.

Évidemment, un tel contexte ne favorise pas l'émergence de champions. D'autant que le handicap est pris depuis le plus jeune âge. Lors des compétitions cadets par région, la sélection de Guadeloupe se fait déborder chaque année. « Individuellement, les métros ne sont pas plus forts que nous, remarque Juan Calvet qui fréquente aujourd'hui la sélection senior. Mais ils possèdent une plus grande maîtrise technique, sont plus précis dans leur attaque de balle et ont déjà développé un sens tactique très aigu. » Et ce n'est pas tout : « L'an passé, raconte M. Mathurin, conseiller technique régional, nous avons affronté la Bourgogne. Sur les 16 joueurs du groupe il y en avait 13 du centre de formation d'Auxerre. » Une structure inexistante en Guadeloupe, pour des raisons plus ou moins valables. D'abord, et c'est un fait majeur, le football y est amateur ; aucun club ne pourrait supporter une telle charge. Ensuite, le système se heurte à la méfiance indigène. La classe foot-études lancée au CES du Raizet en 76-77 a périclité en trois ans. Trois années, en équilibre sur un budget tête d'épingle, sans moyens pour louer un car et transporter les élèves aux terrains. Trois années durant lesquelles les meilleurs éléments de l'île furent camouflés par des entraîneurs soucieux de ne pas se faire voler leur perle rare par un autre club. « Nous aurions dû former une élite et nous avons seulement permis à des footballeurs quelconques de devenir moyens », constate amèrement M. Mathurin. Henri Augustine, lui, hausse les épaules : « Ici le mur du clocher est infranchissable. »

À bien y regarder, on peut quand même se demander si les déviances de la nature guadeloupéenne ne sont pas un handicap plus insurmontable que le dédain poli dans lequel la métropole entretient l'île. Bien sûr, le foot y est pauvre. Les budgets se bouclent de soirées dansantes en kermesses. Et la resquille est un sport pour lequel le Guadeloupéen fait preuve d'autant d'invention et d'habileté que sur un terrain. Évidemment, l'organisation et la discipline ne sont pas les premiers réflexes du joueur. Mais l'effarante facilité des mutations crée des mélanges tels que sur le gazon les joueurs répugnent souvent à donner le ballon à un partenaire qui n'est pas du même pâté de maison. Fatalement, enfin, le supporter est roi. Les plus riches vont même jusqu'à offrir des primes à leurs favoris les soirs de victoire. Quand ceux-là, qui ont moins d'idées que d'argent, en viennent à revendiquer une autorité sur les affaires sportives, le club n'est pas loin de l'explosion. La célèbre Étoile Rouge n'est pas morte autrement, éventrée de l'intérieur par des mécènes illuminés sans doute, mais certainement pas par le génie du football.

Mais alors, direz-vous, comment un Trésor, un Janvion (il est martiniquais mais les problèmes sont cousins) ou un Angloma[2] ont-ils fait pour s'extraire de cette marmelade tropicale ? Et pourquoi ne sont-ils pas plus nombreux ? Pour répondre à cette dernière question il suffit de se rappeler nos amis du début : Camille et Germain. Ils sont doués, ces deux-là, peut-être même plus que ne l'était Trésor. Les vieux Guadeloupéens aiment d'ailleurs à citer, en affectant un air navré, tous les talents plus évidents qui n'ont pas eu la trajectoire de l'idôle de Sainte-Anne. Ils sont doués donc, mais « définitivement feignants », tempête Henri Augustine. « Ceux qui réussissent dans le professionnalisme, explique M. Mathurin, ne sont pas forcément les plus talentueux mais les plus costauds moralement. Ne percent que ceux qui sont capables de supporter l'éloignement, la concurrence et le rythme d'un football qu'ils ne connaissent pas. »

LA TÊTE PRÈS DU SOLEIL

Les meilleurs espoirs fréquentent les différentes sélections régionales avant de se lancer au-dessus de l'Atlantique. Sans vraiment de garanties concernant l'atterrissage. « J'essaie de décourager ceux qui ne me semblent pas assez solides pour risquer l'aventure, assure Félix Farasmane. Les autres, je les recommande à des clubs sérieux. » Dans un cas comme dans l'autre, l'efficacité est plus qu'incertaine. Parmi les premiers, ceux qui ne supportent pas l'affront à leur talent évident se laissent séduire par des « recruteurs » plus ou moins marrons (quand ils ne les contactent pas eux-mêmes !), antillais en pied en métropole qui vendent aux fugueurs un rêve au « contre-coût » souvent très élevé. « Quand un de ces gars atterrit en troisième ou quatrième division avec un boulot, c'est un demi-mal, soupire Farasmane, même s'il ne devient jamais pro. Les autres, je préfère ne pas savoir ce qu'ils deviennent. » La réalité guadeloupéenne entretient sans grand mal le mythe du « Marius [Trésor] l'a bien fait ». Plus de 50 % des 18-25 ans sont au chômage. « Les parents préfèrent espérer avoir fabriqué un futur Fernandez plutôt que de s'assurer d'en faire un médecin sans clientèle. »

Quant à ceux qui partent avec un sésame en poche, ils réservent parfois des surprises à ceux qui le leur ont délivré. « Jocelyn Angloma est parti pour la métropole en m'affirmant qu'il avait trouvé du travail à Paris, se souvient Félix Farasmane. Je lui avais donné une lettre pour Gérard Houiller qui était à Lens à l'époque, et une autre pour le directeur administratif du PSG. Quand j'ai appris qu'il avait signé à Rennes je suis tombé sur le derrière ! » Angloma, en fait, n'avait jamais eu l'intention de s'installer à Paris. Il était simplement allé rejoindre Mario Relmy, attaquant du Stade rennais mais surtout cousin germain très persuasif.

Finalement, qu'on s'appelle Camille Champion ou Jocelyn Angloma, le principal avantage et l'inconvénient majeur du footballeur antillais, c'est d'avoir la tête trop près du soleil.

MARC VAN MOERE
Journaliste à *L'Équipe-Magazine.*

---

1. Il y a trois divisions en Guadeloupe. Par ordre décroissant : division d'honneur, promotion d'honneur et première division, soit 93 équipes.
2. Milieu de terrain du Stade rennais et international espoir.

Aimé Césaire

FANTA TOUREH M'BAYE

TOUS FILS

DE CÉSAIRE

L'ÎLE FOURNIT LE CADRE QUI PRÊTE AU ROMAN SON UNIVERSALITÉ : LOIN D'OFFRIR DES PARTICULARITÉS EXCLUSIVES, ELLE CONCENTRE ET RÉSUME LE MONDE ENTIER. ÎLE-PRISON, ÎLE-BATEAU, ÎLE-TERRE, ELLE NOURRIT UN SYSTÈME MÉTAPHORIQUE TRÈS RICHE. DE LA LITTÉRATURE ANTILLAISE...

Au commencement, le grand voyage, et l'ailleurs, désolé par la ligne de l'horizon qui cerne l'été. Et au-delà, le continent originel : Afrique-mère, évoquée par les cérémonies magiques ou les rythmes du tam-tam. Et l'écriture ? L'écriture, en esclavage, n'existe pas pour des peuples héritiers d'oralités africaines, et créant, sous la contrainte mais aussi pour gagner une autre sorte de liberté, une oralité composite et neuve dans une langue neuve : le créole. Le livre n'est accessible que pour une infime minorité, souvent des femmes, ayant pour tâche d'instruire les rejetons des maîtres dans leur petite enfance. D'où l'importance, de nos jours encore, de l'écriture féminine chez les peuples de la diaspora noire.

Après l'esclavage, avec la diffusion de la culture écrite par l'école, les « petites lettres » offrent un moyen d'expression à une bourgeoisie désireuse de s'émanciper, et, rarement, le moyen d'échapper au champ de canne ou petit peuple comme dans l'aventure exemplaire du jeune José, Joseph de la *Rue Cases-Nègres* de Zobel. Et de nos jours, qu'en est-il de ce livre, de cette littérature nourrie de contradictions, porteuse d'espoirs et de désespoirs, à la croisée de plusieurs cultures et de plusieurs langues, mais parlant français, témoignage d'un substitut oral, mais fixée par l'écriture entre la revendication et le lyrisme poétique, et l'ici insulaire et l'ailleurs africain ?

La littérature antillaise a été marquée par l'influence d'Aimé Césaire, génie poétique et grande voix de la négritude, et par une importante floraison poétique, des années 40 aux années 60, qui, elle aussi, chante les origines perdues, qu'elle revendique avec fierté : Congo de Césaire bruissant et odorant, Guinée de Damas et de Roumain...

Dans la littérature des Antilles françaises la plus récente, les grands poètes des années 40 et 60 semblent parvenus à une poésie plus apaisée, mieux implantée dans un « pays natal » inventorié dans sa faune, sa flore, sa population, et où l'Afrique mythique ne coïncide plus avec le rêve d'une unité impossible à retrouver, mais figure un lieu complémentaire de l'île. « Pays réel, pays rêvé », telle est l'île littéraire désormais, pour reprendre le titre d'un recueil poétique récent d'Edouard Glissant.

« Je prends ma terre pour laver les vieilles plaies », écrit le poète. Quant aux nouveaux poètes, ils se sont fait romanciers. La littérature antillaise, c'est d'abord une écriture qui éprouve les différences. Elle se heurte à elles lorsqu'elle tente de trouver une continuité pour pallier les fractures de son histoire. Elle est artifice nécessaire en un lieu où tout est artificiel : populations déportées, cultures mêlées, nature transplantée... Elle s'efforce de réunir des éléments disparates : la langue française et le créole, l'écrit et l'oral, le continent d'origine et les îles petites et éparpillées de la déportation. Au départ, la poésie de la négritude a mis en évidence les conflits, crié une révolte qui, dans le marronnage, s'était d'abord faite par les armes. Elle s'est opposée à une mythologie négative organisée autour du nègre fils de Chem, et est partie de la revendication d'une filiation bafouée. Cette tendance existe également dans le roman, celui de Juminer, pour ne prendre qu'un exemple : « Semblable à certains esclaves qui préféraient la montagne au domaine du maître, tu marronnais par la pensée, délaissant la fière histoire des seigneurs pour réclamer celle humiliante des serfs... » *(Au seuil d'un nouveau cri)*. Et certes, ce cri est à l'origine de toute la littérature antillaise, même celle qui paraît au prime abord la moins engagée. La geste des marrons, même estompée, tient lieu de mythe fondateur.

Dans le roman le plus récent, on découvre un imaginaire extrêmement riche, une mythologie en mouvement, en construction, qui se nourrit des héritages de l'oralité et de l'écrit et les remodèle. Il s'agit tout d'abord de trouver un langage. Les recherches formelles poussées ne sont nullement gratuites, et témoignent de cette volonté. De même, la prétendue préciosité ou difficulté d'un Césaire ou d'un Glissant participent à cette recherche du mot juste pour nommer ce qui jusque-là n'a pas été nommé. Le créole affleure dans certaines œuvres, comme celle de Simone Schwartz-Bart, écrite dans une langue limpide mais très travaillée, avec ses structures elliptiques, ses images, ses rythmes, ses contes, ses proverbes. Loin des doudous et des mouchoirs, de l'exhibition d'un créole de pacotille, *Pluie et Vent sur Télumée Miracle*, notamment, constitue une tentative réussie de fusion de l'écrit et de l'oral, de restructuration en profondeur du français ; les trouvailles poétiques ne sont jamais gratuites : ainsi cette déclinaison jamais close du mot négresse, à la louange de la femme : négresse à mouchoir, négresse à deux cœurs...

Le roman est extrêmement poétique, parce que, autant que cri ou revendication, il se veut action de grâces à une terre généreuse, récapitulation d'un passé pour préparer un avenir. Les tentatives les plus intéressantes mêlent le réel et l'imaginaire, et se situent aux frontières de la poésie, de la sociologie, de l'histoire : *L'Isolé Soleil*, de Daniel Maximin, ou *Chronique des sept misères* de Chamoiseau. La question importante est donc : comment pallier l'éparpillement, la fragmentation, contenues dans l'histoire, mais aussi menaçant des projets littéraires si ambitieux ? L'éclatement des îles en constitue la métaphore, récurrente, obsédante dans les romans : « Îles à esclaves, à cyclones et moustiques, à mauvaise mentalité » *(Pluie et Vent sur Télumée Miracle)*. « Un vol de colibris s'est posé en pleine mer pour soigner ses ailes brisées, au rythme du tambour-ka. Marie-Galante et Désirade, Karukéra, Madinina... îles de beauté brisées à double tour, la clé de l'une entre les mains de l'autre » (*L'Isolé Soleil*).

L'ILE, POINT D'ANCRAGE

Le roman peut-il permettre de mieux habiter un lieu et une histoire ? De se découvrir soi-même ? La quête de son identité passe d'abord par un inventaire de l'espace, réhabilitant l'espace restreint de l'île. En même temps, celle-ci — l'île — constitue le point d'ancrage d'où est lancé le cri de ralliement vers l'Afrique. La poésie récente de Césaire et Glissant est également centrée sur l'île. D'où l'importance aussi d'un roman que l'on pourrait qualifier de paysan, de Joseph Zobel à Simone Schwartz-Bart, et dont le grand ancêtre est *Gouverneurs de la rosée*, du Haïtien Jacques Roumain, définissant une topographie et cherchant un point d'ancrage au cœur de l'errance. Mais le roman antillais n'est pas seulement terrien : il est total, embrasse ville et campagne. L'imaginaire structure les lieux : lieux d'en haut, du marronnage, de la révolte, lieux d'en bas, de la soumission apparente, de la domestication de la nature, dans les romans de Juminer, Glissant, Schwartz-Bart... Dans le temps le plus contemporain, cette opposition fondamentale s'atténue, et le marronnage renaît en ville sous de nouvelles formes : petits métiers, comme dans le roman de Chamoiseau, le marronnage culturel supplante le marronnage par les armes. Car cette littérature fascinée par l'histoire ne se borne pas à chanter les Delgrès et les Solitude. Elle retrace les mutations historiques les plus récentes. C'est ainsi qu'elle accorde une place de choix à l'exil en métropole ou en terre africaine, une littérature antillaise écrite de l'extérieur vient substituer, à la nostalgie de l'Afrique, une nostalgie de l'île.

Que devient alors l'image de l'Afrique ? Grâce à de nouvelles circonstances historiques, l'Afrique réelle est venue se substituer à l'Afrique-fantasme. Il est remarquable qu'en Guadeloupe, l'écriture féminine s'assigne souvent comme tâche de détruire le mythe africain, ce continent des grands guerriers immortels déjà tourné en dérision par Césaire dans le *Cahier d'un retour au pays natal*. Un détour par l'Afrique-mère permet, semble-t-il, de mieux venir investir l'île. Ainsi, Simone Schwartz-Bart conte, dans *Ti Jean l'horizon*, le rejet de l'antillais, accablé par la macule de l'esclavage, par la terre de ses pères ; le visiteur demeure jusqu'au bout l'étranger, l'élément perturbateur dont la différence inquiète, et meurt lapidé comme sorcier. Myriam Warner-Viera, installée au Sénégal, évoque dans *Juletane* les tares d'une société égarée entre la modernité et un système de valeurs féodales, où sévit l'injustice et la cruauté : polygamie, système de castes... Son héroïne exilée fuit cette Afrique cauchemardesque par la folie et l'écriture de sa folie. Maryse Condé, pour sa part, dans sa fresque historique intitulée *Ségou*, s'intéresse aux grandioses empires du Mali, mais en mettant à nu, dans leur histoire, les conflits, les antagonismes s'organisant en forces de changement de destruction : conflits de pouvoirs, rivalités, introduction de l'Islam et du christianisme en Afrique noire... Son roman réunit tous les lieux de la diaspora noire, de l'Afrique du Nord, souvent oubliée, aux Amériques. En outre, ce second volet de son œuvre complète le premier, qui dépeignait une Afrique contemporaine elle aussi enrichie et contradictoire, où la paix (héré), n'existe pas : *Heremakhonon*, et *Une saison à Rihata*, où un jeune Antillais rêve à l'île maternelle... depuis l'Afrique. Dans ce roman féminin, l'Afrique, davantage que de mère, fait figure de père dont il faut s'affranchir. C'est l'île qui devient matrice, lieu féminin et protecteur.

Fureur, folie, désordre, agression : les trois écrivains mettent en cause avec virulence le continent qu'elles connaissent. Chacune de leurs héroïnes l'intériorisent, ce continent, au lieu de s'y intégrer. Il n'y a plus de continent idéal susceptible de recueillir l'enfant perdue, mais un lieu chaotique et hostile à l'intruse. Au rêve d'une organisation harmonieuse qui viendrait remplacer la dispersion de la société antillaise, se substitue le cauchemar d'une société désordonnée. Le pôle sécurisant disparaît et le voyage à l'envers s'avère vain. Dans le roman antillais en général, le mythe enchanteur, avatar de l'Afrique vaudou, s'émiette sous l'action de la connaissance. Ainsi, la quête va se prolonger, et revenir à l'île. L'écriture se libère de clichés éculés, et ouvre des voies, après avoir détruit des mythes de compensation devenus inopératoires, et sécrète des mythes complémentaires, capables de s'ajouter à une tradition déjà riche et de s'intégrer à la dynamique du temps et de l'espace. En règle générale, le roman nourrit le rêve d'une installation harmonieuse dans le réel : c'est donc un hommage, un chant d'amour dédié à une terre. La recherche d'un enracinement authentique constitue le dénominateur commun de ces livres.

Une autre tendance, assez neuve, insiste sur l'héritage caraïbe pillé, et cette rencontre de l'Indien et du Noir s'instaure dans le temps et l'espace (voisinage avec les pays d'Amérique latine, des civilisations précolombiennes). Il est d'ailleurs assez artificiel de délimiter une littérature des Antilles de langue française, une autre de langue anglaise ou espagnole. Toutes partagent ce « réel merveilleux » défini par le Cubain Alejo Carpentier : histoire mouvementée, marquée par l'esclavage, nature luxuriante, rencontres et chocs de cultures féconds, engendrant une culture hybride dont les religions (santeria, vaudou, candomblé), la musique, la cuisine, la littérature sont des témoignages. À l'image de la nature et de l'histoire, la littérature est vivante, colorée, et on y découvre des constantes inspirées par un dessein commun, au lieu d'être les répétitions de clichés séduisants et creux.

Ainsi, la place de la femme est prépondérante dans le roman des Antilles, et des Amériques en général. Elle est associée à la terre et à l'île, et souvent un végétal est son emblème (balisier flamboyant, fleur de coco...) Ce n'est pas un hasard : femme-fleur, femme-jardin, mère et amante, femme libre et femme entravée, vie et mort, elle est en connivence avec les forces telluriques par sa présence, son travail optimiste, les enfants qu'elle met au monde, elle s'approprie le sol où elle a été transplantée. Elle détient histoire et magie, et incarne la vertu cardinale d'une race : sa résistance, car, selon le dicton créole, « un nègre ne meurt jamais ».

Le thème de l'amour est également important. Il est à la fois recherche d'un Eden perdu et effacement des conflits. Le coup de foudre, cher aux écrivains antillais, l'annonce et le préfigure. Il permet la fécondité. On trouve souvent, dans ce type de roman, le rêve d'un couple harmonieux, noyau d'une famille par anticipation qui sera l'inverse positif de la famille antillaise classique dispersée par l'esclavage ou l'exil.

On peut énumérer encore d'autres constantes mythiques : l'île, la nature (mer, montagne, volcans...), la ville, l'esclavage, qui compose une mémoire douloureuse même aux histoires les plus gaies et les plus drôles, qui habite tout discours oral ou écrit, même les contes ou les romans. La mythologie, dans cette littérature, affirme l'importance du passé, mais porte en elle les conditions de son renouvellement : l'île s'ouvre et rompt son isolement séculaire ; l'homme imprime sa marque à la nature. L'écriture polysémique s'adapte au projet totalisant, en s'intégrant différents genres : poésie, conte, épopée, récit historique, récit initiatique... Elle s'efforce de dégager du quotidien et du présent investis par l'homme ordinaire des archétypes fondateurs.

Nous voici donc aux antipodes d'une littérature régionaliste ou exotique. Celle-ci, ambitieuse, tournée vers l'avenir, fraye des tracés, questionne et recherche, tout en demeurant haute en couleurs, savoureuse, et poétique, d'une poésie toujours *signifiante*.

───── *FANTA TOUREH M'BAYE* ─────
**Enseigne les lettres modernes à Dakar (Sénégal) ;
auteur de L'Imaginaire dans l'œuvre de Simone
Schwartz-Bart, approche d'une mythologie antillaise,
L'Harmattan, 1987.**

RÉFÉRENCES

Il ne chercha pas d'alibi
au contraire
il scrutait le paysage où s'incruster
épouseur du lieu

que l'érosion l'érode
que l'alizé le gifle
le tout-morne
le tout-volcan
la cohérence du voyage n'en fut pas affectée
les voies de traverse n'étant que blessures d'éboulis

à tâtons il dessinait
la fragile chance tournée vers le soleil

momie de boue

AIMÉ CÉSAIRE
(inédit)

PARCOURS

J'ai de ma salive étroite tenu liquide le sang
l'empêchant de se perdre aux squames oublieux
J'ai chevauché sur des mers incertaines
les dauphins mémorants
inattentif à tout
sauf à recenser le récif
à bien marquer l'amer
J'ai pour l'échouage des dieux réinventé les mots
où j'ai pris pied nous avons défoncé la friche
creusé le sillon modelé l'ados

çà et là piquant bout blanc après bout blanc
ô Espérance
l'humble degras de ta bouture amère

AIMÉ CÉSAIRE
(inédit)

FIGURATION RAPACE

Troncs-thyrses
draperies
conciliabules de dieux sylvestres
le papotage hors-monde des fougères arborescentes

çà et là un dépoitraillement jusqu'au sang
d'impassibles balisiers

figuration rapace
(ou féroce ou somptueuse
la quête est soif de l'être)

Bientôt sera le jeu des castagnettes d'or léger
puis le tronc brûlé vif des simarubas

Qu'ils gesticulent encore selon ma propre guise
théâtre dans la poussière du feu femelle:
Ce sont les derniers lutteurs fauves de la colline

Ministre de la plume de cette étrange cour
c'est trop peu de dire que je parcours
jour et nuit ce domaine
C'est lui qui me requiert et me nécessite
gardien:
s'assurer que tout est là
intact absurde
                      lampe de fée
                cocons par besoin terreux
et que tout s'enflamme soudain d'un sens inaperçu
dont je n'ai pu jamais infléchir en moi le décret

                                        AIMÉ CÉSAIRE
                                          (inédit)

LAMBERT FÉLIX PRUDENT

LA PUB, LE ZOUK ET L'ALBUM

V̌ENUS DE DIFFÉRENTES RÉGIONS D'AFRIQUE, S'EXPRIMANT DANS UNE MULTIPLICITÉ DE DIALECTES, LES ESCLAVES DURENT POUR COMPRENDRE ET SE FAIRE COMPRENDRE DE LEURS MAÎTRES BLANCS, INVENTER UN LANGAGE COMMUN. DE CETTE NÉCESSITÉ, DE LA RENCONTRE DU FRANÇAIS MÊLÉ DE MOTS ANGLAIS AVEC LA SYNTAXE AFRICAINE, NAQUIT VOICI TROIS SIÈCLES LE CRÉOLE. DEPUIS, LES PURISTES S'INTERROGENT : LANGUE OU PATOIS ?

Il y a de cela seulement cent ans, le premier voyageur en quête de dépaysement langagier, qui se serait arrêté le temps d'une escale à Saint-Pierre en Martinique ou à Basse-Terre en Guadeloupe, n'aurait eu aucune difficulté à obtenir des échantillons pittoresques de littérature créole. Qu'il s'agisse de proverbes directement recueillis dans la bouche des marchandes, de biguines satiriques du dernier carnaval, de contes merveilleux « récités » lors des veillées funéraires, de diatribes politiques incendiaires publiées dans les nombreux journaux de l'époque, la fin du XIXe siècle offrait en effet au visiteur un large éventail de textes « vivants ». Par ailleurs, du fameux *Catéchisme en langue créole* de l'abbé Goux, édité à Paris en 1842, aux *Fables de La Fontaine transposées en patois créole par un vieux Commandeur* (trois fois rééditées avant 1900), en passant par de nombreuses études grammaticales de toutes provenances, le folkloriste curieux aurait aisément découvert un corpus littéraire ou savant prouvant à l'évidence que, dans les trois plus vieilles colonies françaises d'Amérique, le patois parlé par les fils d'esclaves et leurs anciens maîtres était alors abondamment écrit, étudié, publié et donc lu et apprécié au moins des élites locales.

Le touriste qui arriverait aujourd'hui à Fort-de-France ou à Pointe-à-Pitre dans les mêmes dispositions serait probablement frappé à son tour de l'importance du créole aux rayons « Antilles » des librairies, et pourrait croire un instant à la répétition de l'Histoire à un siècle de distance...

En 1983, alors que de grandes mutations du créole semblaient en cours, je m'étais arrêté aux trois domaines alors « sensibles » pour les créolophones : le débat suscité par l'introduction du créole à l'école, la véritable profusion d'œuvres littéraires et la récente soutenance de travaux universitaires d'envergure. Cinq ans après, un premier bilan mérite d'être tiré : l'enseignement créole a fort peu progressé, et à écouter ceux-là même qui le dispensent, on peut conclure que son avenir est plutôt sombre. Les enseignants s'essoufflent et, plus grave, les perspectives se voilent avec l'arrivée d'un recteur apparemment sujet à des positions frileuses ou hostiles. De son côté, la littérature moderne a accentué le tour savant qu'elle esquissait déjà. À force de prétendre à une esthétique du bouleversement radical, elle se révèle de plus en plus pesante, et elle se diffuse tout aussi confidentiellement qu'antan, provoquant toujours autant d'étonnement et d'incompréhension chez le grand public. Quant à la recherche universiatire native, elle traverse une forte zone de turbulences : l'organisation de formations dans le cadre universitaire a tourné court, et la seule équipe locale s'est enlisée dans le marais de la polémique stérile, ce qui a conduit la majorité de ses membres à se disperser.

À ce bilan négatif aux étages supérieurs de la pyramide, il faut opposer un constat : le créole et sa culture traversent une évidente période de sensibilisation populaire, que ce soit par le succès fracassant de la musique zouk, la vitalité des créations publicitaires, ou l'agréable diversification de plus modestes publications à tirages populaires. Le créole a investi le marché des disques et des cassettes, il s'inscrit sur les affiches murales de 12 mètres carrés, il est présent dans les clips et les spots télévisés. Même si la littérature au sens classique du mot n'y trouve pas son épanouissement, une certaine normalisation de l'écriture est en cours, et on pourrait citer encore mille et un signes de vitalité dans les registres graphiques. Je veux parler de la titraille des journaux, de la bande dessinée humoristique, des textes de chansons au dos des pochettes, des albums pour la jeunesse ou de la méthode d'apprentissage pour non-spécialistes, bref de tous ces textes fonctionnels qui se moquent un peu de la pureté linguistique et de l'intégrité idéologique. Tout se passe comme si l'opposition créole-français, ordinairement inscrite dans un prétendu conflit diglossique, s'était complètement déplacée. Le français ne prend plus l'étiquette de « langue coloniale » que dans la bouche de quelques ultras, et les anti-créoles, autrefois connus pour leur caractère vindicatif et leurs arguments provocateurs, ont enregistré un réel recul. Ils ont curieusement laissé le devant de la scène à des militants tout aussi ridicules : les « créolopathes ». On désigne ainsi ceux (peu nombreux il est vrai) qui, au gré d'un militantisme confinant à la névrose et au nom d'un irrédentisme forcené, jettent l'anathème sur les nouveaux usages parlés, inventent à tour de bras des mots imprononçables, et distribuent à vau-l'eau blâmes et satisfecits.

Vers 1960, une radio privée s'installe aux Antilles françaises. Elle a pour objectif déclaré la conquête des ondes de cet espace « outremer » jusqu'alors occupé par les seules stations officielles. Aux termes de la loi, il est interdit à Radio-Caraïbes d'émettre à partir du territoire français. Ses studios seront donc montés dans l'île voisine de Sainte-Lucie, et les accords conclus avec les autorités de ce pays réserveront une part du programme, diffusée en anglais, à la population autochtone. Après divers essais les responsables découvrent l'efficacité radiophonique du créole presque par hasard. Cherchant, lors d'émissions-conseils, à augmenter la productivité des agriculteurs en améliorant leurs méthodes, et par la diffusion de publicité commerciale à sensibiliser la population à de nouveaux produits de consommation courante, les premiers animateurs, réussissent à intéresser la grande majorité des auditeurs en leur faisant entendre la langue qu'ils n'attendaient pas là : le patois. Cette nouvelle pratique de marketing pour les produits sainte-luciens entraîne immédiatement un mouvement de curiosité en Martinique et en Guadeloupe où les postes à transistors sont en train de se répandre. Les auditeurs des DOM prennent l'habitude d'écouter les programmes créoles, Radio-Caraïbes devient la station à la mode, et l'idée se répand qu'une utilisation commerciale de cette langue est désormais à l'ordre du jour.

Dès lors, des mérites de la dernière Citroën aux tarifs de la soirée dansante dans la « paillote » à la mode, les annonceurs ne cesseront de créer des slogans originaux pour les placarder et les insérer dans la presse quotidienne naissante. « *Bay gaz, bay Cimogaz ! Avan i chaud, i tchuit* », s'exclamera le premier vendeur de cuisinières à gaz de Fort-de-France. L'image de cette cuisson expresse, pleine de connotations dans le domaine amoureux, plaira au grand public. Un grand compositeur de l'époque s'en emparera et en fera une chanson à succès.

Les pouvoirs publics ont eux-mêmes rapidement emboîté le pas. Le premier, un organisme départemental d'action sanitaire et sociale (la DDASS), a lancé une campagne en créole de lutte contre l'Aedes aegypti, moustique qui propage la dengue. « *Annou Tchoué-y !* » (« Tuons-le ! »), intimait catégoriquement la légende d'une affiche, en présentant la face grossie d'un moustique menaçant... Depuis cette époque, la DDASS a mené des campagnes de prévention dans différents domaines, de nombreux posters en créole sont diffusés dans les crèches, les écoles et les PMI, et un film sur la prévention contre les vers *(Vé, ou konnèt ?)* a été réalisé. Nul domaine n'est oublié : de la campagne d'information sur le SIDA en juillet 1987 à la promotion d'une bière européenne (« *Heineken, i ni tché* »), de la bougie destinée à brûler sur les tombes pour la Toussaint, à la boule de glace (en créole : *sinobôl*) vendue à la sortie de l'école, tous les produits sont antillanisés avec plus ou moins de bonheur par l'intervention du créole.

Le mot *zouk* désignait en Martinique au début du siècle un bal campagnard très « chaud » où il n'était pas recommandé aux messieurs de la bourgeoisie d'emmener leurs épouses. Par extension, il en viendra peu à peu à caractériser toute musique entraînante, à laquelle les danseurs joignent leurs voix de manière improvisée, en s'accompagnant de claquements de mains et de frappements de tambours. Il n'est pas surprenant que le mot et la chose, perçus comme vulgaires, aient disparu peu à peu des Antilles dans la période dite d'assimilation, qui suivra.

Il y a trente ans les premiers microsillons et les premiers pick-up arrivent aux Antilles détrônant, les soixante-dix-huit tours et les phonos à manivelle. Les orchestres aux noms anglais ou espagnols se produisent alors dans de grandes salles recouvertes de feuilles de cocotiers, les paillotes. Les instruments ne disposent que rarement d'amplificateurs électriques, et les répertoires font une large place aux boléros venus des îles hispanophones et aux compas haïtiens. L'électrification de la lutherie s'accompagne de l'ouverture des premiers studios d'enregistrement et des premières discothèques. Du coup, les artistes disposent de meilleures possibilités d'expression, et le marché de la chanson créole prend son véritable envol. Le zouk n'est pas encore de mise dans ce cadre-là.

Vingt ans après, on en est aux chaînes stéréo, aux platines laser, à Malavoi à l'Olympia et à Kassav au Zénith. Les disques d'or récompensent pour la première fois des artistes antillais. Désormais les chorégraphes reconnaissent le droit aux peaux bronzées et aux morphologies cambrées, et les paroles des chansons peuvent ressembler à du français sans en être tout à fait. Comme un paroxysme de rythme, de fièvre et d'excitation, la vague zouk déferle sur la Caraïbe, mais aussi sur l'Europe et le reste du monde. « *Mi chalè, an péyi-a !* »

Feuilletons pour commencer le dictionnaire relatif au phénomène : qu'en est-il du nom du groupe phare ? La cassave était la base de l'alimentation des premiers habitants de l'archipel caraïbe. Il s'agit d'une galette de manioc agrémentée ou non de miel, dont l'usage est en voie de disparition dans l'alimentation populaire. Écrit dans une graphie créole, c'est un mot de la tribu et plus encore, un totem.

Continuons avec le mot zouk. On a vu que le terme lui-même a changé de sens au fur et à mesure du renouvellement des goûts du public. Cette transformation sémantique s'est accompagnée de tout un foisonnement terminologique : dérivés *(zoukans, zouker, zoukeuse)*, composés *(zouk chiré, zouk love, zouk-machine)*.

Retiennent encore l'attention des néologismes forgés par les chanteurs de Kassav (*zwenks* par exemple), l'invocation d'emblèmes culturels créoles (*balata bel bwa* : territoire de repli de l'esclave marron ; *tim tim bwa sek* : formule cabalistique précédant les devinettes ; soucougnan : esprits nocturnes arpentant les îles), ou même les emprunts faits à l'anglais international. Cette dernière tendance au « macaronisme » linguistique rappelle d'ailleurs les conditions d'apparition du créole au XVIIe siècle. Nouveauté encore, l'alternance sinon l'alliance assez systématique des créoles guadeloupéens et martiniquais, qui passe bien dans la chanson alors qu'elle échoue misérablement dans le domaine littéraire. C'est le séjour prolongé en Europe de ceux qu'on appelle parfois péjorativement les « négropolitains » qui a rendu classiques ces passages, et possible l'alchimie d'un pan-créole.

Derrière ce déferlement rythmique et cette frénésie terminologique, on constate que ce n'est pas une simple affaire de mode qui est en jeu : il y a bel et bien des valeurs qui s'entrechoquent. L'analyse des textes révèle aux Antilles un discours restituant l'initiative et la dignité à la femme : les plus grands succès sont interprétés par des chanteuses, qui n'hésitent plus à dire à côté de leur désir de tendresse, leur volonté d'égalité et leur droit au plaisir. Par ailleurs, par ce recours appuyé aux éléments forts de l'antillanité, on affirme qu'il fait bon être un ressortissant d'une culture « chaude » ! Venir d'un pays ensoleillé, avec des vêtements aux couleurs vives, une cuisine pimentée, un rapport au corps moins compliqué. Enfin il faut mentionner l'utilisation de plus en plus fréquente de la pochette agrémentée du texte des chansons dans une orthographe encore variable, mais qui révèle quelques tendances à l'unification. Ces clins d'œil à la solidarité sont autant de programmes en ces temps de déchirement social.

Interprété en Afrique, en Europe et en Amérique devant des publics absolument non créolophones, le zouk est donc devenu le premier vecteur international du créole antillais. Le succès de Kassav repose sans doute sur un grand professionnalisme musical, cependant on ne peut s'empêcher de constater la concomitance de ce phénomène avec la réussite d'une nouvelle génération de sportifs, de comédiens, de mannequins noirs. Une image antillaise est en train de s'imposer en France, et un autre réseau de communication se construit entre les îles et leur « diaspora ».

DE L'INTÉGRISME À LA BANDE DESSINÉE

Il faut se souvenir que dans les années 70, le créole fut considéré comme la création fondamentale du peuple, et donc son patrimoine. Il devint donc naturellement le fer de lance du camp patriotique. Divers groupes de chercheurs avaient auparavant tenté de donner une orthographe au créole, mais ces propositions ont finalement fait irruption dans une société en pleine politisation du débat linguistique : s'ensuivit une petite « guerre des orthographes »... Et dans cette agitation autour de la manière d'écrire, les uns et les autres ont souvent donné le pas à une conception très intellectuelle de la langue : pressés de montrer au peuple que le créole était une langue comme les autres, ils ont fait l'impasse sur son histoire et ses expériences précédentes.

C'est peut-être ainsi que la Guadeloupe et la Martinique ont raté une occasion de dépasser la bataille des militants-experts, et d'en arriver à la consultation des usagers, qui seule aurait pu déboucher sur une réelle popularisation de l'orthographe.

Dans l'excitation du combat, on oublie cependant qu'il existe déjà une vieille tradition du créole écrit, dans la religion, la presse et la littérature populaire. Certaines organisations politiques et syndicales (UTA, SGEG et UPLG en Guadeloupe, UTE en Martinique) ont même adopté le créole contre le français dans l'arène de la lutte des classes.

Aujourd'hui, trois camps se distinguent. Les créolophobes ou anti-créole, soucieux de ne pas compromettre la réussite scolaire franco-française mise en place par le système gaulliste, et donc rétifs à toute tentative d'écriture. Les créolophiles, partisans d'une pratique patoisante et d'une orthographe dite « étymologique » par rapport au français (et donc souvent rejetés comme « doudouistes » ou assimilés). Les créolistes, souvent chercheurs ou militants culturels, qui passent aux yeux des autres pour des excités ou des ultras, notamment à cause de l'utilisation du « créole dragon », fait de mots ressentis comme monstrueux.

Le créole en littérature occupe une place particulière, les éditeurs n'hésitant pas à exprimer à haute voix la terrible équation : roman tout-créole = succès nul. Un écrivain obstiné, Raphaël Constant, qui a publié plusieurs romans tout en créole, est bien placé pour le savoir, malgré le succès d'estime qu'il a pu susciter. Il faut dire qu'à son choix d'écrire en créole, il ajouta quelques particularités plutôt choquantes, en mariant presque à l'outrance les formes syntaxiques martiniquaises avec celles d'Haïti, de Guadeloupe, de Guyane ou des Antilles ex-britanniques..., et en créant d'office un genre littéraire hardi, à la limite de l'hermétisme. Relativement isolé sur ce terrain, il a multiplié les prises de position puristes, voire chauvines, en sommant les écrivains antillais « de cesser la désertion de leur langue maternelle », et en traitant de « harkis culturels » ceux qui brilleraient par leurs écrits en français.

La question de la production littéraire créole ne se résume évidemment pas à ce faux dilemme : tous les écrivains créoles n'entendent pas s'engager de manière identique, et le rôle de pionnier ne sied pas à tout le monde... Mais le découragement, le doute, et la lassitude ont surgi chez les premiers apôtres de la créolité intégristes. D'autres se détournent ou se tiennent à l'écart de ce rigorisme outrancier et, ironie de l'histoire, ce sont ceux-là qui connaissent enfin le bonheur des succès de librairie... Par leur attention à rester accessibles, et leur respect de la parole proférée par leurs compatriotes, ils réussissent peu à peu à briser les interdits. Leurs textes rencontrent un sort commercial plus enviable, c'est le cas en particulier de Térèz Léotin, avec son recueil de poèmes *An ti zyé dou kozé*, épuisé en quelques mois.

Pratiquement exclu des grands media (la télévision — R.F.O. — est monopole de l'État français et la presse quotidienne — *France-Antilles* — est dans la main du groupe Hersant), le créole parvient à s'imposer dans un domaine très prisé des jeunes, la bande dessinée.

D'abord, avec le magazine *Fouyaya* qui a tenu le pari de sortir mensuellement pendant quatre ans en faisant rire des milliers de lecteurs. Ses concurrents Colik et M.G.G. ont connu quelques bons tirages mais seulement par à-coups, justifiant le grand besoin d'humour vernaculaire des Antillais. Après la disparition de ces publications, le quotidien *France-Antilles* et les hebdomadaires locaux ont pris l'habitude d'offrir à leurs lecteurs une page de dessins humoristiques ou de caricatures créoles, et quelques créateurs ont acquis une grande réputation dans ce genre. La production d'albums n'est pas morte pour autant, et les titres devenus des succès de librairie ne manquent pas. Enfin, le livre qui a surpris le plus est une méthode d'enseignement du créole intitulée *Annou palé kréyòl*, élaborée et diffusée par Richard Crestor, un jeune ingénieur spécialiste des algues marines, dirigeant d'une entreprise agro-alimentaire. Remarquable par son absence de prétention, la méthode, qui se compose d'un livre et de trois cassettes, a séduit les acheteurs métropolitains désireux d'apprendre le créole, tout comme le public natif fatigué de mots compliqués et d'analyses savantes.

En Guadeloupe aussi on assiste au triomphe de la simplicité et de la modestie contre l'ambition théorico-politique. Hector Poullet, enseignant en sciences exactes, a tenté et réussi une expérience de militantisme en accord avec la demande populaire. Après avoir publié de la poésie dans les circuits confidentiels habituels, il a réfléchi à la nécessité des outils pédagogiques pour mener à bien l'introduction du créole au collège de Capesterre-Belle-Eau. D'aventure malheureuse en effort formateur, il a réuni autour de lui une petite équipe (Krèy), et édité le *Dictionnaire des expressions du créole guadeloupéen*, ouvrage qui refuse l'éclectisme et la sophistication de la créolistique ambiante. Le résultat ne s'est pas fait attendre : le *Dictionnaire* s'est vendu à 8 000 exemplaires en deux ans et une seconde édition est sous presse. Plusieurs recueils de contes (Juraver, Rutil) et de chansons (Benoit, Hazael-Massieux) et quelques livrets jeux de mots (Clémence, Fontes) ont suivi.

LA LIBÉRATION DES LANGUES

Achevant de se libérer d'un carcan d'interdits séculaires, le créole est donc en pleine mutation. Parlé comme il ne l'a jamais été, écrit autant qu'il peut l'être dans la presse, la publicité comme dans la littérature, enseigné de façon expérimentale dans quelques écoles, étudié à l'université et surtout relayé par les radios locales privées qui ont fleuri depuis 1981, il apparaît dans la bouche du pape lors de ses visites dans la région (Haïti et Sainte-Lucie) ou dans celle de dirigeants créolophones de passage (Mme. Eugenia Charles, Premier ministre de Dominique par exemple). Plus importante encore est sa conquête des deux médias internationaux de cette fin de siècle : le cinéma (de fiction autant que documentaire) et le clip télé (grâce aux locomotives zouk déjà citées).

Pendant les dix dernières années, les mouvements militants créolistes ont indiscutablement permis un éclaircissement de la question et un changement positif dans le rapport de forces politiques. Toutefois, il reste à se demander quel est le résultat recherché, et pour quel objectif on lutte. Est-ce qu'à force de crier à l'impérialisme linguistique, on ne s'installe pas dans une idéologie de la compensation, et on n'entend plus comment la communauté s'exprime ? Les Antilles et la Guyane, petits pays disposant d'au moins deux langues, ne semblent pas disposées à abandonner le français comme instrument de leur développement. À condition de ne pas sombrer dans le simplisme ou le misérabilisme, le problème essentiel consiste donc à assurer au créole la place la plus convenable répondant aux nécessités de communication des usagers. Pour augmenter son efficacité sociale — c'est-à-dire qu'il ne soit plus vécu comme un handicap scolaire et qu'on lui reconnaisse son rôle dans la production —, et pour lui assurer une place digne et confortable, il faudra bien lui assigner une vraie fonction dans la pédagogie et dans la sphère officielle et administrative. Pour ce faire, le support de l'opinion publique me semble indispensable.

Après avoir passé des années à la « précéder » de quelques coudées, peut-être que le temps est venu pour les linguistes de s'accorder à son pas et de parler son langage.

LAMBERT FÉLIX PRUDENT
Maître-assistant en sciences du langage à l'université Antilles-Guyane ; rédacteur en chef de la *Nouvelle revue des Antilles*, **Fort-de-France.**

ALAIN MÉNIL

CINÉMA ANTILLAIS, AN... ?

LA SITUATION DU CINÉMA ANTILLAIS — ENTENDONS CELUI PRATIQUÉ À LA MARTINIQUE ET À LA GUADELOUPE, OU PAR DES ORIGINAIRES DE CES ÎLES — EST POUR LE MOINS PARADOXALE : UNE TRÈS GRANDE DIFFICULTÉ À VAINCRE LES OBSTACLES QUE RENCONTRE TOUTE PRODUCTION PLUS OU MOINS « MARGINALE » ET, DANS LE MÊME TEMPS, UN FOISONNEMENT DE RÉALISATIONS, DISPARATES AUTANT QUE DISPERSÉES, SOUVENT INCONNUES DU PUBLIC, À TOUT LE MOINS VOUÉES À UNE DIFFUSION CONFIDENTIELLE. TOUT CELA FAIT-IL UN CINÉMA ?

Fort-de-France, juin 1988 : le premier Festival d'Images Caraïbes, que l'on doit à l'initiative de quelques personnes résolues et au concours du politique, a été l'occasion de prendre la mesure de ce qui se fait *ailleurs*, aux Antilles, de nouer des contacts... Mais il a surtout prouvé que les problèmes du cinéma des Antilles restent décidément toujours les mêmes. Qui y répondra, et quand ?

Comment faire entendre et montrer ce qui concerne une petite communauté quand les exigences financières imposent de plus en plus qu'un même langage triomphe simultanément dans un temps extrêmement bref et dans les lieux les plus divers ? Manifestement, l'heure n'est pas favorable à l'épanouissement d'un courant dont on voit trop bien ce qu'économiquement on peut lui reprocher : nombrilisme, particularisme...

Mais il faut compter avec d'autres obstacles qui n'ont pas toujours été levés. L'émergence au sein de la production cinématographique française d'un courant « antillais » n'a été rendue possible que parce que des Antillais devenaient cinéastes ; leur ambition étaient de faire surgir à l'écran tout un monde ignoré jusque-là. Si le but proclamé est bien de faire exister à l'écran une histoire d'un point de vue étranger à tout exostisme, il n'est pas sûr qu'on ait toujours su déjouer les pièges que contenait cette absence de tradition de l'image, ni définir avec précision quels objectifs on espérait atteindre. Car si notre histoire, notre passé demandent à être représentés tout autant que notre présent, que filme-t-on au juste, une Martinique et une Guadeloupe réelles d'aujourd'hui, ou celles rêvées par ce que les récits, nos espoirs et nos déceptions ont tissé pour constituer ensemble la plus improbable des imageries ? Et que veut-on retenir de ces bouts de réalité qu'on emmagasine, quand celle-ci s'en va ainsi, se délitant bout à bout sous les à-coups brutaux des transformations exigées au nom de la nécessité et de la rigueur des temps ? Aussi le moindre projet tourne vite au testament.

Dernier élément de paradoxe : jusqu'à il y a peu, l'apparition régulière d'un film sur les écrans paraissait attester que l'histoire du cinéma antillais pouvait commencer de s'écrire. Jusqu'au triomphe de la *Rue Case-Nègres*, on peut dire la courbe ascendante et, bon an mal an, continue. Sans atteindre le succès de ce dernier, nombre de films, ceux de Christian Lara notamment, rencontrent un certain succès (47 000 entrées pour *Mamito*). La consécration obtenue par Euzhan Palcy au Festival de Venise en 1983 semble du coup avoir placé la barre très haut pour les films à venir. Peut-on voir là un élément d'explication à la disparition quasi complète de toute production d'inspiration « antillaise » ? Si le dernier film de Lara, sorti peu de temps après la *Rue Case-Nègres,* n'a connu qu'un échec plus que prévisible, par contre celui rencontré par Willy Rameau avec *Liens de parenté* doit en laisser plus d'un songeur : à quoi tient le succès et la rencontre d'un film avec son public ? Sans être parfaitement maîtrisé de bout en bout, *Liens de parenté* pouvait retenir l'attention de plus d'un. Alors ?

Le film d'Euzhan Palcy marque bien une date : mais c'est tout autant celle d'une reconnaissance qui à travers la cinéaste s'adressait à son univers tout entier, que la marque d'un tournant que le cinéma antillais n'a pas (encore ?) su ou pu négocier.

ÉTATS DIVERS DE LA PRODUCTION

L'ensemble de la production antillaise se divise très schématiquement entre des réalisations destinées par nécessité, par vocation ou par hasard à une diffusion restreinte (le choix des sujets, la forme choisie : documentaire, montage photos, interviews, y contribuant sans doute), et un tout petit nombre de films conçus dès l'origine pour une diffusion grand public — film de fiction le plus souvent. Inutile cependant de se le cacher : l'essentiel des réalisations est en 16 mn, sinon en Super-8, principalement constitué de « documentaires » même si le plus souvent il s'agit à proprement parler de « documents » s'inscrivant dans le cadre des luttes politiques.

Du reste, la plupart de ces films n'existent que parce qu'un courant politique y a investi son point de vue. Ce qui explique que le SERMAC, service mis en place par la municipalité de Fort-de-France pour tout ce qui relève de la politique culturelle et de l'éducation artistique, se trouve être le premier producteur de films qui vont du simple « diaporama » (montage de photographies) aux entreprises plus ambitieuses comme *Hors les jours étrangers*, manifestement réalisé en vue des élections législatives de 1978. Ainsi les municipalités de gauche s'étaient-elles associées en 1977 pour aider à la production de *Toutes les Joséphine ne sont pas impératrices* portrait d'une ouvrière agricole réalisé par Jérôme Kanapa. Non que ces films soient des doubles « officieux » des partis politiques, mais il serait absurbe de nier leur caractère « militant » et « didactique ». Peut-être est-ce tout simplement que le registre du documentaire constitue intrinsèquement un acte de militantisme : ne s'agit-il pas, en enregistrant ce « réel » sur un support qui le conserve, de le préserver de l'oubli, de le porter à la connaissance des autres ?

Tout un aspect et non des moindres de ce cinéma est donc concentré en ces bandes souvent malhabiles, parfois menacées d'une confondante naïveté, et qui remplissent manifestement le rôle que la télévision n'a pas joué. C'est dans de telles bandes que les archives de demain devront être cherchées, tout simplement parce qu'il y a là quelques images qui rappellent que ces terres furent de canne et de sang mêlées, et qu'elles ne se réduisent pas à cette oasis de cieux et de mers ensablées comme le suggère régulièrement le petit écran. La télévision aurait-elle joué son rôle que tout un aspect de la production aurait sans doute pris un autre cours : moins immédiatement voué à l'enregistrement brut des faits, plus soucieux de cette attention aux signes qu'on réclame de cet art. Mais quiconque voudrait connaître les Antilles à partir des images accumulées par l'ex-ORTF devenue FR3 et remaquillée en RFO verrait avant tout une île vouée aux enterrements et aux froissements de tôles, piliers intangibles de l'actualité télévisée. Des manifestations comme celles du Festival culturel de Fort-de-France ont été ignorées pendant des années. Les grèves, la crise économique, les mutations de nos sociétés attendent encore des reportages dignes de ce nom : il est donc normal que le cinéma, à partir du moment où il tente d'exister, ait pris en charge cet aspect de l'image, le plus élémentaire.

En soi, rien de très passionnant, d'un point de vue esthétique ou ethnographique. Mais c'est là aussi l'une des premières fonctions du cinéma — donner le réel à voir. *La Machette et le Marteau*, réalisé par Gaby Glissant sur les grèves agricoles de la Guadeloupe demeure sans conteste l'un des meilleurs documentaires : il n'a toujours pas été diffusé à la télévision, qui l'avait pourtant produit ! Faut-il rappeler que l'essentiel des reportages faits par la télévision l'ont été dans le cadre d'émissions nationales, qui avaient dépêché sur place leur équipe habituelle ? (Ainsi une interview de Césaire et de Simone Schwartz-Bart fut-elle réalisée pour « La Boîte aux lettres », et « Résistances » programma un dossier sur le « terrorisme » antillais, rien qui ne soit le fait d'un regard propre, mais qui marque simplement l'intérêt que Paris peut prendre dans une même intention pour Fort-de-France, Beyrouth ou Brighton...)

Pourquoi ce long détour par des films réputés invisibles ? C'est que le cinéma antillais, jusque dans le domaine de la fiction, ne peut véritablement se comprendre si l'on ne tient pas compte du statut très particulier qui affecte l'image elle-même. Difficilement accessibles, ces courts et moyens métrages circulent néanmoins à l'occasion de rencontres, de forums divers et transforment la moindre rétrospective en une étrange commémoration : pour preuve, le cycle organisé à Beaubourg en 1982.

C'est pourquoi le récit fictif d'une famille antillaise (*Mamito*, de C. Lara ou *En l'autre bord* de J. Kanapa), celui d'une campagne électorale (*Coco la Fleur* de C. Lara, *Bourg La Folie* de B. Jules-Rosette) ou la reconstitution d'événements historiques sacrifient au minimum informatif que requiert le genre documentaire. Mais c'est aussi ce qui limite considérablement la liberté d'invention : de ce point de vue les premiers films de Lara *(Chap'la, Coco la Fleur* et *Mamito)* tranchent favorablement par leur fantaisie. Mais il est difficile de maintenir coûte que coûte le registre de la comédie, et certains n'ont pas su atteindre la dimension épique recherchée (ainsi *Le Sang du flamboyant. Vivre libre ou mourir...*)

Le meilleur de ces films tient le plus souvent à un naturalisme qui en marque très exactement les limites ; à l'image de cette extraordinaire vieille dame de *Mamito*, cette plongée dans le réel antillais retient par son authenticité, mais le « détail », à force, risque de n'intéresser que le « connaisseur » — et de lasser le spectateur s'il n'est pas soutenu par une vision plus ample. Pour toutes ces raisons, la *Rue Case-Nègres* marque bien une date qui relègue dans l'amateurisme bon nombre de réalisations. Une grande part de sa réussite, qui confirme des qualités pressenties avec *L'Atelier du diable*, tient à sa rigueur d'écriture, à son souci de ne pas se disperser dans de multiples directions, ni de faire un « sort » à chaque image saisie de la réalité antillaise. Et pour la première fois, cet univers était saisi à une hauteur de vue suffisante pour émouvoir ceux-là mêmes qui ne pouvaient en être nostalgiques.

Aujourd'hui que la preuve est faite qu'un film antillais peut atteindre un très large public, et que son « particularisme » d'origine n'interdit en aucune façon son universalité, une seule question se pose : combien de temps devrons-nous attendre pour voir de nouveau un film de cette qualité ? L'échec de *Liens de parenté* ne laisse pas d'être inquiétant pour la survie économique d'un courant extrêmement fragile. Et pourtant, ce dernier témoignait de qualités réelles, la principale étant l'intuition très juste qu'il pouvait avoir de ce qu'est le présent antillais : non plus situé dans l'autarcie d'une île du bout du monde, mais plongé dans le paysage hexagonal qu'il métisse au sens strict. C'est en donnant à voir un aspect inattendu mais bien réel des Antillais — ce qu'elles ont pu devenir, au hasard des multiples transbordements de chacun — que ce film se montrait plus novateur que bien des projets destinés à faire revivre une imagerie de pacotille ; et en cela, il s'inscrit dans un courant d'inspiration qui peut réserver bien des surprises, une fois admis que la réalité antillaise se prolonge au-delà de son territoire, jusque dans les prolongements baroques qu'elle apporte à une France frileusement repliée sur elle-même, incapable de se reconnaître dans sa propre histoire.

Il fut un temps où il s'agissait de savoir à quelles conditions un film était antillais : cela tenait-il au lieu du tournage, à l'identité des participants ou au sujet de la fiction ? À tout cela sans doute. Encore qu'on puisse en discuter : comment en effet considérer Sarah Maldoror, Guadeloupéenne, mais dont le principal de l'œuvre est centré sur l'Afrique, notamment ce méconnu *Sawbizanga* ; et où classer le *West Indies* du Mauritanien Med Hondo, où l'évocation de la traite des Noirs ne prend sens qu'avec la participation d'acteurs antillais ? Peut-être le cinéma antillais est-il aujourd'hui à la « croisée des chemins » : grâce au succès de La *Rue Case-Nègres*, le temps est venu des fictions adultes.

1987

ALAIN MÉNIL
Animateur du symposium organisé à l'occasion du Festival d'Images Caraïbes.

J. DECOSSE

PHILIPPE CONRATH

MIZIK ANTIYÉ

LA MUSIQUE MODERNE ANTILLAISE EST NÉE D'UNE RÉACTION ET D'UN RETOUR AUX SOURCES. UNE RÉACTION DE RÉSISTANCE À « L'ENVAHISSEUR » D'ABORD. DEPUIS, KASSAV' A MIS LE FEU À L'AFRIQUE ENTIÈRE, ET RÉCEMMENT À MOSCOU ET LENINGRAD...

La situation musicale des années 60, en Guadeloupe comme en Martinique, est celle d'un pays envahi. Les orchestres haïtiens ont pris le pas sur les musiciens locaux. L'irrésistible cadence et le compas direct, son frère tout aussi remuant font danser toute la population. Pendant vingt ans, les orchestres locaux seront balayés. Ils seront même carrément laminés quand les mini-jazz haïtiens prendront la relève de leurs aînés. On n'entend plus qu'eux. Les maisons de disques ne veulent rien produire d'autre. Deux guitares, la basse, le saxophone alto et le chanteur : c'est le groupe modèle de l'époque.

Chantée en créole, adulée, la musique haïtienne gagne toutes les faveurs et rafle le marché, marginalisant les musiciens antillais. Quelques Martiniquais tentent bien de s'interposer. Tous finiront par se mettre au goût du jour. Ils fondent à leur tour des groupes sur le modèle haïtien : ce sont les débuts de la Selecta, des Léopards ou de Simon Jurad.

Plutôt que de se braquer contre « l'ennemi », on commence à analyser les raisons de sa percée. Professionnels, appliqués, rodés, les Haïtiens amènent un public de plus en plus vaste aux bals. Ces étrangers embauchent même petit à petit quelques musiciens du coin pour jouer mazurka et biguine qu'on avait sérieusement tendance à oublier. S'ils imposent la cadence, ils ressortent aussi le folklore antillais des oubliettes, rappelant qu'après tout leurs musiques sont cousines et qu'on peut plaire en s'appuyant sur la tradition. À Fort-de-France comme à Pointe-à-Pitre, on se met alors au travail. Une habitude qui n'était guère entrée dans les mœurs : si les Haïtiens savaient répéter d'arrache-pied, les Antillais se la coulaient douce. À Haïti, on jouait pour survivre quand personne ne songeait à exploiter ses dons aux Antilles.

Cette lutte pour reconquérir le marché, l'aspect professionnel de la démarche, le retour à la tradition musicale seront le déclic pour les musiciens qui se lancent à l'assaut du bastion haïtien — Kassav' en Guadeloupe, Malavoi et Dédé Saint-Prix en Martinique en sont les fers de lance. Ils veulent remettre la cadence à sa place et retrouver la fierté. Avec rigueur et une furieuse envie de sortir la tête de l'eau, ils puisent chacun à leur façon dans le patrimoine.

On cherche, on fouille, on fouine. On questionne pour retrouver les vieux rythmes d'antan. On ne renie plus le passé, on veut le faire ressurgir, amplifié par le son performant des studios haut de gamme. On s'appuie résolument sur la tradition.

Celle du zouk par exemple, ce fameux zouk relancé par Kassav'. Au départ ce style est méprisé par la plupart des musiciens qui n'aiment pas trop ces bals populaires. Le zouk n'a aucune préoccupation esthétique, son seul but c'est de secouer les gens. Le zouk n'a qu'une exigence : battre le rythme le plus simple pour faire bondir la foule. Dans la soirée zouk, on commence par les biguines, les mazurkas. Tombe alors le moment zouk pour chauffer l'atmosphère : c'est l'instant le plus « pauvre » et le plus déconsidéré musicalement. On chante, on danse, on saute sur un tempo terriblement efficace.

Il faudra une sacrée intuition et de l'audace à Kassav' pour s'appuyer sur ce tempo sommaire et mettre les Antilles à genoux. De la persévérance aussi pour redonner de la noblesse à ce rythme négligé par les « vrais » musiciens. Comme il fallait du courage à Francisco, un chanteur de charme martiniquais, pour frapper sur le tambour dans « La Savane », au centre de Fort-de-France, quand toute la petite-bourgeoisie expédiait ses enfants apprendre le piano pour effacer de la mémoire l'instrument du temps de l'esclavage. Dix ans plus tard, Dédé Saint-Prix impose sa flûte de bambou et son tambour pour relancer le *chouval bwa*, ce rythme de manège qui avait bercé son enfance, quand Malavoi ose mettre en avant ses violons. Qui parie alors un centime sur le succès d'un groupe à cordes ?

RAZ DE MARÉE

La clef de l'explosion musicale qui ébranle l'hégémonie haïtienne au début des années 80 sera cette remise au goût du jour de l'héritage. L'enthousiasme du public antillais mettra en branle le moteur de la transmission internationale : si le « parasite » haïtien a pu contaminer les Antilles, pourquoi le virus zouk ou celui du chouval bwa ne se propageraient-ils pas dans le monde entier ? C'est l'idée de génie de Kassav' qui concocte sa fameuse synthèse zouk. Pierre Edouard Decimus et son frère Georges aidé par Jacob Desvarieux, l'habitué des studios parisiens, vont bouleverser le paysage musical. Après le succès phénoménal de *Zouk-la se sel medikaman nou ni*, un tube qui écrase tout sur son passage en 1984, tout bascule. Kassav' déclenche un raz de marée avec Dédé Saint-Prix et Malavoi dans la foulée : la vogue stupéfiante de la musique des tropiques peut commencer.

Si Kassav' a tiré le premier, les autres groupes s'engouffrent vite dans la brèche. S'appuyant sur le *gros ka*, le rythme traditionnel de la Guadeloupe, un tempo exécuté par deux percussions, le marqueur qui fait la mélodie et le boula qui tient le rythme, Kassav' va intégrer toutes les figures des Caraïbes dans la synthèse zouk : une pincée (essentielle) de biguine et de calypso, un zeste de reggae avec une sauce relevée funk. Chez Malavoi, la mazurka, la polka, le quadrille et la biguine mènent la danse. Cette biguine, c'est le balancement de la mélodie antillaise : jouée au départ par la formation typique (clarinette, trombone, banjo et batterie), elle fait penser inévitablement au petit orchestre de jazz New Orleans. Paul Rosine, le leader de Malavoi, n'aura jamais l'idée de renier ces lointaines origines supposées (*to begin*, le verbe anglais qui signifie « commencer », ayant donné sans doute son nom à ce rythme qui fait onduler les croupes), car si Kassav' met du rock dans son zouk, Malavoi est tourné vers les improvisations jazz de son pianiste. Dédé Saint-Prix reste le plus « roots » de la bande : il veut que les tambours claquent et il ne faut pas moins de quatre paires de mains qui frappent à coups redoublés pour que son chouval bwa puisse être porté à l'incandescence.

Ces trois exemples ne doivent pas masquer les groupes talentueux qui se sont jetés dans le mouvement à leur suite. Ce sont les catalyseurs qui ont mis le feu aux poudres. Ils restent aujourd'hui la forme la plus achevée de ce nouveau son qui conquiert peu à peu les publics les plus vastes, de l'Afrique (passionnée) à l'Europe qui succombe à son tour. Leurs derniers disques prouvent avec autorité un dynamisme et une originalité renouvelés. Et chacun d'entre eux a donné l'occasion à des dizaines de musiciens de se lancer dans la bagarre. Zouk Machine, le groupe guadeloupéen au look dévastateur (trois filles « torrides » assurant la partie vocale) n'aurait pas pu connaître la gloire sans Kassav'. Et Gazolinn' n'aurait jamais pu prétendre démarrer sans l'exemple de Dédé Saint-Prix. Quant à Marijosé Alie dont le *Caressé Moin* fait chavirer les cœurs depuis l'été 87, c'est Malavoi qui lui permit de faire ses premiers pas.

Défricheurs, ils ont été les détonateurs de l'explosion musicale qui se confirmera avec force. Voix éblouissantes (Jocelyne Beroard, Patrick Saint-Eloi, Tanya Saint-Val, Jean Philippe Marthély Marijosé Alie, Ralph Thamar), compositeurs hardis (toute la bande Kassav', Joby Bernabé, Dédé Saint-Prix, les frères Bernard), musiciens et arrangeurs haut de gamme (Jacky Bernard, Jacob Desvarieux, Michel Alibo, Nicol Bernard, Paul Rosine, Jean-Claude Naimro) feront défeler sur tous les continents l'onde exubérante du tempo trépidant de la mer Caraïbe.

PHILIPPE CONRATH

Journaliste à *Libération*, Philippe Conrath à écrit un livre sur *Kassav'* (chez Seghers) et *Johnny Clegg, la passion zoulou* (Seghers) et réalisé plusieurs films pour la télévision (« Afrocaraïbes », « Paris c'est l'Afrique », « Kinshasa fait l'ambiance »).

PETIT LEXIQUE MUSICAL ANTILLAIS

— **Bel Air :** plus spécialement dansé en Martinique, le pas de bel air consiste en une alternance de sautillements sur un pied, puis sur deux pieds. L'orchestre de bel air est composé d'un tambour, du tibois, de chœurs et d'un chanteur soliste.

— **Biguine :** plusieurs thèses s'affrontent sur l'origine de la biguine. Certains pensent que ça vient du verbe *to begin*, le verbe « commencer » en anglais qui serait arrivé aux Antilles via La Nouvelle Orléans et ses orchestres de jazz. D'autres que ce n'est qu'une polka transformée. La présence de la clarinette, du trombone et du banjo dans la formation typique antillaise pourrait faire pencher la balance vers New Orleans.

— **Cadence :** elle vient d'Haïti comme le compas direct et elle a très fortement influencé la musique antillaise dès le début des années soixante.

— **Gros ka :** rythme hérité de l'esclavage et typiquement guadeloupéen. Boula et marqueur (deux tambours) emmènent la voix.

— **Mazurka :** elle vient d'Europe, plus précisément de Pologne et on la joue très lentement sur la mesure à trois temps.

— **Polka :** venue elle aussi d'Europe (de Bohème), elle se danse sur le pied gauche, puis sur le pied droit.

— **Quadrille :** il vient du mot italien *squadra* qui désigne des soldats disposés en carré. Le quadrille des Antilles est celui des lanciers qui se compose de cinq figures dansées par quatre couples.

Intrépides pêcheurs de Grand'Rivière

D. BASTIEN

BIBLIOGRAPHIE

ALAIN-PHILIPPE BLÉRALD : *Histoire économique de la Guadeloupe et de la Martinique*, Karthala ; *Négritude et politique aux Antilles*, Ed. Caribéennes.

ROLAND BRIVAL : *No Man's Land*, J-C. Lattès ; *La Montagne d'ébène*, J-C. Lattès.

JACQUES CAUNA : *Au temps des isles à sucre*, Karthala.

AIMÉ CÉSAIRE : *Cahier d'un retour au pays natal*, Présence Africaine. *Moi, laminaire*, Seuil ; *Une saison au Congo*, Seuil ; *Toussaint Louverture*, Présence africaine ; *La tragédie du roi Christophe*, Présence africaine.

INA CÉSAIRE : *Contes de vie et de mort aux Antilles* (avec Joëlle Laurent), Nubia ; *Mémoires d'isles : maman N. et maman F.*, Ed. Caribéennes.

FRANTZ FANON : *Les damnés de la terre*, Découverte ; *Peaux noires, masques blancs*, Points-Seuil.

PATRICK CHAMOISEAU : *Chronique des sept misères*, Seuil ; *Solibo Magnifique*, Gallimard.

MARYSE CONDÉ : *Segou*, Livre de poche (3 vol.) ; *Une saison à Rihata*, Laffont, *Moi, Tituba, sorcière*, Folio ; *La vie scélérate*, Seghers ; à paraître en janvier 1990 : *Traversée de la mangrove*, Mercure de France.

EDOUARD GLISSANT : *Le discours antillais*, Seuil ; *La case du commandeur*, Seuil ; *Malemort*, Seuil ; *Pays rêvé, pays réel*, Seuil.

R. P. JEAN-BAPTISTE LABAT : *Voyages aux îles de l'Amérique, Antilles 1693-1705*, Seghers.

CHRISTIAN MONTBRUN : *Les petites Antilles avant Christophe Colomb*, Karthala.

ANDRÉ SCHWARTZ-BART : *La mulâtre solitude*, Points Seuil ; et avec Simone Schwartz-Bart : *Un plat de porc aux bananes vertes*, Seuil.

ANTOINE GISLER : *L'esclavage aux Antilles françaises, XVIIe-XVIIIe siècle*, Karthala.

FRANÇOISE THÉSÉE : *Les Ibos de l'Amélie, destinée d'une cargaison de traite clandestine à la Martinique 1822-1838*, Ed. Caribéennes.

JEAN BERNABÉ, PATRICK CHAMOISEAU et RAPHAËL CONFIANT : *Eloge de la créolité*, Gallimard, 1989.

Éditions **autrement**

La série "Monde"
des éditions Autrement

Série "Monde" HS N° 42
Rio de Janeiro,
216 pages, 89 F.
En librairie.

Étonnante création de Dieu et de Satan, Rio de Janeiro est depuis 400 ans un paradis terrestre perverti.
Derrière son exhibitionnisme tapageur et ses espaces mythologiques que relient plages, sambas et carnaval, s'étendent des zones d'ombre, un univers impitoyable. Le secret de cette ville-spectacle se trouve peut-être dans sa capacité à distiller l'oubli : oubli de son propre passé, oubli des vices et des scandales du présent.

É d i t i o n s   autrement

La série "Monde"

Série "Monde" HS n° 9
Capitales de la couleur,
320 pages, 95 F.
En librairie.

Ouvrage dirigé par Bruno Tillieue.

À suivre pas à pas les citadins africains, tout au long de cet ouvrage, on y découvre leur aptitude immédiate à faire germer les quartiers spontanés, à se constituer une économie "informelle", à faire confiance à "radio-trottoir" plus qu'aux informations officielles, à se recréer de nouveaux systèmes de valeurs, à réinterpréter l'organisation sociale traditionnelle, à récupérer l'irruption de la technologie à leur usage direct. On en vient à se demander si les villes d'Afrique ne sont pas la préfiguration d'une forme moderne de société civile contre l'État.

Directeur de la publication : Henry Dougier, revue publiée par Autrement
Comm. par. 55778. Corlet, Imp. S.A., 14110 Condé-sur-Noireau. N° 3385.
Dépôt légal : mars 1994. Précédent dépôt : octobre 1992.
ISSN : 0336-5816 - ISBN : 2-86260-290-6. *Imprimé en France.*